Cecilia Lindvall

LIV

Förlag: BoD · Books on Demand, Östermalmstorg 1,
114 42 Stockholm, bod@bod.se
Tryck: Libri Plureos GmbH, Friedensallee 273,
22763 Hamburg, Tyskland

ISBN: 978-91-8080-990-0

ETT

April 2023

Ett monotont ljud från de roterande borstarna hörs från den lilla bilen i gryningen. Bilen som sopar upp det grova gruset från trottoaren i backen upp till sjukhuset. Gruset som är en påminnelse om den vinter som alldeles nyligen försvunnit i de sista spåren av smältande snö.

De tidiga morgnarna är fortfarande krispigt kyliga, men de dagar när solen ger sig tillkänna bidrar den med skön värme mitt på dagen. Sjukhuspersonalen passar på att ta sin lunchrast på någon av de solvarma stenbänkarna framför sjukhuset, ivriga att få lite värme och kanske också lite färg i sina soltörstande ansikten.

Idag är dock inte en sådan dag. Det är gråmulet. Lite småregn i luften. En sådan dag då ingen går ut i onödan, speciellt inte vid den här tiden på dygnet.

Det sitter en man vid en av stenbänkarna. Sittande i en rullstol. Med överkroppen framåtlutat. Märkligt tidigt på morgonen kan man tycka. Avsläppt av en stressad färdtjänstchaufför som mot alla regler inte har tid att vänta för att han ska hämta upp sin nästa kund? Kanske. Men ändå. Märkligt att mannen sitter utomhus i det här vädret. Och så tidigt?

Det är fortfarande ett par timmar kvar tills sjukhuset öppnar för besökare. Alldeles stilla och tyst sitter mannen i sin rullstol. Iförd en svart, tunn ytterrock som verkar ett par storlekar för stor. Med en svart, lite tilltufsad, grovt stickad mössa, långt neddragen över öronen.

I högra handen håller han ett hopvikt vitt papper. Det har hunnit bli fuktigt av regnet.

Något är annorlunda med mannen i rullstolen. När den lilla sopbilen svänger in framför bänkarna syns det tydligt. Från mannens orörliga mun droppar svart tjock vätska. Ner på låret droppar vätskan och sakta, sakta fortsätter den vidare ner på den grå stenläggningen.

TVÅ

Ett år tidigare

Som vanligt när arbetsdagen är slut drar jag mig omedvetet ner mot centrum. Mot den äldre bebyggelsen. Med sina omsorgsfullt dekorerade hus. Där dess tvinnade spiror vars dragningskraft mot skyn är något jag aldrig slutar att fascineras av. Den enorma fontänen med den imponerande statyn av den grekiska fruktbarhetsgudinnan Cybele, sittandes på en vagn, dragen av två fullvuxna ståtliga lejon. En given turistattraktion, så även denna dag.

Denna underbara stadskärna, mitt i hjärtat av Madrid. Bulliga kullerstenar som har fått sin form efter flera hundra års nötande. Varje rundning känns i trampdynorna genom sulorna på mina billiga sneakers. Känslan i fötterna fortplantar sig genom kroppen för varje steg jag tar, skapar ett lyckorus. Jag känner mig levande.

Den pulserande aktiviteten skapar en kakafoni av ljud. Slamret från de tunga träportarna som öppnas och slår igen. Budkillarna i sina varubilar som otåligt hänger sig på tutan för att komma framåt. Människor som ropar högt till varandra för att bli hörda genom sorlet och slamret. I samklang fortplantar sig ljudmassan mellan de tätbebyggda huskropparna. Jag rör mig sakta sakta framåt genom gränderna, vill insupa livet, mitt liv.

Bullrande hjärtliga skratt från ett par äldre gentlemän som sitter vid ett av de små borden. Mannen som sitter vänd mot mig är korpulent och magen hoppar på honom när han skrattar. Jag ler för mig själv, genuin glädje är smittsam.

Männen röker knubbiga bruna cigarrer och ser ut att dela på en flaska rödvin, säkerligen en Rioja, den inhemska stoltheten. Mannen med den hoppande magen stannar ansträngt upp mitt i skrattet, lyfter på sina glasögon och torkar med en knubbig handrygg, fortfarande skrattande, bort de rinnande glädjetårarna från kinden. Han pustar av ansträngningen från skrattet och lyfter sedan cigarren från dess plats på askfatet, tar en puff och lutar sig tillbaka mot stolsryggen. Rökringarna ringlar sig sakta bort längs gränden som flyende älvor till dess de slutligen upplöses.

Jag passerar männen och slår mig ner på en av de där små genuina tapasbarerna som det finns så många av i denna stadsdel. Just denna lilla bar har blivit min favorit sedan allra första början när jag flyttade till Madrid och strosade ner i dessa kvarter, i flock med övriga turister. Otroligt, tänk att det redan har gått tre år. Jag brukar inte stanna så länge på samma ställe men Madrid har en fascinerande dragningskraft på mig som jag inte har känt tidigare.

Jag är igenkänd på baren som en av stamgästerna. Det är här jag alltid hamnar. Mateo brukar vinka åt mig från hans plats bakom baren där han står och tillagar maten. Mateo är en fantastiskt kreativ matinspiratör. Han har stolt berättat att han inte är utbildad kock utan självlärd och att han har lärt sig genom åren på att experimentera med familj och vänner. Hans olika delikata varianter av pintxos tröttnar jag aldrig på. Min middag består därför, kanske alltför ofta, av dessa små läckerbitar.

Isabel, Mateos fru, har en imponerande hastighet när hon tar upp beställningar vid borden. Hon är lika snabb när det kommer till huvudräkning. Finurligt system det där och enkelt att komma ihåg. Varje pintxos har en tandpetare för att hålla fast pålägget och sedan räknar man helt enkelt ihop tandpetarna för att se hur mycket notan går på.

Är det någon gång lite lugnare i baren så stannar ofta Isabel till vid mitt bord och frågar mig saker. Hon frågar av nyfikenhet, men också av omtänksamhet. Hon ser att jag alltid sitter själv. För mig är en annan människas omtänksamhet så svår att omfamna och acceptera. Jag undrar alltid vad det kommer att kosta. Det finns ingen gratis godhet.

Isabel frågar hur dagen har varit och om det har hänt något speciellt, om jag har träffat någon vän och om jag har lärt mig några nya ord på spanska. Hon pratar med mig på engelska, ganska knackigt går det. Hon har ingen aning om att jag kan spanska ganska bra vid det här laget. Jag har ändå varit i Madrid i tre år. Och ännu längre i Spanien.

Men det är ingen som vet. Och inget jag har lust att berätta för någon heller. Jag bor där jag bor och flyttar när jag flyttar. Det är så mitt liv ser ut.

Jag har ansträngt mig till det yttersta för att lära mig språket fort så nu förstår jag i princip allt hon säger när hon pratar med andra kunder, eller med Mateo. Lite skäms jag för att jag inte vill avslöja för henne hur mycket jag kan. Hon är ju så vänlig mot mig. Men det skulle bli för intimt, för nära.

Ibland kommer hon förbi, går nära mitt bord, ger mig en vänlig klapp på kinden och tittar allvarligt med sina mörka ögon på mig.

"¿Qué me estás ocultando?"

Hon undrar vad det är jag döljer. Ett mörker. Men det kan jag inte dela, inte med henne, inte med någon.

Jag har ändå lärt mig att uppskatta dem, ägarparet som sliter och kämpar dygnet runt för att få ekonomin att gå ihop och att kunna behålla sin älskade bar.

De har en imponerande fingertoppskänsla för när jag vill vara ifred med min anteckningsbok och när jag är mottaglig för ett samtal. Trots att de måste vara enormt trötta av alla timmar på baren har de alltid ett glatt leende och en underbar livsglädje som har blivit deras signum. Stamgästerna känner sig alltid välkomna, alltid sedda och alltid lite varmare i hjärtat när de går därifrån.

"Ustedes, mis maravillosos invitados, son vida para Mateo y para mí", svarar alltid Isabel när jag frågar hur hon orkar slita så hårt. Det är ni, mina underbara gäster som är livet för mig och Mateo.

Isabel och Mateo är i sextioårsåldern och har inga barn. Det har bara inte blivit så, berättar Mateo en sen kväll när det bara är han och jag kvar i baren. Isabel har åkt på en rejäl förkylning och är tvungen att stanna hemma. Statens kontrollanter är ständigt närvarande även här och därför vågar inte Isabel sig dit, inte ens när baren stängt. Mateo tar därför hela lasset den kvällen med städning och stängning. De vill inte betala en vikarie fler timmar än nödvändigt.

Jag erbjuder mig att hjälpa till att städa, jag är ganska duktig på det, har många års träning. Mateo protesterar först men jag står på mig och snart är jag i full gång med att torka bord och bära ut den sista disken till köket. När allt är klart frågar Mateo om jag har lust att stanna kvar och ta ett glas med honom. Han går till baren och tar fram en flaska Brandy och två små glas som han fyller upp.

Och sen börjar han prata.

Det är som om inget kan stoppa honom när han väl börjar, som en flod vars fördämning brister. Han har ett oändligt behov av att prata med någon. Någon som råkar bli jag.

Han pratar varmt och innerligt om Isabel, hans livs kärlek. Om baren de köpt för alldeles för mycket pengar och där de fått renovera det mesta själva för att pengarna tagit slut. Många timmar av slipande, spacklande och målande. Men det är deras gemensamma projekt och de arbetar mot sitt gemensamma mål.

De var unga och starka på den tiden, det var en lycklig tid. Mateo berättar hur de jobbade och slet för att betala av lånen och att det tog mycket längre tid än de trodde att få ekonomi i baren, en ekonomi som tillät dem att starta sina försök att bli familj.

Han berättar om deras oändliga försök att bli gravida och sorgen som växer sig större för varje månad och för varje år som går utan att Isabel blir gravid.

När de äntligen erkänner situationen för sig själva söker de läkare för att få en förklaring till varför det inte kommer något barn. Läkaren undersöker dem båda och kommer med den förödande informationen att Mateos spermier inte är tillräckligt livskraftiga. Han kommer aldrig kunna få några egna barn. Det finns ingen genetisk anledning. Läkaren förklarar att det kan ha att göra med den stressiga livssituationen. Eller kanske för mycket alkohol? Eller något helt annat. Men ibland finns det helt enkelt ingen tydlig förklaring, säger läkaren. En sanning som är svår att hantera för Mateo.

"Det ska inte kunna hända. Jag är ju man, jag är frisk, jag är stark." Mateo höjer upprört rösten.

"Och i alla år har Isabel varit mig trogen, fast hon kan få vilken man hon än vill. Min vackra Isabel. Jag sa det till henne, att hon skulle lämna mig. Men hon vägrade." Mateo hämtar andan.

Jag märker på honom att det fortfarande, så många år senare, fortfarande sitter kvar en stor sorg i hjärtat. Sorgen över uteblivna barn, Skuld över att han inte kunnat ge Isabel det hon mest önskar sig i livet. Den oändliga tacksamhetsskulden över att hans älskade Isabel stannar kvar hos honom. Skuld och sorg om vartannat. Isabel bär säkert på samma sorg. Tankar hon håller för sig själv, av kärlek till sin älskade Mateo.

"tu y yo Mateo, no hay nadie mas para mi", det är vad hon säger till mig berättar Mateo. Du och jag Mateo, det finns ingen annan för mig.

Samma liv, olika sorg.

Alltid ensam sitter jag på caféet. Det är viktigt att vara ensam. Ensam med mina tankar, mina planer och min anteckningsbok.

Jag är tacksam att Mateo och Isabel låter mig ha bordet i flera timmar varje kväll fast jag omöjligen kan vara en ekonomiskt bra kund för dem. Det är bara vid speciella tillfällen jag dricker alkohol. Jag gillar inte smaken och tycker inte om känslan av att kunna tappa kontrollen. Men jag vet att det är det som håller baren vid liv, människor som dricker alkohol, inte maten. Jag nöjer mig oftast med några pintxos och en flaska mineralvatten. Och vid enstaka tillfällen en dubbel espresso på det. Som sagt, kanske inte den mest lönsamma kunden, men åtminstone en trogen sådan. Kanske tycker de synd om mig och mitt ensamma liv. De förstår inte att jag lever mitt liv. Jag planerar det, och jag njuter av det.

Inéz, tjejen som jag för tillfället har som kombinerad betalande inneboende och, när andan faller på, sexpartner, börjar bli obekvämt gnällig och undrar var jag håller hus om kvällarna efter jobbet. Hon är helt övertygad om att jag har andra, trots att jag aldrig har lovat henne något så det borde inte vara ett problem. Det börjar nog bli dags att hitta en ny inneboende, det här fungerar inte, det blir för nära. Klibbigt, klistrigt och påträngande. Jag ska nog berätta för henne redan ikväll att hon får flytta ut.

Kroppen känns obehagligt stel efter att ha suttit vid bordet i samma ställning ett par timmar. Jag lyfter blicken från min anteckningsbok, rätar ut ryggen och flätar händerna bakom nacken. Masserar försiktigt min ömmande gamnacke med tummarna. Måste hitta en bättre sittställning när jag skriver, tänker jag för mig själv medan jag tittar mig omkring.

Det har hunnit bli fullt vid borden. Det är fredag kväll och människor är glada för att arbetsveckan är slut och samlas nu med kollegor eller vänner för ett glas eller två.

Vid bordet bredvid mig sitter det nu en familj. Mamma, pappa och tre barn. Två killar i förskoleåldern. Det gissar jag i alla fall baserat på deras tandgluggar.

De ser lika ut, förmodligen tvillingar. En knubbig liten bebis med en ovanligt rejäl svart kalufs sitter i knät på mamman. Bebisen är i den där nyfikna åldern och mamman försöker hålla en jämn kamp med bebisen om att behålla bordduken på plats och de fyllda vinglasen fortsatt fyllda.

Tvillingarna ser uttråkade ut och sitter bara och tittar på varandra över bordet. Det är ganska uppenbart att de vill vara någon helt annanstans. Märkligt att föräldrarna tar med sig sina barn hit? Barn i den åldern uppskattar väl hellre McDonalds än en tapasbar? Mamman säger något åt tvillingarna samtidigt som hon gungar bebisen upp och ner på sitt knä, allt för att distrahera. Pappan sitter med näsan ner i menyn och verkar djupt koncentrerad.

Jag suckar för mig själv och tittar på klockan på mobilen, dags att dra sig hemåt. Tittar mig omkring igen och får syn på Isabel som är på väg genom lokalen åt mitt håll.

När jag får ögonkontakt med Isabel ger jag min vanliga signal för att visa att jag gärna vill betala.

"Jag ska bara ta upp beställning från familjen här så kommer jag över till dig vännen", säger Isabel med ett leende när hon passerar mitt bord.

Jag tittar mot familjen, det är pappan som gör beställningen. Han pekar på flera saker i menyn, bläddrar fram och tillbaka mellan sidorna innan han verkar ha bestämt sig och slutligen slår ihop menyn igen och lägger ner den på bordet. Han lutar sig tillbaka mot stolsryggen.

Isabel vänder sig om mot mig och tar emot mina sedlar och hälsar mig med ett leende välkommen tillbaka imorgon. Jag reser mig upp och tar på mig jackan som hänger över stolsryggen. Jag tittar mot familjen en sista gång, funderar på vad det är som skaver men orkar inte tänka på det. Känner mig plötsligt så in i märgen trött, vill bara gå hem och lägga mig.

Jag går ut på kullerstensgatan där mörkret nu har lagt sig. Det är inte lika varmt längre, den kraftfulla värmen har inte kommit än till Madrid, vilket jag i och för sig var tacksam för. Sommaren i Madrid kan vara olidligt varm, en värme som dallrar i luften och utan fläktande bris från närliggande vatten.

Men än är det bara mars och rejält kallt på kvällar och nätter. Jag knäpper därför jackan ordentligt och stoppar händerna i fickorna, hoppas att jag inte ska snubbla på kullerstenarna och falla raklång, jag ryser vid tanken. Fokuserat rör jag mig hemåt genom gränderna samtidigt som jag funderar. Vad var det jag såg där inne som jag inte kan greppa?

Det var något som var annorlunda med familjen vid bordet bredvid, något jag inte kan ta på. Tröttheten gör mig trögtänkt och jag ger upp de tankarna och viker istället av upp mot en av huvudgatorna och mot busshållplatsen där jag förväntansfullt tittar gatan bort efter bussen. Suckar. Tomt på hållplatsen, den har precis gått.

När bussen äntligen kommer kliver jag på och lyckas få en fönsterplats. Jag lutar huvudet mot den kalla, lite fuktiga glasrutan. Det känns skönt, trots att jag alldeles nyss frös i mina lite för tunna kläder. Bussen brukar ta ungefär tjugo minuter på sig att masa sig genom Madrids gator hem till mina kvarter, så jag passar på att blunda en stund.

Vaknar till med ett ryck, kan inte ha slumrat mer än någon minut för jag känner fortfarande igen citykvarteren utanför.

Det står plötsligt klart för mig. Vad som var annorlunda med familjen.

Det var tvillingpojkarna. Deras ansiktsuttryck var inte uttråkade. De var rädda. Livrädda.

Det får vara slut nu. Det är dags att återvända.

TRE

Linda drar igen lägenhetsdörren efter sig ordentligt så smäcklåset klickar. Därefter låser hon det nya säkerhetslåset. Hennes hem är hennes trygghet och andrum och borg och så ska det förbli. Det har varit många inbrott i området och Linda oroar sig ofta för att någon ska få för sig att bryta sig in i hennes lägenhet. Det nya låset är ett sätt att skapa säkerhet. Inte för att hon har så mycket värdesaker, mer än några smycken hon fått av sina föräldrar, utan det är mer obehagskänslan av att någon ska komma på hennes hemliga liv. Det liv hon inte vill att någon annan ska veta något om. Det som ingen i hela världen vet.

Linda vill ha full kontroll över vilket intryck hon ger andra. Hon är därför noga med att lämna lägenheten undanplockad, soporna slängda och sängen bäddad med de fina prydnadskuddarna. Varje dag, varje gång hon lämnar lägenheten. Om något skulle hända henne kommer ingen kunna komma till Lindas lägenhet och avslöja hennes hemlighet, komma under hennes så noga polerade yta. På samma sätt som hon är mån om att lämna lägenheten i perfekt skick strävar Linda även efter att alltid själv vara i perfekt skick. Alltid nyduschad med tvättat hår och rakade armhålor. Alltid hela och rena kläder, framförallt underkläder.

Linda spenderar mycket pengar på underkläder. Vackra underkläder i siden och spets. Det handlar om kontroll, det förstår hon, rent objektivt. Att alltid vara förberedd, för varje tänkbar situation. Vad skulle folk säga om hon blir påkörd, förlorar medvetandet och hamnar på akuten i gamla trasiga menstrosor. Kontroll, imaginär kontroll, över allt och ändå ingenting.

Hon är som vanligt ute i mycket god tid inför dagens arbetspass för sin AT-tjänstgöring på vårdcentralen. Det är veckan efter påsk och Linda har redan hunnit glömma känslan av långhelgsledigt. Som de flesta dagar tänker hon utnyttja tiden med att promenera genom Sjöstaden upp till Värmdövägen och ta bussen där i stället för att ta Tvärbanan som faktiskt har hållplatsen precis utanför porten. Tvärbanan som kan ta henne direkt till Sickla Udde och anslutningsbussarna.

Hon vet med sig att hon gör precis allt för att få de där extra stegen så att hennes nya Fitbit-klocka ska börja burra och hurra för att fira att hon tagit tiotusen steg, före lunch. Det har visat sig vara nästan otäckt beroendeframkallande att höra det där burrandet från klockan, en bekräftelse på att hon åstadkommit något bra.

Att SMHIs väderprognos visar molnigt, disigt och lätt regn genomgående under dagen bekommer henne inte. Inget kan få henne på dåligt humör dag.

Idag är dagen det händer, idag ska bli en perfekt dag.

Minnet av kvällen innan väller över henne. Projicerar bilder i hennes minne, som en gammaldags diaprojektor som löper amok. En grötig röra av skam och ångest, precis som vanligt. Den jävla ångesten som river och sliter i henne, undantryckt under dagen men lössläppt i det fria på kvällen bakom den stängda lägenhetsdörren. Då släpper hon ut hemligheten från den mörka grotta där den ligger och puttrar under dagen. Den hemlighet som ingen vet om, aldrig kommer att få veta.

På dagarna fungerar hon som alla andra, är social med vänner och kollegor. Faktiskt, när hon tänker efter, inte bara social utan även ganska omtyckt. Fattar ibland, oftast, kloka pålästa beslut och är medkännande med de patienter hon träffar i sitt yrke. Men, på kvällen, när ensamheten är påtaglig och ångesten river och sliter, är det något annat. När ångesten tar över går det inte att förhandla och hjärnan och kroppen för ett krig som är dömt att misslyckas. Den ångestdrivna demonen tar över hennes hjärna och talar direkt till henne.

"Du är misslyckad." Misslyckad, så oerhört långt ifrån Miss Lyckad.

Efter flera år av självsvält som ventil för ångesten har kroppen börjat skrika efter mat. Det spelar ingen roll hur mycket Linda än försöker kontrollera den. Att inte kunna stå emot mat och godsaker är ett tecken på svaghet. Linda är duktig på att straffa sig själv för att hon hela tiden faller för lockelsen i dessa svagheter. När demonen tar över och ångesten är total äter Linda.

Fort går det. Mamma Scans köttbullar direkt ur påsen. Rydbergs potatissallad direkt ur lådan. Ståendes vid köksbänken, för bråttom för att sätta sig på köksstolen. Allt för att direkt efter att sista matbiten åkt ner i strupen, landa på knä framför toaletten i badrummet och hulkande kräkas upp varenda otuggad tugga.

Ibland kan det räcka med en omgång, men i perioder är ångesten så stor att hon går direkt från badrummet ut i köket och letar i kylskåpet eller skafferiet efter något nytt att äta. Att äta och kräkas, kräkas lite till och äta igen är dränerande på energi och slutar alltid med att hon kravlar i säng och drar täcket över huvudet. Hon rullar ihop sin lilla kropp i fosterställning, helt nollställd på känslor, bara trött och med energinivån i botten. Varje morgon tänker Linda samma sak.

Idag är dagen det händer, idag ska bli en perfekt dag.

FYRA

Som vanligt samlas arbetslaget i personalrummet innan dagens bokade patienter börjar droppa in. Linda ler mot sina kollegor när hon kommer in i rummet och vinkar glatt bort mot sin mentor Lena som sin vana trogen placerat sig på armlängds avstånd från kaffebryggaren. Det är skönt att ha fått just Lena som mentor, en läkare som har mycket erfarenhet och som gärna delar med sig av den till Linda. Hon inger också ett lugn och en trygghet och det påverkar Linda positivt märker hon.

Lena är extremt morgontrött och alla som arbetar på vårdcentralen vet att det inte är lönt att försöka prata med Lena innan hon har fått i sig minst två koppar kaffe. Linda väntar på att arbetslagsledaren Janne ska dra i gång sin genomgång, precis som alla morgnar. Idag är dock stämningen annorlunda än vanligt.

Sara kommer halvspringande in genom dörren. Fina glada Sara med det stora lockiga håret som hon fått i arv av sin brasilianska mamma. Håret som alltid tämjdes någorlunda i en stor boll på huvudet. Sara som har några kilos övervikt men inte verkar bry sig det minsta om det, Sara lever här och nu och njuter av det. Tänk att leva ett liv utan att fundera på kalorier eller vad det står på vågen. Linda är i hemlighet avundsjuk på hennes sätt att hantera livet. Sara har så mycket mer livserfarenhet än Linda och Linda suger törstigt i sig all visdom Sara kommer med. Avundsjukan är alltid kortvarig. Sara har blivit en fin vän, trots åldersskillnaden.

Sara har flyttat hit från Skåne med sin sambo. Deras barn har flyttat hemifrån, de två äldsta har flyttat till Stockholm och arbetar, börjar bli rotade och den yngsta studerar i Umeå. Sara och sambon tyckte inte att det fanns så mycket kvar för dem i Skåne och flyttade efter, och nu arbetar hon sedan ett år här på vårdcentralen som sjuksköterska.

Linda har tytt sig till Sara redan från första veckan, de har verkligen klickat och nu brukar de synka sina lunchpauser om det är möjligt och har även börjat gå ut ibland och ta ett glas vin, eller två, efter jobbet. Vanligtvis bjuder Sara alltid på ett smittande skratt och underhållande historier, hon är vårdcentralens naturliga nav och positiva drivkraft. Men inte idag, idag går hon rakt fram till Linda.

"Har du hört vad som har hänt?", säger hon skärrat.

"Vad då? Nej, jag har inte hört, vad är det som har hänt?", undrar Linda.

"Jag träffade Lasse, du vet Securitasvakten som brukar patrullera runt sjukhuset? De har tydligen hittat en död man utanför entrén. Vid en av de där stenbänkarna där vi brukar äta lunch. Han är tydligen mördad. Inte nog med det, mördaren ska ha målat honom med målarfärg också, hur sjuk kan man bli?"

"Men, det låter ju helt sinnessjukt!"

"Kanske är det någon från psyket som gått och mördat honom?", spekulerar Sara.

"Skulle kunna vara så. Fast var skulle patienten ha hittat målarfärg och pensel? Verkar ändå ganska otroligt."

"Det vet väl inte jag, polisen vet säkert mer. Kanske är det någon av målarna som renoverar korridoren ner mot

Gynmottagningen på bottenvåningen som har glömt kvar sina grejer?", funderar Sara.

"Hallå alla. Kan ni snälla dämpa er lite?"

Janne försöker göra sin röst hörd genom de högljudda diskussionerna som pågår parallellt i rummet. Janne är nog över hundranittio centimeter lång med rejäl axelbredd, han skulle lätt kunna misstas för en amerikansk rugbyspelare tänker Linda. Vilket i och för sig är en fördel när det gäller att ta plats och synas vid tillfällen som dessa. I vanliga fall matchar rösten hans yttre men idag låter den mest pipig och skränig.

"Tacksam om jag slipper skrika, min röst är fortfarande kraxig efter förkylningen förra veckan."

Till slut får han allas uppmärksamhet och han fortsätter.

"Som ni nog alla har hört vid det här laget så har det hänt något tragiskt här på sjukhuset nu på morgonen. En man har hittats avliden utanför entrén och jag har förstått av polisen att det inte var en naturlig död." Janne pausar och harklar sig.

"Jag vet inte så mycket mer än det men polisen har meddelat att de kommer att vara här under dagen för att hålla förhör med oss, individuellt samt i grupp och de har bett oss vara behjälpliga med att finnas tillgängliga även om det tyvärr går ut över dagens patientbokningar. Jag har pratat med receptionen ute i huvudentrén om att de ska informera om att vi eventuellt kan få förseningar idag på grund av ett olycksfall men att de inte ska berätta mer än så och det är ju samma information som du fick till vår reception, eller hur Mia?"

"Yes, det är korrekt", svarar Mia.

Linda fastnar i sina tankar. Tänk om det är någons morfar eller farfar som någon har tagit livet av och som nu inte skulle kunna läsa en bok för sitt barnbarn eller gå och fiska, eller...

Hon tittar hastigt ut genom fönstret, ett tillfälligt ångestpåslag kommer över henne men hon tar ett djupt andetag, håller handen på magen, andas med magen. Och så ett till. Andas. In. Ut. Borta. Ångesten går att kontrollera dagtid, i sällskap av andra människor, då sveper den bara förbi lite flyktigt, som en påminnelse om sin existens.

"Ja, det var allt jag har att säga idag. Förresten, höll så när på att glömma det vardagliga. När det gäller schemat är vi fulltaliga på avdelningen idag, vårförkylningarna verkar ha ebbat ut hos oss och det tackar vi för men däremot är det sjukstuga på provtagningen så har ni patienter som ska dit och det inte är akut så kan ni tipsa om att komma in i början på nästa vecka så ska vi hoppas att det ser bättre ut då. Ta hand om er och hör av er till mig om ni har frågor under dagen."

FEM

Den första

Otåligt trampande står jag där, väskans axelband glider ner från axeln och jag slänger irriterat upp den igen. Det är många som väntar på samma buss och självklart är den försenad. Sjutton femtiotre skulle den komma enligt ordinarie tidtabell men displayen i busskuren har nu ändrat ankomsttiden till sjutton femtioåtta. Självklart.

Bussen svänger äntligen in vid hållplatsen men jag ser direkt på de immiga fönsterrutorna att det skulle bli en så där otrevligt klibbigt, närgånget och svettig bussresa. Krånglar mig igenom halva bussen tills det tar stopp i höjd med barnvagnsplatserna. Det fortsätter packas på ytterligare människor tills bussen är helt full. Knökfull.

På en av de där fällbara sitsarna vid barnvagnarna sitter en äldre man med gråvitt ovårdat spretigt skägg, och lika gråvitt hår på huvudet. De få kvarvarande testarna har definitivt inte blivit kammade på ett tag. På kroppen hänger en alldeles för stor överrock, i billigt material över de magra axlarna. Framför gubben står en mörkröd rullator som han lite framåtlutad försöker hålla på plats i den trånga bussen genom ett krampaktigt grepp om handtagen med handbromsarna. I korgen framtill på rullatorn står en plåtburk med målarfärg av okänt märke och en målarpensel med Julas logotype, tryckt i rött, på det svarta penselskaftet. Gubben ska uppenbarligen hem och måla. Det är väl typ en liter målarfärg i burken, det räcker i alla fall inte till så mycket.

Platsen närmast gången bredvid gubben är av outgrundlig anledning ledig. Ibland har man tur. "Är platsen ledig?", frågar jag.

"Jajamensan", svarar gubben och klappar på stolsryggen bredvid sig.

Fy fan, gubben stinker av alkohol och allmän gammal gubbe lukt. I kombination med fuktig busslukt är det kväljande. Nu förstår jag varför platsen var ledig. Men om jag måste välja mellan att stå och trängas i gången eller stå ut en stund bredvid en gammal stinkande gubbe så blir det gubben i alla fall. Det har varit en lång dag.

Bussen kränger iväg ut från hållplatsen. Vrider huvudet försiktigt mot fönstret och gubben. Det är verkligen något bekant med gubben. Vad skulle det vara, kanske bor de nära varandra? Det vore ju ändå extremt osannolikt. Men det är något bekant med hans röst, den är välbekant på något sätt. Tröttheten slår till och tanken på att kallprata med en illaluktande alkisgubbe på bussen är inte tilltalande så jag orkar inte fundera vidare. Gubben snackar för sig själv men ignorering är bästa medicin upptäcker jag. Bussen kryper fram i rusningstrafiken i Nacka och det är vilsamt att blunda. Gnuggar vänstra tinningen, spänningshuvudvärk nu igen, precis som så ofta på senaste tiden. Alltid ovanför sitt vänstra öra. Det hjälper om man blundar, andas djupt och gnuggar. Blunda. Andas. Gnugga.

Nu hörs gubbens röst tydligt.

"Asså, Benke och jag var ute i Beckomberga och köpte gräs idag." Mina öron vaknar till liv, det här var ju oväntat.

”Vilka jävla pundare det finns därute, inte kan de fan räkna heller, jag lura av han gräset för bara en Selma istället för en Biggan”, skrockar gubben.

Ingen aning om vad gubben snackar om mer än att han verkar ha lurat en langare på pengar.

”Helt svart var det i Sickla, helt svart”, mumlar gubben nu.

Återigen, inte en aning om vad gubben snackar om men nu har nyfikenheten väckts. Märkligt, känner jag ändå inte igen gubben, det är något i rösten som får mig att rysa. Nej, varifrån då?

”Vad menar du, har det varit strömavbrott i Sickla?”, frågar jag artigt.

”Nä för fan, jag mena att det e fullt med såna där svartingar där inne i butikerna. Asså var är det här landet om tie år kan man bara spekulera om, bara svartingar, inga riktiga svenskar alls. För all del, lite fitta tackar en inte nej till, de e ju vana vid att bjussa på sig de dära men det e då allt en vill ha, sen kan de åka hem. De e vad jag alltid har sagt, kvinns kan man bara ha till knull och disken, det e vad jag sa till käringa där hemma innan hon försvann, jädra konstigt det där, puts väck borta. Men va fan, en karl måtte väl få ha lite trevligt nån gång å man e väl inte så picky med färgen då?”

Och bara så där. Bara så där kom den. Insikten om röstens tillhörighet. Människan jag letat efter så länge. Personen bredvid mig som jag avskyr. Som jag hatar. Men som inte har en aning om vem jag är. Glömt i alkoholens förbannade töcken.

Vändpunkten. Just den här dagen. Den här vanliga torsdagen i april.

Men kanske inte riktigt den vändning man skulle kunna tro.

Det går aldrig att förutse det nattsvarta, det nattsvarta mörkret, så djupt begravt. Förträngt och inlåst bakom ulliga bulliga murar, så lätta att rasera. En enda utandning. Hur går det ens att förutse kraften i det inkapslade nattsvarta? Bara så där. Hatet. Hatet mot en människa vars existens under så lång tid har förträngts. Djävulens existens.

I min tankeprocess, som för en kort sekund är utskjuten ur sin jordiska kapsel. Ett brus liknande en vitamintablett i upplösning, vilt fräsande, för att återvända i nuet, likt en närmast upplöst tablett, sakta fräsande innan tystnaden. Landar tillbaka på jorden i ett orubbligt lugn kring det beslut som jag alldeles nyss har tagit.

Otroligt hur mycket en människa kan förändra sig med hjälp av alkohol och ålder. Att jag inte kände igen honom direkt känns ofattbart och ändå är det så det är. Men där inte rösten avslöjar honom så är det hans vidriga människosyn som avslöjar honom. Det är bara han som har ett existensberättigande. I hans värld.

Han ska stiga av vid Ektorps Centrum. På vingliga ben reser han sig upp och jag kan notera att han nu, med kutiga sluttande axlar och den tunna kroppen, är en spillra av den man jag en gång kände.

Det är enkelt att följa efter gubbens långsamma hasande uppför backen. Efter backen vänds rullatorn österut mot de pastellfärgade husen, byggda på åttiotalet, de som låg precis norr om centrum. Han tar sig fram till en av de aprikosfärgade portarna.

Gubben vänder sig om i en oväntat snabb manöver, kanske har hört gruset knastra från sulorna på mina grova skor? Kängor behövs fortfarande, det är fortfarande kallt.

Hur ta sig in i porten? Lösningen blir enkel.

"Men va fan, bor du också här? Va bra, då kan du hålla upp dörren så jag kommer in med min rullator. Tredje våningen bor jag på."

Trycker på hissknappen åt gubben, ljudet från hissen som är på väg ner och stannar på bottenvåningen med en dov duns. Kliver åt sidan och släpper förbi hela rullator-ekipaget in i hissen. Sträcker mig fram och trycker på den runda metallknappen, den som går till tredje våningen. Hissen stannar återigen med en dov duns och dörrarna går upp sakta med ett knirkande ljud, måste vara grus som fastnat i golvskenan.

Det är tre dörrar på våning tre. Gubben går fram till lägenhetsdörren som det står A. Johansson på. A för Axel. Jag följer efter.

"Vilken jäkla service det va på det här hotellet, skaru hjälpa mig med den här dörren också?", skrockar han återigen och verkar ha väldigt roligt åt sina egna skämt.

"Har ju vart och köpt färg, ska vara lite pysslig och måla om frugans gamla byrå. Ja, frugan hon har väl vart dö lika länge som den där Palme, har välan tänkt måla den jäkeln länge men nu ska det fan bli av." Gubben låser upp dörren och kliver in med rullatorn i fast grepp framför sig.

Som likt en skugga följer jag Axel in i lägenheten och stänger dörren försiktigt efter mig.

"Men va fan, du får välan åtminstone fråga innan du kliver på hos folk. Haru inge folkvett?", muttrar gubben och skjuter rullatorn ytterligare ett par steg in i den murriga hallen.

Den smärtsamma insikten av att inte vara igenkänd, av någon tidigare så välkänd, är plågsam. Smärtsam. Men gör samtidigt det tidigare fattade beslutet så väldigt enkelt.

Instinktivt sträcker jag min arm över gubbens kutande högra axel, lyfter upp den nyinköpta målarburken från korgen och tar ett ordentligt grepp om den med min högra hand. Tur att den är i behändig storlek.

"Men va fan göru?", säger gubben surt och försöker klumpigt vända sig om.

Med rejäl kraft, rakt ner i skallen, rakt ovanifrån, drar jag målarburken i huvudet på honom. Ett stelt och stumt "ploff" låter det när burken träffar. Gubben segnar ner på mage på golvet med armarna sträckta framåt, liksom famlandes efter rullatorn som snöpligt glider iväg från honom.

Det hörs ett dovt stön nerifrån golvet.

Ett snabbt kliv framåt och jag böjer mig ner över gubben för att lyssna. Återigen hörs ett stönande och återigen lyfter jag burken. Den här gången håller jag hårt i burken. Med båda händerna för att få kraft, och drämmer nu ner den, rakt i bakhuvudet. Äntligen blir det tyst. Tyst och stilla.

Nedsjunken på golvet, med ryggen mot den grönspräckliga tapeten i hallen, blir jag sittande och försöker få kontroll över den galopperande andningen.

Tankarna flyger runt i huvudet som okontrollerbara flipperkulor när ögonlocken stängs. Blundar hårt och räknar: ett, två, tre, fyra...andas, ett, två, tre, fyra, andas och försöker få kontroll över det okontrollerbara.

Hur många varv har minutvisaren snurrat? Hur många timmar? Tick, tick, tick kan jag höra från en billig väggklocka i köket. Vad är på riktigt och vad är på låtsas, nu när den akuta ilskan glidit ur kroppen? Som en oformlig amöba har den där ilskan glidit ur kroppen, ner på golvet och där förvandlats till sorg. Sorg över livets utfall. Sorg över allt som varit men också sorg över att ingenting har ändrats.

Kvar i hallen. Sittandes på golvet. Stirrande, som i trans, på ett blankt skohorn i svart plast som har trillat ner bakom skohyllan. Varmt och svettigt mot baksidan av låren på det eluppvärmda golvet. Fortfarande tyst.

Med händerna stöttandes mot väggen, mönstret i medaljongtapeten känns skrovligt mot mina handflator. Kravlar mig upp på fötter igen och ser mig om i hallen. På hallbyrån ligger en nyckelknippa, det är nycklarna till lägenheten. Plockar åt mig dem och låter dem glida ner i jackfickan.

Ett snabbt ögonkast genom dörren ut i köket. Snuskigt, vidrigt. Runt strömbrytaren till vänster om dörren, den som tänder lysrören i taket, är det svart av skitiga fingeravtryck. Hur kan det vara möjligt att leva i sån skit? Det beige vinylgolvet, som med all säkerhet har varit med sedan huset byggdes, har lager av skit och matrester och annat oklart. Det går att se hur gubben har rört sig längs med diskbänken, fotspåren är tydliga och har liksom slitit upp en snitslad gång på golvet. En hög odiskade tallrikar och glas i diskhon, två tomma flaskor Explorer vodka ståendes på diskbänken ihop med några välanvända Duralex-glas. En ensam gaffel ståendes i ett av glasen. På det lilla furubordet framför fönstret står resterna av en portion med Dafgårds färdiglagade, järpar ser det ut som. Det ligger en uppslagen V75-tidning framför plastförpackningen. Artikeln handlar om drömmen att kunna vinna sjuttiofem miljoner i den kommande jackpotten.

Istället för köksstol stått en av Landstingets förskrivna rullstolar. Under bordet ligger en tom halvliters PET flaska, som tidigare innehållit Fanta Apelsin enligt etiketten, men som nu istället borde pantas. Ordning och reda. Det är fascinerande hur en människa som tidigare har konstruerat sitt liv kring ordning och struktur kan sjunka så lågt. Jag kom nu att tänka på hur han, gubben som heter Axel, uttalat sig genom åren om kvinnor och dess låga värde i samhället.

Och så har han hamnat här. Ensam, alkoholiserad och patetisk. Levt sitt liv i en svinstia.

En föraktfull fnysning.

Känner plötsligt törst och slickar mig om läpparna som känns fnasiga och torra. Fruktansvärt torr i munnen och halsen och törsten övervinner äcklet över kökets skick. Öppnar en av skåpsluckorna ovanför diskhon på chans och där står några glas som med lite god vilja kan anses rena. Spolar vatten länge, känns som en evighet, så att det hinner bli kallt. Sköljer ur glaset som en extra säkerhetsåtgärd och dricker sedan girigt stora klunkar tills glaset är tomt. Känner hur svalkan sprider sig nedåt i magen. Tankarna börjar processas i hjärnan. Lugn. Beslutsamhet. Tveksamhet.

Vad är det för ljud? Jag ställer hastigt ner glaset på diskbänken, det blir en skarp smäll när glaset träffar ytan..

Adrenalinet pumpar, svettdropparna rinner från tinningarna och den fräna svettdoften genom tröjan blir plötsligt väldigt påtaglig och gör det svårt att andas. Klockan som sitter på väggen i köket visar kvart över tre på morgonen.

Ett djupt andetag och ut i hallen igen.

"Men, vad fan?"

Chocken är total när insikten slår mig att gubben inte längre ligger där han har fallit. Bara rullatorn står kvar precis på samma plats som tidigare. Med penseln kvar i korgen och målarfärgsburken liggande mitt på hallgolvet. En plågsam påminnelse om vad som tidigare har utspelat sig här.

Yrseln har nu återkommit, som ett givet tecken på att jag har hållit andan lite för länge. Där, i den bortre änden av den murrigt gröna nålfiltsmattan kan jag ana en fot. Ett par steg framåt. Innanför hallen ligger ett vardagsrum med lackad ekparkett. Där, på parketten ligger han, med ena foten fortfarande på hallmattan. Gubben måste ha krupit dit. Nu kan jag höra ett väsande ljud.

"Men herregud, han lever fortfarande!!!"

Det nattsvarta är tillbaka. Kan inte gubbjäveln bara dö någon gång.

Måste kunna få stopp på det äckliga rossliga väsandet. Täppa till hans trut en gång för alla. Och så kommer jag på det. Går tillbaka ut i hallen och plockar upp målarburken från golvet, in genom dörren till köket och sätter burken på diskbänken. I den andra kökslådan uppifrån hittar jag en kniv och efter en kort stunds knixande åker locket upp på burken. Tittar ner på den simmiga svarta tjocka målarfärgen.

Det här blir perfekt, aldrig mer vill jag riskera att höra dina äckliga tankar, det här var sista gången du delade med dig av dina vidriga värderingar gubbjävel.

Balanserar burken tillbaka in i vardagsrummet och sätter ner den på golvet. Slänger runt den taniga gubben så att han hamnar på rygg, som en oformbar säck. En svag flämtning hörs och ögonen öppnas och vittnar om skräck, bara för ett kort ögonblick innan de stängs igen.

"Drick det här du din djävul."

Jag trycker till runt käkarna med tummen och pekfingret så att munnen öppnas och den taskiga munhygienen blottas. Jag kan se gulsvarta rester av tänder och ganska många tomrum. Sakta sakta häller jag den svarta tröga vätskan ner i gubbens hals.

"Bloubb, bloubb", låter det när färgen rinner ner och blandas med luftbubblor på väg upp.

Jag häller, väntar, och häller igen. Till dess hela färgburken är tom på sitt innehåll och inga luftbubblor längre syns från munnen. Jag släpper taget om gubben, som glider ner på rygg på parkettgolvet igen. Med gubbens ansikte vridet mot mig kan jag se hur en rännil av svart färg rinner ut från ena mungipan.

Tillbaka ut i hallen. Hittar en stickad svart, lite tovig mössa i byrån. Jag går tillbaka till vardagsrummet och drar på mössan. Långt ner över skallen, ner över ögonen så att jag aldrig mer ska behöva möta hans blick igen.

Ytterrocken har Axel aldrig hunnit ta av sig, den får han behålla på. I sovrummet hittar jag ett anteckningsblock och en tuggad blyertspenna på nattygsbordet. Jag kan se resultatet av nattliga funderingar på lopp och hästar. Vilken loser.

Spelmissbrukare eller bara ett sätt att fördriva sina miserabla dagar?

Jag river ut en sida, funderar och skriver.

Uppför backen mot sjukhuset går det i gryningen att se en person komma gående, skjutande en rullstol framför sig. I rullstolen sitter en äldre man. Det är fortfarande mycket tidigt på morgonen. Solen borde egentligen redan ha påbörjat sin uppstigning men idag är det grått och lite duggregn i luften, solen lyser med sin frånvaro.

Kapuschongen på min jacka är uppdragen över huvudet. Lämnar gubben i rullstolen utanför sjukhusentrén och vänder tvärt ryggen mot. Tar ett djupt andetag, ett, två, tre, fyra.... En berusande befriande känsla infinner sig när jag vandrar backen ner mot busshållplatsen.

En person i taget, nu vänder det.

SEX

Linda knackar lite lätt på dörren till det undersökningsrum som tillfälligt denna morgon har tagits i bruk av två poliser för att höra några av de anställda på vårdcentralen. Janne har sagt att de ska försöka göra allt de kan för att vara behjälpliga och självklart ska även Linda göra det.

"Kom in, kom in."

Skrivbordsstolen som brukar stå framför skrivbordet är nu vänd mot dörren. Bakåtlutad i stolen sitter en civilklädd polis och tittar trött framför sig medan han snurrar en penna med ena handen. Han ser sträng ut där han sitter, lite äldre, nog i pappas ålder. När Linda kommer in genom dörren slutar han hastigt att snurra pennan och sträcker lite på sig. Han utstrålar en aura av respekt och Linda känner att hon instinktivt fäller ner blicken. Den andra polisen är yngre. När hon kommer in står han vänd mot väggen och studerar en anatomibild. När han vänder sig om för att hälsa på Linda ler han. Det är ett snällt leende. Ett vackert leende tänker Linda.

"Good cop and bad cop", hinner Linda tänka lite fnissigt innan hon kommer på varför hon är här och blir allvarlig igen.

Linda har blivit kallad ensam till undersökningsrummet med de två poliserna. Hon funderar över vad det kan betyda.

"Vi vill börja med att tacka för att du prioriterar att få in samtalet med oss och förstår att det är svårt med schemat. Vi ska göra vårt yttersta för att det inte ska påverka patienterna alltför mycket så låt oss sätta i gång direkt", säger den äldre polisen.

"Mitt namn är Anders Larsson och det här är min kollega David Nyberg. Vi kommer från enheten för grova brott. Vi är här för att utreda ett brott, ett möjligt mord. Som du förmodligen redan har hört från dina kollegor, sådant brukar ju spridas ganska fort, så hittades en man utanför vårdcentralen tidigt i morse."

"Ja, jag hörde det på vårt avdelningsmöte i morse."

"Som du förstår så behöver vi nu samla så mycket information som möjligt och vi arbetar på olika spår just nu. David och jag är nu runt och pratar med anställda på sjukhuset, inklusive vårdcentralen för att se om någon har sett något speciellt som vi bör känna till." Han låter väldigt auktoritär den där Anders, tänker Linda.

"Men hur hittades han då? Vem var det som fann honom?", frågar Linda.

"Ja, det kan vi naturligtvis berätta. Den avlidne hittades av en man från kommunen som har i uppdrag att renhålla trottoarerna i närområdet. När han närmade sig entrén såg han mannen sittandes på bänken. Han försökte få kontakt med honom men upptäckte då att något inte stämde och larmade därför oss."

"Stackars kille." Linda inser att hon säger högt det hon tänker. Hon kan bara tänka sig ångesten det skulle utlösa att hitta en död man, en mördad man utanför sin arbetsplats.

Linda förstår inte vad hon egentligen ska kunna hjälpa poliserna med. Det känns som att de slösar bort sin tid med henne och att de istället borde leta efter mördaren, han är ju uppenbarligen fortfarande där ute någonstans. Bara tanken på det ger Linda ett nytt stresspåslag.

Andas. Ett, två, tre, fyra.

Hon börjar berätta för poliserna om sin morgon.

"Efter promenaden i regnet upp till bussen på Värmdövägen i morse började jag känna mig rejält frusen och ruggig av kylan och vätan. När jag klev av bussen i Ektorp halvsprang jag därför de trehundra meterna från hållplatsen hela vägen uppför backen mot sjukhuset, allt för att hålla värmen."

"Gick du in via huvudentrén?", frågade polisen Anders.

"Nej, jag passerade aldrig huvudentrén utan sneddade över den stora besöksparkeringen och in via personalentrén till vårdcentralen, den som finns på västra sidan av sjukhuset."

"Såg du något särskilt när du halvsprang upp från bussen? Eller när du kom in på sjukhuset?" Nu var det David med leendet som frågade, även om han inte längre log.

"Nej, när jag kom in på sjukhuset så gick jag direkt in i omklädningsrummet. Då var klockan redan tjugo i åtta och de andra hade redan hunnit byta om och gått till personalrummet. Därför skyndade jag mig allt jag kunde för att hinna i tid till genomgången."

"Så du såg inget som var utstickande, någon person som inte borde vara där eller något annat som du kan berätta för oss?", frågade Anders.

"Tyvärr, jag såg absolut ingenting som verkade misstänkt, varken på vägen upp mot sjukhuset eller inne i vårdcentralens lokaler. Jag är ledsen att jag inte kan hjälpa till med något men jag måste ju säga som det är."

"Självklart ska du säga sanningen och inget annat. Har du inte sett något så är det så det är. Och är det så att du kommer på något längre fram så är det bara att du kontaktar oss, du kommer få våra kontaktuppgifter. Men vi pausar med dina iakttagelser ett tag och går över till nästa del som vi behöver prata med dig om." Återigen Anders, verkar mest vara han som pratar. David antecknar.

"Vi har kunnat identifiera mannen i rullstolen med hjälp av det identifieringsnummer som finns på alla hjälpmedel som lämnas ut. Rullstolen som offret satt i är märkt. Det numret kan kopplas till den här vårdcentralen genom att rullstolen är förskriven av en läkare här på vårdcentralen för cirka tre år sedan och genom att offret skrev på en låneförbindelse. Mannens namn är Axel Johansson och han blev sjuttioåtta år."

"Axel Johansson, det låter inte bekant?", säger Linda.

"Läkaren som förskrev rullstolen, och som då även var husläkare till Axel arbetar inte kvar på vårdcentralen har vi förstått av er verksamhetschef. Vi ska förstås ta kontakt med honom ändå för att höra honom. Men, vi har förstått att du var den läkare som träffade Axel senast. Han hade ett bokat möte med dig i slutet av februari för sina krånglande knän."

"Oj då, jag förstår", Säger Linda.

"Vi behöver din hjälp med att försöka komma ihåg ditt möte med honom och om det är något speciellt du tänker på och som skulle kunna hjälpa oss." Nu har David släppt blicken från sin anteckningsbok och tittar upp mot henne.

Han ser ut att vara i min ålder, inte bara vackert leende, ganska fina ögon också, blå tror jag minsann. Sen sänker hon blicken mot hans händer, ser guldringen som sitter så blank på hans vänstra ringfinger. Med en tung inombords suck släpper hon tankarna på David och försöker istället koncentrera sig på det hon faktiskt är här för.

Lindas minne är helt blankt när det gäller den mördade mannen. Hon kommer varken ihåg namnet eller känner igen ansiktet från passfotot, åtminstone inte vid första anblicken. Men å andra sidan vet hon hur mycket hon själv kan förändras, färg på håret, långt eller kort och så vidare. Dessutom är det väldigt många patienter som besöker vårdcentralen och det är många patienter knutna till varje husläkare.

Trots att Linda är AT-läkare och inte har erfarenheten som till exempel Lena, så har hon fått ta väldigt mycket eget ansvar för patienter. Framför allt nu under vårförkylningarna när det är så mycket sjukdom även bland personalen och hon själv av en lycklig slump lyckats klara sig undan.

"Jag behöver gå in i journalsystemet och läsa vad jag har skrivit i journalen för att se om jag kommer ihåg bättre."

Linda går fram till skrivbordet. Anders reser sig ur skrivbordsstolen och erbjuder den till Linda. Polisen Anders har uppenbarligen justerat höjden på stolen neråt och nu höjer hon upp den igen så att hon kommer i rätt höjd till skrivbordet. Hon trycker in sitt ID-kort i tangentbordet för identifiering och slår in sitt lösenord. Hon får Axels personnummer från David och skriver in det i journalsystemet och trycker på sökfunktionen. Hon läser högt ur anteckningarna hon har skrivit från mannens besök i februari samma år.

"Söker för fortsatta besvär med sina knän, tidigare verifierad artros i både höger och vänster knä. Vi diskuterar en operation och remiss till ortoped. Även hans tidigare läkare har rekommenderat operation, men det vill mannen absolut inte veta av, han frågar efter smärtstillande, helst Tramadol."

Linda slutar läsa högt och tystnar under tiden hon läser vidare. Därefter vänder hon sig mot David och Anders.

"Utöver artros i sina knän hade han inga problem med hjärtat eller minnet som så många i hans ålder har. Men det är klart, han levde redan på övertid, det var bara en tidsfråga innan något större hälsoproblem skulle inträffa. Jag skulle nog bedöma det som att med hans ålder, kombinerat med den beroendeproblematik han hade, så hade han ändå levt många år, fler än snittet för den typen av patient. Frågan är hur många fler år det hade blivit innan han skulle få problem med hjärta och lever."

"Beroendeproblematik, vilken typ av beroende talar vi om då?", undrar David

"Mannen hade ett klart osunt förhållande till alkohol. Det här är inte personen som lever på en parkbänk men alkohol måste ha haft en framträdande roll i hans liv. Åtminstone vad jag kan utläsa från proverna som togs för ett par år sedan. Även spår av cannabis kan jag utläsa från de proverna."

"Ok, alkoholproblematik", säger David högt medan han skriver i anteckningsboken.

"Ja, utifrån att han bad mig om recept på Tramadol, som för övrigt är något av det starkaste smärtstillande vi kan förskriva. Därför undviker vi i det längsta att skriva ut det på grund av den stora risken för beroende, så det kan ju vara så att han har utökat sitt beroenderegister även med tablettmissbruk. Hans situation kan ju också ha förvärrats sedan jag träffade honom."

"Det låter ju onekligen så." Anders nickar för sig själv.

"Nu är det ju min egen tolkning, jag skulle gärna vilja att även min handledare ger sin bedömning då det är en ganska komplex beroendeproblematik." Linda känner sig plötsligt osäker på hur mycket hon vågar säga och känner att det inte får bli fel, bättre att Lena kan stötta med en bedömning.

"Ni frågade också om jag kommer ihåg honom men tyvärr, det kommer många män i hans ålder med besvärande artros till vårdcentralen, men eftersom han inte verkade intresserad av annat än Tramadol, vilket jag för övrigt såklart inte skrev ut, artros behöver annan behandling, så tror jag att det blev ett kort besök. Ledsen att jag inte kan hjälpa er mer." Linda hade gärna velat vara den som löste hela mysteriet åt poliserna. Hon vill nästan hitta på något för att göra historien lite bättre för att poliserna skulle kunna säga att hon har varit till enorm användning och att hon skulle bli berömd, intervjuad. Men nej, skärp ihop dig, idiot. Det var inte mer spännande än så.

"En sista fråga innan vi släpper tillbaka dig till patienterna. När mannen hittades på bänken hade han en lapp i handen." Nu är det den äldre polisen Anders som pratar igen.

"Det står något skrivet på lappen som vi inte riktigt kan sätta i sitt sammanhang. Vi vet inte heller om det överhuvudtaget har någon koppling till mordet eller om det bara är en lapp som han råkade hålla i handen när han blev bragd om livet. Men, vi vill ändå höra med dig om det ringer någon klocka hos dig när du hör det." David plockar fram ett papper från sitt block. Det är en kopia av den upphittade lappen. Han sträcker sig mot Linda och lämnar över den. Linda läser högt:

Ett Liv En Liv.

"Det låter ju helt obegripligt. Ganska suddig text också. Har det kommit regn på det? Kanske det har stått mer på pappret?" Det är nu jag borde komma på någon jättesmart slutsats tänker Linda. Men tänk då, hur svårt kan det vara? Men istället svarar hon poliserna, hon tycker själv att hon låter som ett UFO.

"Alltså, ni får inte mycket hjälp av mig är jag rädd, jag fattar ingenting, verkar mycket liv?" Linda far ut med armarna i en uppgiven gest.

"Ingen fara, det var en chansning och vi förstår att det låter obegripligt, det gör det även för oss just nu även om vi hoppas att få klarhet inom kort. Vi får ändå tacka för all din hjälp. Glöm inte att höra av dig om det är något du kommer på som du tror kan ha betydelse, hur litet det än kan verka. Stort tack för din tid." Poliserna tar Linda i hand.

Hon känner att hennes kinder blir varma när hon tar Davids hand så hon gör avskedsprocessen kort och går ut genom dörren och hastar snabbt tvärs över korridoren, in i sitt eget mottagningsrum.

Nu är det verkligen dags att komma i gång med patienterna. Hoppas att de kommer visa förståelse för att de har fått vänta. Hon slutar aldrig förvåna sig över vissa patienters fullständigt egoistiska sinne. Inte ens ett mord får stå i vägen för deras nageltrång.

SJU

Linda småspringer sista biten till restaurangen inne vid Nytorget. Hela hennes liv består av att småspringa tänker hon irriterat.

Hon har inte kunnat med att låta den sista patienten få stressa igenom undersökningen bara för att arbetsdagen egentligen är slut och hon är sen. Varje dag tänker hon att hon ska bli lite striktare när det gäller patienterna och göra som hennes handledare Lena säger, låta dem boka en ny tid. Det låter så enkelt när Lena säger det. Men det är klart, Lena har arbetat som läkare i många år, främst på vårdcentraler, och förmodligen är det väldigt klokt av henne. Man måste vara väldigt rationell kring patienterna för att hantera arbetsbelastningen. Kanske något som kommer med ålder och erfarenhet?

Lena säger att det helt enkelt inte går att bära med sig allas bekymmer ut genom dörren efter arbetsdagens slut och att det inte gagnar patienterna om vi läkare springer in i väggen av allt arbete. Och det ligger ju verkligen något i det, Lena har rätt. Linda behöver uppenbarligen tuffa till sig för att inte gå under.

Men, hur tusan ska den ekvationen gå ihop. Patienterna har svårt att få tid och de allra flesta vill inte störa i onödan och det gör att de samlar på sig ett antal frågeställningar när de väl tar sig för att boka tid. Ett läkarbesök kan innehålla en cocktail av halsont, huvudvärk och ny blodtrycksmedicin. Och en oro för döden. Det slår aldrig fel. Varje gång patienten har fått hjälp med sin ursprungliga fråga så kommer det.

"När jag nu ändå är här..."

Alla är så upptagna med sitt eget att de inte förstår att varje gång frågan ställs så kortas hennes redan från början korta lunchtid eller förlängs hennes arbetsdag, såsom idag.

Linda öppnar dörren till den lilla tapasrestaurangen. Uteserveringarna har öppnat för säsongen men det är ingen som sitter ute idag. Det är i och för sig bättre väder än igår, inget regn, men lite väl kyligt i luften för att sitta ute. Men snart hoppas hon att sommaren äntligen kommer.

"Förlåt, förlåt."

I hörnet sitter Karin, Lindas älskade vän och vapendragare sedan barndomen. Med glasögonen på sin söta nästipp. Klokare än någon annan människa. Kanske på grund av att hon är en bokslukare av rang. Linda förvånas ofta över att Karin har tid att läsa så många böcker men inser att det nog handlar om prioriteringar.

Karin som alltid finns där för henne, som en stabil klippa. Som har humor men också en ärlighet som Linda uppskattar. Karin utmanar Linda och trycker ibland på ömma punkter på ett sätt som bara hon har tillåtelse att göra. Linda hälsar urskuldande på Karin och ger henne en innerlig kram. Karin som vid det här laget är van vid de långa och uppenbarligen väldigt svårstyrda arbetsdagarna som Linda har på vårdcentralen bara skrattar.

"Du vet vad som gäller, du sa förra gången att det här aldrig skulle hända igen och om det gjorde det skulle du bjuda."

Linda himlar med ögonen och skrattar.

"Du har alldeles för bra minne."

"Det kan jag definitivt skriva under på, speciellt när det gäller saker som går i min favör. Men, jag är också en god vän. Eftersom jag vet att min kära väninna har ett digert CSN-lån att betala av på och precis har börjat komma igång med att få lite inkomster, så kommer jag göra ett undantag idag. Jag kommer helt och fullt låtsas att jag inte kommer ihåg vad du lovade förra gången. Dessutom tror jag att jag ska få en ny tjänst så det borde vara jag som bjuder."

"Vaaa?!? Det är sannerligen på tiden. Har chefen äntligen fattat att du är överkvalificerad för de små casen nu och är redo för större ansvar, större fiskar?", undrar Linda.

"Ja, åtminstone så tycker jag att hon hintade om det när vi hade utvecklingssamtal idag. Men jag ska inte ta ut glädjen i förskott, då blir jag bara besviken. Jag vet ju att jag har fallit på målsnöret tidigare så den här gången ska jag tänka bort det, händer det så händer det." Karin rycker på axlarna.

"Det låter smart. Oavsett, du är en grym projektledare och det verkar som att din chef också ser det så det ska nog ordna sig ska du se. Jag håller alla tummar och tår, jag vet ju hur duktig du är så för mig är det inte en fråga om om, utan när. Ska vi beställa? Jag är jättehungrig, hann bara äta en smörgås till lunch."

"Vad har jag sagt om de där bedrövliga så kallade luncherna?" Karin tittar bekymrat på Linda.

"Jo men det löser sig, så farligt är det inte." Nu börjar Linda tycka att det här samtalet är på väg åt fel håll.

"Lova mig att du försöker bli bättre på både lunchvanor och att du ser till att få den lunchrast du så väl behöver." Karin borrar strängt ögonen i henne.

"Jag looovar, på scoutheder." Linda himlar med ögonen och försöker få till en scouthonnör.

"Ja, ja, undrar om jag någonsin kan få ordning på dig. Men, det får vi ta en annan dag för jag är faktiskt också vrålhungrig.

Jag vill ha edamame-bönorna, sååå goda. Och så vill jag gärna ha fisktacos. Ska vi dela som vanligt?"

"Men alltså, behöver du fortfarande fråga det?", skrattar Linda.

Tänk vad skönt det är med Karin. Trots en enormt stressig dag så försvinner all trötthet. Och, framför allt, all ångest försvinner direkt när hon är med Karin. Tänk om det alltid kunde vara så.

En servitör närmar sig bordet och frågar försiktigt om de är beredda att beställa.

"Åh, här sitter vi som vanligt och bara pratar utan att kika på menyn. Beklagar men vi kan nog behöva ett par minuter till. Ska vi inte börja med att beställa in vin först så hinner vi kika lite till på menyn? Vad är du sugen på?" Karin frågar Linda.

"Vet inte, vad är du själv sugen på? Vitt eller rött? Jag kan tänka mig båda så du får bestämma."

"Men ok, då tar vi en flaska husets röda, tack så mycket". Karin lägger bort vinlistan och plockar åt sig menyn igen.

Linda lutar sig tillbaka mot den mjuka soffryggen och känner tröttheten efter en lång dag på jobbet. Plötsligt sprätter hon till.

"Men herregud, jag har ju glömt att berätta."

"Men vad, har den snygga läkaren på närakuten friat?" Karin spärrar tillgjort upp ögonen.

Linda har vid ett, men bara ett, tillfälle nämnt att det finns en snygg ung läkare på den närliggande närakuten och det blir hon nu påmind om i tid och otid av sin vän.

"You wish. Nej men allvarligt, polisen kom till vårdcentralen idag. Och jag blev förhörd. Det är en man som har blivit mördad i en rullstol utanför sjukhuset. Jag har tydligen haft honom som patient. Shit, det där fick jag nog inte säga, lova att inte säga något till någon."

"Jamen det är klart jag lovar, jag vill ju inte att du ska förlora jobbet nu när du har pluggat så länge. Du måste ju kunna betala av det där CSN-lånet innan döddagar. Men apropå döddagar, berättade de hur han hade dött? Och visste du något så att du kunde hjälpa dem?", frågar Karin.

"Nä, du vet ju hur jag är, varken hör eller ser. Skulle inte ens märka om det kom in en gorilla här. Nej, tyvärr, de sa inget om hur han hade mördats, bara namn och ålder, det var en äldre man."

"Nej, det så klart, de får väl inte ge för mycket detaljer när det är under utredning. Om de hittar en misstänkt så vill de ju att han ska avslöja detaljer som ingen annan vet, till exempel om mordet."

Servitören är tillbaka igen vid bordet och efter lite snabb överläggning så kommer de fram till att inte svika ett vinnande koncept och gå på sin numera traditionella kombination av favorittapas, pil-pil, de fantastiska räkorna frästa i vitlöksolja, fisktacos, så klart, den goda lammkorven Merguez, edamamebönor och lite Manchego-ost som avslutning.

"Vi är så otroligt förutsägbara. När ska vi slå till och ta den där chiligrytan som vi har pratat om flera gånger", säger Linda. Båda vet att det förmodligen aldrig kommer hända, de gillar det förutsägbara.

Karin är otroligt intresserad av allt som har med polisyrket att göra så det här mordet är ett ämne som passar henne. Linda vet ingen som tittar på fler kriminalserier än Karin. Hennes stora utgift är månadsavgifterna till ett flertal streamingtjänster. En sidoeffekt av det är att Karin nu verkar ha utvecklat en fäbless för obducentyrket. Linda får väldigt konkreta exempel från den senaste serien Karin tittar på. Varje kriminalserie av dignitet har en obducent bland huvudkaraktärerna och det vägs och mäts och sågas. Lite onödigt detaljerat tycker nog Linda även om hon själv såklart under läkarutbildningen har varit med på en obduktion.

"Det är alltså bara som du tror, du har ett otroligt sinne för detaljer även om du inte förstår det själv", säger Karin

"Hmm, kanske, men det är bara om det är något som intresserar mig. Jag kan till exempel berätta att den ena polisen som jag pratade med, David heter han förresten, har väldigt fina ögon och ett leende som kan smälta en margarinfabrik."

"Wow, kanske något att satsa på?" Karin är hoppfull.

"Tyvärr, min detaljförmåga noterade även en guldring på vänster ringfinger."

"Vilken otur. Hur går det förresten, har du någon ny Tinderdejt?"

"Nej, jag har inte haft tid, jag ska nog göra som du och bara vänta på den rätta." Varför säger jag så? Varför ljuger jag för Karin? tänker Linda. Jag vet ju att jag är sjukligt otålig och inte vill något hellre än att träffa den rätte.

Karin har en bestämd uppfattning om att den rätte ska komma till henne när ödet så vill, hon känner ingen oro över framtiden utan låter livet bestämma vad som ska hända. Själv tror inte Linda på ödet utan tänker att man ibland behöver hjälpa ödet lite på traven. Framför allt om man som tjej inte har oceaner av tid på sig om man vill ha familj, man och barn, helst flera barn. Det tar många år att läsa till läkare och under studietiden ligger allt fokus på studier och alla fester som är en del av studentlivet. Och nu tar AT-tjänsterna så mycket energi att hon inte har orkat.

Fast om hon ska vara ärlig mot sig själv så är det egentligen inte alls studierna och jobbet som hindrar henne. Den allra största andelen av hennes lediga tid utanför jobbet går åt till det förbannade ätandet. Ätandet och kräkandet och ångesten som hovrar någonstans där i mitten. Men inte ens för sin allra bästa vän kan hon förmå sig att avslöja sanningen, den är för skamfull.

Hon önskar så innerligt att hon ska ha mod att kunna dela med sig av det där jobbiga, det som tar så stor del av hennes liv. Skammen är dock oändligt mycket större än önskan att berätta. Ångesten över att dölja något så stort för sin bästa vän får den där förbannade ångestklumpen i magen att komma tillbaka.

"Jag ska bara gå på toaletten, kommer strax", säger Linda.

Hon tar de få stegen mot toaletten med en blandning av bestämdhet och tvekan i stegen.

Linda står och stirrar rakt ner i toalettstolen inne på restaurangtoaletten och sedan blundar hon. Det blir bara för mycket brus i skallen för att hålla ögonen öppna. Jag måste kräkas, jag åt alldeles för mycket av den där manchegon, stackars man på bänken, alldeles ensam. Jag är ensam. Tankarna snurrar i huvudet på henne. Hon öppnar ögonen och stirrar återigen ner i toalettstolen. Den ser inte helt nystädad ut. När hon tittar noga kan hon se grumligt längst ner och ser det inte lite brunprickigt ut där på bakkanten av toalettsitsen. Linda får kväljningar. Nej, det här går inte. Djupa andetag, ett, två, tre, fyra...ett, två, tre, fyra.

Linda tvättar händerna och går tillbaka ut till Karin.

"Det gick snabbt!"

"Ja, jag varnar dig, gå inte in där, knip hellre, ser för äckligt ut." Linda inser själv att hon skämtar om något som nyss var så allvarligt. Men det hjälper. Och med ens är ångestklumpen borta, märkligt hur fort det kan svänga.

De fortsätter kvällen med en diskussion om bästa sättet att lyckas på Tinder och planer för den optimala sommaren. I år har de hyrt en liten stuga på Utö en vecka. De ska hyra cyklar och cykla runt ön, stanna och bada när de blir varma och njuta av kallt rosévin på Båtshaket. Dåligt väder finns inte med i planerna.

Mätta på mat och vin tar de farväl ute på trottoaren med en stor kram och bestämmer att de ska höras imorgon. Linda promenerar den korta vägen nedför gatorna på södra delen av Söder, ner till båten vid Barnängen.

Båten Emelie som går över Hammarby Sjö, i triangeltrafik mellan Barnängsbryggan på Södermalm, över till Luma i Hammarby Sjöstad och vidare till Henriksdalsbryggan i norr.

Linda älskar att bo i Hammarby Sjöstad. Det är något magiskt med allt vatten. Hon tycker nästan att det är som vackrast kvällstid när lamporna glittrar i vattnet. Våren har så smått börjat ta fart trots att värmen inte än är på de normala temperaturerna för april. Buskar och träd spirar med skir grönska. I Lumaparken står körsbärsträden i startblocken för att explodera i vårens vackraste, mest fantastiska färgbonanza.

Att bo i Hammarby Sjöstad är hennes livselixir. Det är som att bo i en liten stad i staden.

Med ett förnöjt lugn i kroppen står hon i badrummet och borstar tänderna, spottar ut lite tandkrämskum i handfatet och tittar på sin spegelbild. Virveln i det annars spikraka blonda håret, som brukar vara oregerligt och lägga sig helt fel, har för ovanlighetens skull tagit sitt förnuft till fånga och lagt sig mjukt utmed kinden. En kväll utan kräkningar har gjort gott för hennes ögon. Istället för blodsprängda ögonvitor kan hon istället se ett glitter i sina grönblå ögon, en vacker glans. Med en för Linda ovanligt förlåtande inställning till sig själv och sitt utseende, konstaterar hon att hon nog är ganska ok ändå.

Idag var en bra dag, det blir det imorgon också.

ÅTTA

1993

"Aaaaarrghhhhh."

"Andas. Ett. Två. Tre. Fyyyyra....vänta, nu ser jag toppen på huvudet."

"Hjälp mig, jag orkar inte mer. Vad är det som är fel. Varför kommer inte ungdjäveln ut?"

"Jo, det kommer den att göra men man kan inte skynda på naturen. Ge inte upp, inte nu. Förstår att det är kämpigt men nu kör vi. Ett, två, tre, fyra... och så tryck på. Utåt. Allt vad du orkar. Du kan det här. Jag vet att du kan."

"Aaaarrrrghhhhh."

"Du fixar det här, snart klart. Andas en gång till och så är det klart. Ett, två, tre, fyra... tryyyyycccкkkk."

De är inne på den tjugosjätte timmen av förlossningsförloppet och barnmorskan kan se att mamman börjar bli rejält utmattad. Hon gör en snabb kalkylering och beslutar att om ingenting händer inom de närmaste tio minuterna så behöver hon kalla på läkare och teamet för akut snitt. Men det ska inte behövas, inte enligt hennes bedömning. Hon har ändå varit med om en hel del förlossningar vid det här laget. Mamman ser trött ut, men fortfarande med i matchen, precis som kvinnorna brukar efter en utdragen förlossning. Den här mamman verkar stark som en oxe.

"Hur går det härinne, har det hänt något ännu? Behöver du assistans?" En sköterska öppnar dörren på glänt och kikar in.

"Nej, jag tror att vi klarar det här själva. Jag ringer på klockan om jag behöver hjälp. Tack för att du frågade", svarar barnmorskan och håller blicken fokuserad på kvinnans sköte.

Ytterligare en timme senare börjar barnmorskan tveka. Nu har det gått väldigt många timmar och det börjar bli ohållbart. Mamman är fast besluten att föda vaginalt, hon vägrar att bli skuren i säger hon. Men trots hennes initiala fysiska styrka börjar hon ändå bli märkbart svagare och tröttare. Nu måste beslut fattas för att inte riskera både mamma och barn. Sista chansen. Hon drar ett djupt andetag och bestämmer sig.

"Ta i en sista gång, tänk att du är jävligt arg på någon och håll fast i den känslan och så bara tar du i med de sista urkrafterna. Jag vet att du kan det här. Ända från tårna. ett, två, tre, fyra... kör nuuuuuu."

"Aaaaaaaarrrrrggghhh." Ett primitivt och vilt urvrål kommer djupt nerifrån strupen på mamman. Hennes ansikte är nu knallrött av ansträngning och svetten klistrar det långa håret längs huvudet i toviga testar.

Och så kommer det. Äntligen. Barnmorskan svettas även hon av anspänningen och suckar lättat när hon hör det efterlängtade ljudet.

"Ihhhhäääääää."

Tjugosju timmar, tjugotre minuter och fyrtiosex sekunder sedan den första sammandragningen och där hörs det äntligen. Skriket. Ett ljudligt illvrål av ilska, förskräckelse och chock över att befinna sig ute i det ljusa, borta från det varma, mörka, trygga. En ny liten människa. En människa som aldrig har bett om att få födas, som inte är önskad och som har haft det förbannat jobbigt redan på sin väg ut till detta jordelivet.

Liv, ett nytt liv.

NIO

1993

Kvinnan från socialtjänsten tittar ner i skrivblocket som ligger framför henne på bordet. De sitter inne i ett mottagningsrum på BB. Det har gått två dagar sedan förlossningen.

"Jo, jag hör naturligtvis vad du säger, men du behöver ju inte fatta ett livsavgörande beslut nu direkt. Jag förstår att det har varit ansträngande för dig med den långa förlossningen och det kan göra att du har svårt att tänka klart. Jag tror att du behöver vila nu. Vila tills du har kraft att ta hand om ditt barn på heltid. Jag tänker att vi gör så att du fortsatt har vårdnad, du fortsätter alltså att vara mamma men att dina föräldrar tar hand om ditt barn till dess att du känner dig starkare och är på fötterna igen. Det kanske tar några dagar. Eller ett par veckor. Jag vet att din mamma har sagt att hon kan tänka sig att hjälpa dig. Naturligtvis kommer din pappa också att ställa upp, det är jag helt övertygad om."

"Men vad är det du inte förstår??? Vad är det du inte har fattat? Jag har ju redan sagt det. JAG. VILL. INTE. HA. DET DÄR."

"Men så kan du inte säga. Det är ju ditt barn", viskar mamman förskräckt.

"Jag är helt säker. Har aldrig varit mer säker. Du får ta hand om den. Det är helt ok med mig om du orkar med det, jag bryr mig inte. Om inte du vill ha det så får ni hitta någon annan. Jag tänker i alla fall inte ta något ansvar, varför ska jag göra det när den lilla skiten som fick mig på smällen inte gör det?"

"Ok, hur känner du inför framtiden?" Mannen från socialtjänsten antecknar noggrant i sitt block.

"Känner? Jag känner ingenting. Ingenting. Varför skulle jag göra det? Det blir bra helt enkelt, så länge jag slipper se den där igen. Låt mamma ta hand om ungen om hon vill det, inte mitt bekymmer."

"Men, jag måste förstå, du har ju ett barn sedan tidigare. En ettåring om jag läser rätt, som du har vårdnaden om. Det verkar gå bra om jag har förstått rätt. Jag kan inte se några tidigare anteckningar om att ni har varit i kontakt med oss. Men nu fungerar det alltså inte? Är det något speciellt som gör att du känner annorlunda inför det här barnet?" Socialtjänstemannen tittar upp från sitt skrivblock.

"Behöver jag förklara mig för dig?"

"Nej, det är mest att jag försöker förstå vad det är som händer här." Mannen från socialtjänsten försöker förgäves förstå och är osäker på hur han ska gå vidare i dialogen med denna kvinna.

"Ett barn har inget värde. Den här sorten är inget värd."

"Hur tänker du då? Syftar du till kön? Eller till ursprung? Eller något annat?"

"Precis. Nu fattar du."

Socialtjänstemannen förstår absolut ingenting. Han kan kanske gissa sig till hur beslutet tagits, men det är bara spekulationer. Egentligen har han ingen som helst aning kan han uppgivet konstatera.

"Ok, jag antecknar här att vi tar ett nytt möte om en månad för att följa upp situationen och så tar vi ett beslut då. Till dess får barnet bo hos dina föräldrar." Socialtjänstemannen sätter ordentligt på den blå plastkorken på kulspetspennan och stoppar ner den och skrivblocket i väskan. Han drar igen dragkedjan och lägger väskan på bordet medan han tar på jackan.

"Ja, men då får jag väl önska er lycka till så länge så ses vi om en månad", säger socialtjänstemannen.

Han känner själv att han undviker frågan kring det jobbiga beslutet men det känns just nu som den enklaste utvägen. För nu. Han skakar hand och känner att han bara vill smita ut genom dörren.

Hans fru väntar barn. Bara fem veckor kvar. Nu vill han bara hem och fortsätta arbetet med att måla om i rummet som ska bli barnrum. Hon som brukar göra honom sällskap. Sitta i en bekväm nedsutten tygfåtölj mitt i rummet och läsa högt upp namn från en förslagslista eller spekulera i ögonfärg och hårfärg, och vilka sagor hon ska läsa för barnet. Allt medan han målar väggarna och kommer med försiktiga synpunkter på hennes namnförslag. De tillbringar all sin lediga tid med att planera vad som komma skall.

Och han älskar varje minut av det. Han älskar sin fru och livet de har skapat tillsammans, och som nu ligger och växer till sig i hennes mage. Blir det en pojke? Eller blir det som han i hemlighet önskar, en flicka? Pappas flicka. Han kan inte förstå att så många frågar honom om han vill ha en pojke. Inte för att det skulle spela någon roll, han kommer älska barnet villkorslöst i alla fall. Men det vore ändå kul med en liten tjej. Nåja, snart får han veta. Han målar rummet i en vacker ljusgul färg, som en neutral kompromiss.

Det är med en viss lättnadskänsla han sätter sig i bilen och vrider om nyckeln i låset. Lättad att få åka hem till sitt liv. Ett annat liv.

Kvar på bordet uppe på avdelningen ligger väskan med anteckningsblocket. När han dagen efter börjar leta efter den kommer han inte hitta den. Och av rädsla för att blotta inför sin chef att han varit försumlig tiger han tyst om det inträffade och försöker förtränga det. När barnet kommer och hans liv förändras totalt är minnet av den bortglömda, försvunna väskan helt raderat.

Sex månader senare, samtal på Socialförvaltningens kontor

"Det har varit svårt att återskapa klientregistret. Ja, efter den anlagda branden i våra tidigare lokaler i Nacka alltså."

"Vilken fruktansvärd tragedi. Tur ändå att ingen blev skadad."

"Ja verkligen. I alla fall, hela vårt system är ju uppbyggt på journalsystemet med hängmapparna. De är ju tyvärr lättantändliga vilket den där desperata killen med vårdnadstvisten hade förstått. Han har berättat för polisen att han inte ville att det skulle synas att han hade en dom för rattfylleri eftersom han, med all rätt, trodde att det kunde påverka tvisten."

"Men den informationen fanns ju inte på lokalkontoret?"

"Nej precis, han hade ju helt missförstått var den informationen lagras så det var helt i onödan dessutom. Vilket slöseri, tänk om han hade tänkt sig för ett extra varv innan han tände på."

"Han måste verkligen ha varit desperat."

"Jo så var det nog verkligen. Man tänker väl inte helt klart tyvärr om man är så desperat."

"Det är ju olyckligt att mapparna var så lättillgängliga."

"Det är såklart inte ett säkert system att ha förrådet med mapparna så nära väntrummet, utan lås på dörren. Ett ögonblicks verk när receptionisten gick på toaletten och så kunde han smita in i förrådet."

"Ja, väldigt olyckligt."

"Men nu har vi i alla fall gått igenom allting vi har kunnat hitta som inte helt förvandlats till aska och jämfört med våra egna anteckningsböcker och återskapat patientjournaler för respektive patient. Ja, och dessa ska såklart inte förvaras på motsvarande sätt i framtiden men det har vi åtgärdat framåt genom låsbara skåp. Nu kan vi verkligen säga att vi känner oss bekväma med att säga att vi har återskapat allt och har journalmappar på alla våra klienter, ingen saknas."

"Vad bra, då meddelar jag områdeschefen att det inte finns någon kvarstående risk."

Och med det förseglades ödet för det bortglömda oönskade barnet. Av slump tillverkad och av slump bortraderad.

TIO

"Så hur skulle du göra med den här patienten? Jag har gett Kåvepenin men patienten kommer tillbaka efter två veckor och har jätteont." Det är fredag eftermiddag och Linda har ett av sina regelbundna handledarsamtal med sin handledare, allmänläkaren Lena Sundberg.

Lena är en rättfram kvinna som inte verkar ta skit från någon. Snäppet yngre än hennes mamma har Linda gissat. En kvinna med båda fötterna på jorden och mycket livserfarenhet. Ingen man eller sambo, i alla fall ingen som Linda har hört talas om. Inte någon kvinnlig partner heller för den delen. Linda har en känsla av att Lena lever under devisen "bra kvinna reder sig själv". Lena har inte berättat så mycket för Linda om sitt privatliv mer än att hon är född och uppvuxen i Nacka och bor, sedan en avstickare i ungdomen, återigen i Nacka.

Hon har ett barn, det har jag i och för sig också förstått, en son. Sonen verkar, trots att han har flyttat hemifrån, vara en riktig mammagris och verkar tillbringa väldigt mycket tid med sin mamma. Något Linda själv har väldigt svårt att relatera till. Tanken på att tillbringa mer tid än nödvändigt med sina föräldrar ger Linda stress bara av att tänka på det.

"Jag vet ju att vi ska vara restriktiva med antibiotika, vi fick lära oss att det gjordes en åtstramning av utskrivning av olika typer av antibiotika i Sverige för ett antal år sedan och att det ledde till minskad användning, så klart. Jag vill självklart också hjälpa till med att hålla användningen nere för att inte hamna som de har gjort i södra Europa där man nu har stora problem med antibiotikaresistens." Linda känner sig duktig för att hon kommer ihåg detta från utbildningen.

"Men ser du, ibland är vi kanske lite väl mycket fröken Duktig", säger Lena med en tillrättavisande ton.

"Alltså, jag menar inte att föreläsa för dig, jag vet ju att du har tonvis med kunskap och erfarenhet", säger Linda urskuldande.

"Nåja, nu menar jag kanske inte att du föreläser utan mer att om det verkligen behövs antibiotika så ska vi skriva ut det. Men bara inte för minsta snuva som kommer vandrande in genom vårdcentralens dörrar. Du vet väl hur det är med män och deras förkylningar?", tillägger Lena ironiskt, men med lite mer värme i rösten. Hon lägger samtidigt huvudet lite på sned för att ytterligare förstärka det fåniga.

Lena har en underbar jargong anser Linda och hon fullkomligt älskar att Lena gärna skämtar om allt och alla.

"Nej men skämt åsido, vad är det för antibiotika du har skrivit ut? Vad har patienten för symptom? Om patienten har gått länge kan det vara läge att sätta in ett bredspektrum", konstaterar Lena.

"Patienten har haft förkylning med hosta länge och det verkar ha satt sig i bihålorna. Hon har gått med det länge nu men trots att jag har skrivit ut Kåvepenin så verkar det inte gå över och jag börjar tycka rejält synd om henne. Så du tycker att det är helt ok att jag skriver ut Amimox?"

"Självklart. Du ska dock inte skriva ut något för att du tycker synd om henne utan för att det behövs. Men nog pratat om patienten, vad ska fröken AT-läkare hitta på i helgen då?" Lenas fråga kom med en krydda av den vanliga jargongen.

"Idag ska jag på middag hemma hos mamma och pappa. Min lillebror Marcus och hans sambo kommer också. Och självklart lilla Clara." Clara är tre år och söt som en ängel med ljust lockigt hår och ett leende som gör att alla omkring henne smälter. Självklart har hon lindat Farmor och Farfar runt lillfingret. Pappa, som kan verka ganska skräckinjagande för de flesta, sätter glatt på sig prinsesskronan från utklädningslådan och leker prinsessa med Clara. Tänk om hans chefskollegor på försäkringsbolaget skulle se det, de hade aldrig trott sina ögon. Linda ler för sig själv när hon berättar om det.

"Det är mammas födelsedag och det ska vi såklart fira. Mamma är jätteduktig på att laga mat. Hon har varit hemmafru under hela min uppväxt och har varit den som har tagit hand om markservicen i alla år medan pappa har gjort karriär. Men hon verkar trivas bra med det, hon gillar att rå om oss som hon kallar det."

Linda inser att hon som vanligt har gått "all in" och gett alldeles för mycket information som svar på en enkel fråga.

"Men förlåt, det var inte meningen att sitta och babbla om min familj", säger Linda urskuldande.

"Ingen fara, trevligt att höra om familjesammanhållning, ni verkar ha en fin familj", säger Lena.

"Vad ska du själv göra?", undrar Linda.

"Åh, idag förväntar jag mig en riktigt god middag ihop med min son, han ska komma hem till mig och äta middag. Middag som han lagar. Hoppas att det blir den där fiskgrytan som jag hintade om. Hittade ett recept som hon Matfashionistan har lagat i det där matprogrammet. Hon är väldigt duktig tycker jag så det är säkert ett gott recept. Ihop med ett gott glas Chablis till. Sen ska jag bara ta det lugnt i helgen och ligga med fötterna på soffan. Eller i solen på altanen om jag har tur."

"Åh, jag fullkomligt älskar fiskgryta, du måste ge mig receptet om det blir så lyckat som du tror. Vad toppen det måste vara att ha en son som är duktig på att laga mat. Jag önskar att jag hade sån lyx. Fast det förstås, jag får väl börja med att skaffa mig en man innan jag kan få en son, eller dotter för den delen", säger Linda.

"Ha, ha, du är allt lite gammaldags tror jag allt. Vem har lärt dig att man måste ha en man för att skaffa barn, trodde du hade läst till läkare." Lena skrattar hjärtligt.

"Hmm, det såklart. Men jag är ändå avundsjuk att du har någon som lagar mat åt dig."

"Ja, han är faktiskt riktigt bra på att laga mat när han är på det humöret. Han har en sambo men hon är inte intresserad av matlagning så det blir mest halvfabrikat hemma hos dem. Då brukar han gilla att komma hem till mig istället och laga middag till någon som uppskattar god matlagning."

En liten mammagris tänker återigen Linda med ett leende. Nåväl, det är Lena väl unt att få en god middag.

"Stort tack för den här veckan, njut din fredagskväll med sonen. Jag måste hinna förbi Forum och hitta en present till mamma innan middagen. Vi ses på måndag."

"Spring du iväg, jag tar sista anteckningarna innan jag går, du har uppenbarligen mer bråttom än jag." Och med det schasar Lena iväg Linda.

ELVA

Linda älskar att gå den lilla backen ner från Nacka Forum köpcenter, in i det k-märkta villaområdet i Storängen där hennes föräldrar bor. Hon ser de knotiga äppelträden som snart ska slå ut sina knoppar, ännu en tid kvar till dess de vackra vita och rosa blommorna ska stå i blom. Träden som vittnar om gammal tid, stabilitet och trygghet. Hennes föräldrar bor kvar trots att både hon själv och lillebror Marcus har flyttat hemifrån för flera år sedan.

Om hon någon gång frågar dem om de är sugna på att flytta in till stan så svarar alltid hennes pappa med bestämd röst.

"Kommer aldrig på tal, här har vi bott i 30 år och härifrån får de lyfta ut mig med fötterna före när det så väl är dags."

Hennes mamma Carina brukar alltid mumla lite men slutligen säga att jovisst, så skulle det nog bli. Linda vet att hennes mamma i hemlighet nog egentligen skulle kunna tänka sig något mindre arbetsamt boende än den trehundrafemtio kvadratmeter stora sekelskiftesvillan. Speciellt nu när de närmar sig pensionsåldern.

Kanske en lägenhet i Hammarby Sjöstad nära henne, eller i Sickla som hennes lillebror. Men nu är det som det är, pappa Sören säger man inte emot, så är det bara och har han bestämt att de ska bo kvar så är det så det kommer att bli. Linda funderar på om hon borde gå in i mammas ställe och utmana pappa om detta men hon vet att hennes mamma absolut inte skulle vilja det och därför låter hon bli. Trots allt har hennes föräldrar hittat sina egna rutiner och sätt att leva ihop som passar dem och det får man respektera.

Som alltid är det mysigt att komma hem till föräldrarna. Känslan av tillhörighet och barndom och den där speciella doften som bara finns hemma hos mamma och pappa. En blandning av mammas parfym, pappas after shave, nytvättad tvätt och hemlagad mat. Det är en oslagbar doftkombination, i alla fall om man frågar Linda.

Det är mamma som fixar i huset, städar, tvättar och lagar all maten. Men hon är ju ändå hemmafru som pappa brukar säga. Fast han har å andra sidan inte så mycket erfarenhet av hur arbetsamt det måste ha varit att sköta hela huset och oss två syskon. Barn som kom i ganska tät följd. Pappa har gjort karriär med många resor och långa kvällar. En karriär som har gjort honom delvis frånvarande i vår barndom men som också har gett en möjlighet att ge familjen ekonomisk trygghet. Självklart på bekostnad av den där frånvaron. Men det är inget som man får diskutera. Nåväl, de lever sitt liv som de har valt att leva det.

Ett liv, ert liv.

"Hej Clara, fasters älskling."

"Hatte Linna."

Clara, lillebror Marcus treåriga dotter, kommer springande ut i hallen, nästan snubblande på sina egna fötter, och slänger sig runt halsen på Linda. En varm mjukhet sprider sig i hela kroppen på henne och hon känner sig med ens glad och lätt som en fjäder.

"Oj, vilken fart du har. Är det bra med dig?"

"A-a-a." Clara nickar.

"Kom så går vi och letar rätt på farmor, det är ju ändå hennes dag idag."

Linda tar Clara i handen och beger sig mot köket där hon hittar sin mamma.

"Grattis fina mamma på din födelsedag."

"Tackar tackar, bra att du kommer nu, maten är i princip färdig så vi kan sätta oss."

Mamma är som vanligt lite stressad precis innan maten. Hon tar emot Lindas present, innehållande en tunn sjal med vackert blommönster, inköpt lite för kostsamt på den exklusiva boutiquen, med ena handen samtidigt som hon lägger ner fiskkuber av lax och torskrygg i den stora gjutjärnsgrytan med den andra handen.

"Åh, blir det fiskgryta till middag. Jag som älskar fiskgryta. Vad gott det doftar. Lustigt, jag hade handledarsamtal idag och då pratade vi just om fiskgryta för Lena, ja min handledare, skulle också få det till middag. Hennes son är tydligen bra på att laga mat. Fast inte så bra som du förstås", säger Linda och pussar sin mamma på kinden.

Mamma har dukat så fint och strukit den rosa linneduken och gjort iordning små bordsdekorationer med rosa rosor och gröna blad. Linda får vårkänslor när hon tittar på bordet och återigen kommer den där härliga trygghetskänslan av att vara hemma hos mamma och pappa. Lite grann bli ett barn igen.

Mamma är så duktig på det estetiska, varför har jag inte samma känsla för sådant tänker hon i nästa sekund. Ångestklumpen börjar morra från maggropen där den ligger och puttrar.

Fast det är klart, försöker Linda resonera med sig själv, det är ju nästan som mammas arbete, att se till att hemmet är vackert och välstädat. Lindas arbete är på sjukhuset. Det finns varken tid eller energi att stryka någon linneduk. Inte lust heller om hon ska vara ärlig.

Efter den vanliga omständliga proceduren med att pappa ska bestämma var alla ska sitta och självklart har placerat mamma i högsätet sitter vi alla äntligen vid bordet. Ja, förutom mamma så klart som sin födelsedag till trots springer mellan kök och matsal och serverar ångande tallrikar med den saffransdoftande fiskgrytan. Och gud sig förbjude om någon skulle få för sig att resa sig från stolen och hjälpa till. Då blir man vänligt men bestämt ombedd av mamma att sätta sig ner. Köket och servering är mammas domän, födelsedag eller ej. Så har det alltid varit.

"Ja men hur går det på jobbet då Linda, har du funderat något mer kring vilken specialistinriktning du ska välja sen?" Lindas pappa är som vanligt uppmanande frågvis kring hur det går med karriären och rösten innehåller alltid ett drag av auktoritet. Lindas pappa är en person som är van att få igenom sina önskemål.

"Hmm, nja, jag vet inte riktigt...", börjar Linda.

"Men jisses, kan vi i alla fall inte börja med att sjunga för mamma innan vi börjar prata jobb, det är ju i alla fall hennes dag idag, eller hur mamsen?" Marcus avbryter Linda medvetet och ger mamma Carina en varm kram och skickar en diskret blinkning tvärs över bordet till Linda. Linda ser på sin älskade bror med värme och ger honom en tacksam blick tillbaka.

Linda vet att hennes pappa har höga förväntningar på hennes karriär och det stressar henne. Hon har funderat på att söka en specialistinriktning för att i framtiden arbeta som barnläkare men är inte säker på om det är i linje med hennes pappas tankar om hennes karriär.

Hon önskar att hon kan ha samma självförtroende som Marcus. Gå sin egen väg och fullständigt strunta i vad andra tycker om hans val, framförallt deras pappa. Marcus har utbildat sig till polis och arbetar nu på polisen i Flemingsberg.

Han började sin karriär på det lokala kontoret i Nacka som nyutexaminerad men det kontoret har de tyvärr mestadels stängt ner och då förflyttades Marcus och hans kvarvarande kollegor till Flemingsberg.

"Jag läste i tidningen att en man har blivit mördad utanför sjukhuset, vad otäckt. Har du hört något om det Linda? Det låter ju fruktansvärt. Att något sådant kan hända här i Nacka. Och utanför sjukhuset av alla ställen."

Mamma låter nästan förolämpad av att någon har haft fräckheten att gå och mörda en gammal man i hennes fredliga Nacka. Nåväl, några skjutningar i Nackas ytterområden har hon tyvärr hört talas om men det här inkräktar mer på hennes privata sfär.

"Ja, tyvärr får jag väl säga, men det var faktiskt två poliser på plats igår som frågade en massa frågor. Det visade sig att mannen som blev mördad har varit patient till mig. Lite läskigt att man har träffat en person som sedan hittas mördad. Förresten, Marcus, du kanske vet vilka poliser det är som jag pratade med? Kommer inte ihåg vad han den äldre hette men han verkade väldigt rutinerad, David hette den unga i alla. Nyberg tror jag att han hette i efternamn", säger Linda,

"Jo, det är mina kollegor som arbetar med fallet. Märkligt fall om jag har förstått det rätt. Den där killen du nämnde, David, han är riktigt schysst. Vi brukar spela innebandy ibland ihop efter jobbet och han är med i gänget som brukar ta en öl på Kvarnen någon gång. Den äldre killen är förmodligen Anders. Han är verkligen rutinerad som du noterade, en riktig klippa att ha som kollega och förebild. Han har varit med om så mycket. Det är otroligt fascinerande att lyssna på hans historier om tidigare fall."

"Det måste vara väldigt spännande," säger mamma.

"Verkligen, jag lär mig mycket. Men när det gäller det här fallet får jag såklart inte berätta något då det är under utredning. Men jag kan säga som så att det var ett ganska brutalt tillvägagångssätt, någon måste ha varit väldigt arg."

"Jaha, spelar du innebandy med David?" Linda orkar inte prata om mord, mer nyfiken på David.

"Han var verkligen trevlig men han verkar vara gift?"

"Aha, föll du månne för hans ljuva ögon." Marcus retas med henne.

"Nej, det gjorde jag minsann inte." Linda vill inte avslöja att hon hade tyckt att David hade fina ögon, ja att hela han verkade fin.

"Och som sagt, han verkar ju vara gift." Med det försöker Linda bestämt avsluta diskussionen.

"Lugn bara lugn sys." Marcus förstår piken och släpper ämnet.

Men det gör inte pappa. Han fångar upp tråden direkt och Linda lägger på minnet att hon ska slå en stekpanna i huvudet på den där älskade brodern.

"Hur går det, har du träffat någon än? Det är länge sedan vi fick höra talas om någon. Och aldrig har vi fått träffa någon, det verkar inte vara någon som du kan hålla fast vid. När ska drömprinsen dyka upp? Eller är det så att du kanske måste sänka dina krav?" Pappa frågar, som vanligt nyfiket men också uppmanande.

"Nej pappa, jag har inte träffat någon, jag lovar att jag ska berätta om jag gör det." Linda känner hur den där förbannade ångestklumpen kommer som ett brev på posten och hon börjar komma ihåg nackdelarna med att vara hemma. Livet i huset här i Storängen handlade om strukna linnedukar och ett lyckat liv. Men vad är ett lyckat liv. Och drömprinsen, ja var finns han? Det skulle hon också vilja veta.

"Man kan inte vänta för länge innan man skaffar barn vet du. Tick tack, tick tack", fortsätter pappa.

Nej pappa, det vet jag mycket väl, jag har faktiskt gått läkarlinjen tänker Linda bakom sammanbitna käkar.

"Men snälla Clara, kan du inte ta lite bröd i alla fall?"

Saved by the bell, tänker Linda.

Marcus sambo Emelie försöker truga i Clara lite mat. Det är klart att en vitlökssmakande Bouillabaisse med musslor kanske inte står överst på listan av Claras favoriträtter. Linda är så van vid att man äter vad som bjuds, annars får man vara utan. Det har aldrig serverats någon annan mat till henne och Marcus när de var små, inte heller vid de tillfällen föräldrarna hade gäster på helgerna och det serverades trerätters med inriktning på de vuxnas smaklökar.

Den klassiska barnmaten som brukar serveras i svenska hem när det är bråttom efter hämtning på förskola och skola, så som Mamma Scan's köttbullar och snabbmakaroner, eller fiskbullar med ris har aldrig serverats hemma i huset i Storängen. Mamma var ju hemma och gjorde alltid all mat från grunden. Pannkaka med jordgubbssylt har man fått när man fyllt år eller, om man hade tur, när man var hemma hos en kompis. Mat skulle vara nyttigt och ingen belöning. Mamma brukar skryta om att hon fortfarande kan komma i sin bröllopsklänning, trettio år senare. Det handlar bara om disciplin, har mamma förklarat.

Kanske därför inte så märkligt att all denna så kallade belöningsmat blir det som hon äter i smyg nu. Maten som är så förknippad med ångest och brist på disciplin.

Det fanns ju dock fördelar med kosthållningen tänker Linda. En stor fördel med att serveras mer avancerad matlagning redan från tidig ålder är att hon har lärt sig att uppskatta så kallad vuxenmat mycket tidigare än hennes jämnåriga.

Men nu lider hon i smyg med Clara.

"Jag fixar lite ostskivor till mackan, är det ok Clara?", säger Marcus.

Jag kan se blickarna som mamma och pappa utbyter men ingen säger något, de säger inte längre emot Marcus. Marcus går, obrydd om blickarna, till kylskåpet, tar ut frukostosten ur kylskåpet och hyvlar ett par skivor som han lägger på en smörgås till Clara.

Linda stänger igen den tunga ytterdörren i ek efter sig och tar sedan ett djupt andetag ute i aprilluften. Undrar om inte värmen börjar komma nu, känns inte lika kallt ikväll.

Lika härligt som det är att komma hem till sitt barndomshem och föräldrarna, lika dränerad på energi känner hon sig efter ett besök. Det gäller att hela tiden hålla garden uppe, inte blotta sig.

Linda känner nu att hon har ätit lite för mycket fiskgryta, och så det där frasiga brödet till. För att inte tala om den där Pavlova-tårtan. Så god men så onödig, stressande mycket kalorier. Men hon har svårt att hejda sig när det serveras godsaker. Hon bestämmer sig för att gå hem istället för att ta bussen, varje steg räknas. Linda kollar på klockan och svajpar med pekfingret på klockans touch display, åttatusen trehundrasjuttiofem steg. För dåligt. Hon tog ju bussen i morse så då får hon betala för det nu. Tiotusen steg är minimum per dag för ett hälsosamt liv, det har hon minsann läst.

Sextontusen etthundratjugotre steg, bra där. Linda touchar klockan en sista gång och ler nöjt innan hon knäpper av den från armen. Att ta av sig klockan från armen är det sista hon gör innan hon går och lägger sig. Allt för att få med så många steg som möjligt. Hon inser att det inte är helt friskt att göra så men hon kan inte stoppa sig själv. Det är verkligen en berusande känsla när stegen tickar på och stegräknaren belönar hennes sjuka beteende och berättar för henne att hon har disciplin, kontroll över sin vikt och sin kropp.

Men det finns ingen klocka i världen som mäter hur hon verkligen mår, inuti.

Promenaden hem har tagit över en timme men det har ändå varit bra för nu är hon också för trött för att försöka göra något åt maten i magen. Tvångstankarna är för tillfället undertryckta av en ohejdbar trötthet. Fredag kväll.

Det blir bra, bättre sen.

TOLV

"Hinner du äta lunch med mig idag? Det har ju blivit så fint väder och har vi tur så är inte bänkarna ockuperade än, folk kanske inte har fattat hur varmt det är. Jag skulle verkligen behöva lite D-vitamin i kroppen." Sara, Lindas vän och kollega på vårdcentralen, frågar när de möts på måndagens vanliga genomgång med Janne.

Det har hunnit gå några dagar sedan poliserna varit och förhört dem om mordet på mannen på bänken. Därefter kom livet och vardagen och påminde om annat och mannen på bänken har nästan försjunkit i glömska.

"Vi måste verkligen få till en lunch idag. Jag lovar, jag ska göra allt jag kan för att få schemat att hålla. Ska hålla mig till Lenas taktik och ordinering till mig och be patienterna boka upp ny tid om de har fler åkommor. Vi ses därute vid tolv då? Kul, så länge sen vi hann prata." Att träffa Sara på lunchen får alltid Linda på bra humör.

Förmiddagen flyter på med ett par mindre barn med förkylningar, hosta och feber. Det har varit många med influensasympton under hösten och hon hade hoppats att det skulle avta nu när värmen har kommit och alla är mer utomhus. Men det kanske är sista rycket.

Hon skickar ett barn vidare till barn- och ungdomsmottagningen för ytterligare utredning. En mamma som kommer med sin tremånaders bebis ser trött ut. Hon är orolig för sonen som inte vill amma alls och att barnet har hög feber. Storasyster har varit förkyld och förmodligen smittat sin lillebror. Linda kontaktar Sachsska Barnsjukhus eftersom hon misstänker att sonen kan ha fått RS-virus och när hon lägger på luren förklarar hon för mamman vad de har sagt och ber dem därefter att ta sig in till sjukhuset. Hon berättar att Sachsska har gjort en anteckning i journalen om att de är på väg och att de kommer att ta hand om sonen så fort de kommer in. Mamman gråter nu av trötthet och utmattning, kanske också för att någon lyssnar på henne. Linda frågar om det finns någon som tar hand om storasyster och mamman säger att hon ska ringa sin sambo. Linda andas ut, skönt att inte behöva oroa sig för det också.

"Det kommer att bli bra ska du se, lycka till nu och ta er direkt in till Sachsska så väntar de på er där."

Bland de vuxna patienterna är de vanligaste åkommorna hjärtbesvär, led- och muskelbesvär och mycket stressrelaterade sjukdomar. Ibland kommer det något lite annorlunda men oftast går det i samma hjulspår.

Strax efter tio ropar hon upp en ny patient.

"Elin Larsson."

Elin är en tjej ungefär i hennes egen ålder avgör Linda, runt trettio.

"Hej Elin, välkommen in."

Elin har sökt hjälp för värk i sitt vänstra öra och sitter nu i väntrummet med en stor sjal lindad runt huvudet. Hon kommer snabbt upp ur stolen och in till Linda.

Linda kikar snabbt på skärmen och kan konstatera att hon hade rätt om Elins ålder

"Hej Elin, jag läser att du har ont i örat, stämmer det? Hur är det med dig nu?"

"Hej, jo jag funderade på om jag verkligen skulle ta upp tid för någon annan men nu har det gått några dagar och det bultar så intensivt i huvudet att jag har svårt att sova", säger Elin urskuldande medan hon står rakt upp och ner och tittar sig förvirrat omkring. Det verkar som att hon väntar på något.

Varsågod och sätt dig i stolen här. Linda visar mot besöksstolen bredvid skrivbordet och går sedan och hämtar ett så kallat otoskop, ett verktyg som används för att kunna se in i hörselgången.

"Oj, jag förstår att du har ont", säger Linda när hon har tittat in i Elins öra.

"Jag kan se att trumhinnan är perforerad, alltså spräckt, och att det ser infekterat ut. Måste göra ordentligt ont, bultar det också, säger du?"

"Ja, jag försöker att tänka på något annat och jag har ätit Alvedon", säger Elin.

"Det har som sagt hunnit bli infekterat, bra att du kom hit nu och inte väntade längre, det kan bli allvarliga konsekvenser om man går för länge med en infektion i örat och sprucken trumhinna."

"Jag kommer att skriva ut antibiotika som jag vill att du tar två gånger om dagen i sju dagar. Vet du hur det gick till när du fick det? Alltså om du har varit förkyld innan eller så? Det är inte så vanligt på vuxna personer och jag är bara nyfiken, bra för mig att lära mig", frågar Linda.

"Jag var och badade i simhallen och hoppade från tio meter, måste ha fått övertryck i örat så att det sprack."

"Jasså, men..." Linda funderar för sig själv men bestämmer sig för att inte gå vidare och dela sina funderingar utan istället fortsätta undersökningen.

"Det låter inte bra, vilken otur, ja om man hoppar från så hög höjd så blir det såklart ett rejält tryck på örat om man skulle landa fel. Låt mig få kika i andra örat också för säkerhets skull."

Linda lyser med otoskopet in i vänstra örat.

"Nej, inte sprucket men definitivt irriterat", säger Linda. Hon kikar återigen in i det högra örat.

När hon tar ut otoskopet så ser hon ett runt blåmärke strax under örat. Hon såg det inte när hon tittade första gången.

"Men oj, slog du i dig i fallet, du har ett blåmärke här vid örat också."

"Mmm, klumpigt av mig. Måste ha kommit åt själva hoppavsatsen i fallet. Och jag ville inte ta upp din tid bara för att jag var klumpig men det har gjort ganska ont", säger Elin.

"Ja men självklart ska du komma hit när du har besvär, det är ju det vi är till för. Och som sagt, bra att du inte väntade längre med den här skadan."

"Så det bör bli bra om jag äter medicinen?"

"Ja, det bör göra susen. Men märker du att det inte är någon större skillnad på några dagar får du komma tillbaka för då behöver vi byta antibiotikan mot en annan sort."

"Då förstår jag, tusen tack för hjälpen."

"Och du, var lite försiktig framöver när du är i simhallen."

"Absolut, jag lovar." Elin försvinner snabbt ut genom dörren och det är dags för nästa patient.

Strax efter tolv kommer Linda ifrån sista patienten som är bokad innan lunch. Hon går snabbt ut i personalrummet och plockar sin lunchlåda från kylskåpet och vidare ut genom entrédörren till Sara som precis är på väg att sätta sig på en av stenbänkarna ute i solen.

"Vilken tur vi har idag, kanske vår lyckomåndag", skrattar Sara.

"Åh vad skönt med sol, äntligen. Visst var jag duktig med att hålla tiden, bara några minuter sen, börjar bli bättre och bättre på det här om du frågar mig." Det är roligt att skämta med Sara.

De öppnar sina lunchlådor och äter glupskt några tuggor innan de fortsätter prata.

"Vad gjorde du i helgen, kom ni iväg till Liljevalchs?", frågar Linda.

"Nej, det blev ju så otippat fint väder så jag och Lasse gjorde i ordning cyklarna för säsongen och tog en cykeltur ut till Långbro Värdshus och åt lunch ute i solen. De hade full rulle där med att få ut utemöblerna, verkar som att många har blivit överrumplade av det plötsliga väderomslaget. Visst är det något speciellt med den första vårsolen nu när den på riktigt börjar värma?"

"Verkligen, sååå skönt. Hoppas att vi kan hänga in vinterjackorna i garderoben nu. Hur var det på Långbro då?" Linda pausar och tar en tugga av sin medhavda tonfisksallad.

"Det var fullt med folk där och jag tog deras Toast Skagen, den är helt oslagbar, den måste du testa någon gång om du åker dit. Jag kan riktigt längta efter en sån, min typ av lyx. Ett glas Chardonnay att sippa på till maten och sen fick vi lite vårkänslor så vi åkte hem och tillbringade eftermiddagen i sängen, ha, ha. Typ bästa lördagen på länge, välbehövligt."

"Jag vill inte höra, det är vår i luften, solen strålar och det är helt rätt att man ska ha vårkänslor men var i helsike är den där Mr Right? Jag vill också cykla till Långbro och få vårkänslor och cykla hem igen och tillbringa eftermiddagen i sängen. Jag kommer att dö som en gammal nucka." Linda säger det med glimten i ögat men djupt därinne i magen ligger den där ångestklumpen på lut.

Det finns ingen för henne, det är något fel på henne som aldrig träffar någon som antingen hon själv fastnar för eller som är intresserad av henne. Det kanske är som pappa säger, att hon har för höga krav.

Sen får hon dåligt samvete för att hon låter så missunnsam mot Sara. Sara som är den minst missunnsamma personen hon känner, förutom Karin kanske, men henne har hon känt så länge.

"Förlåt Sara, det var inte min mening att dissa din fantastiska lördag, jag är helt enkelt grymt avundsjuk", säger Linda uppriktigt.

"Hej på er, får man plats på bänken?" Mia från receptionen kommer ut i solen med sin lunchlåda och ett par bestick i famnen.

"Självklart, finns det hjärterum så finns det...", svarar Sara glatt.

Linda känner ett stygn av dåligt samvete för att hon egentligen vill sitta ensam med Sara. Det är så korta lunchpauser och Linda är alltid så nyfiken på allt som Sara säger, all klokhet hon delar med sig av. Linda vill ha Sara för sig själv.

Men Sara är som hon är, hon bjuder in och involverar alla, tar hand om och får alla att känna sig välkomna. Linda känner sig återigen som en sämre människa. Hon är långt ifrån en Sara.

Linda och Sara makar på sig och Mia tar plats på bänken. Samtalet går över på jobbet och en extremt spruträdd patient som Sara har haft på morgonen. Det är en patient som precis har fått diagnosen diabetes typ ett, men som fortfarande har fruktansvärda problem med sprutor. Sara berättar att så fort det hördes det svagaste klirret från brickan med sprutan och vaggan med glasrören så svimmade patienten. Sara hade pratat med henne och försökt få henne ur det panikslagna som gjorde att hon spände sig så till den grad att hon svimmade.

Märkligt, hur rädslan för en spruta, en liten tunn nål kunnat bli så traumatiskt. Sara ondgör sig över att många patienter förstärker skräcken genom att tillföra den egenskaper som den aldrig har haft. De överför också denna rädsla till sina barn genom att ständigt upprepa sitt mantra om att sprutor är äckliga, läskiga, blod och så vidare. På så sätt skapar de omedvetet en myt som lever vidare från generation till generation.

Sara berättar om när hon arbetade på Sachsska inne på Södersjukhuset och det kom in en mamma med sin lilla kille på avdelningen där Sara jobbade. Sonen hade blivit diagnostiserad med diabetes.

"Mamman svimmade när de gav sonen insulin. Fruktansvärt att ge barnet trauma för något som framgent skulle bli en skillnad på liv och död för sonen. Jag var tvungen att säga till henne att skärpa sig, hon behövde lära sig att sätta insulinpennan på sonen innan de lämnade sjukhuset."

"Vissa är ganska sjåpiga", konstaterar Linda.

"Jag kommer ihåg att jag sa till henne, med ögonen spända i henne, att du är hans mamma, den han ska kunna lita på. I mammarollen ingår både jobbiga och roliga saker och att hon på riktigt hade ansvar för liv och död nu och det var viktigt att hon tog det ansvaret." Sara tar en tugga ur matlådan innan hon fortsätter.

"Jag träffade dem för något år sen och sonen var så duktig, han hade koll på allt kring sin sjukdom och mamman kändes helt lugn och trygg och berättade att det var hon och inte hennes man som hjälpte till om det behövdes och hon tackade mig så mycket för hjälpen. Det är ändå sånt som gör att det är värt alla tuffa dagar, en patient på plussidan och helt plötsligt får allt mening igen." Sara ler när hon berättar.

Linda kom att tänka på något.

"Jag måste fråga er hur ni tänker kring en skada jag såg idag."

"Vad då, var det något speciellt?", undrar Mia. Mia är undersköterska och alternerar mellan att ta hand om patienter och att sitta i receptionen och ta emot besökande patienter. Mia är omtyckt av patienterna och är som klippt och skuren för patientbemötande.

"Nja, jag vet inte egentligen vad som kändes märkligt. Det var väl mer förklaringen som jag blev förvånad över." Linda tvekar.

"Men vad var det som fick dig att börja fundera?", frågar Sara.

"Alltså, det kanske inte är någonting men jag kom på en patient med att ljuga idag och jag blev fundersam på varför."

"Ha ha, du är inte så luttrad än, det händer typ varje dag. Du skulle bara veta vad mycket märkliga saker jag har fått höra i receptionen, folk ljuger om saker som de inte behöver ljuga om för att det är pinsamt." Mia låter ovanligt cynisk, har uppenbarligen hört både och det andra genom åren.

" Ja, jag kanske inte ska lägga så mycket vikt vid det men det är mest det att jag kom på henne med att ljuga om en sak som det inte finns någon som helst anledning att ljuga om, bara därför jag reagerade."

"Nä, kanske inte…", börjar Mia men blir avbruten av Sara.

"Ledsen att jag avbryter dig Mia men jag vill gärna höra vad du funderade på Linda, låter som något du ändå funderar på." Sara lutar sig intresserat mot Linda och Mia tystnar och fortsätter äta sin matlåda. Linda reflekterar för en kort sekund över att Sara faktiskt avbröt Mia och att det inte var så snyggt gjort men ivern att dela sina tankar tar över och hon fortsätter.

"Nu känner jag att jag målar upp en fantasidrake här men okej. Det kom en tjej idag som hade en sprucken trumhinna. Det måste för övrigt gjort sjukt ont, jag märkte att hon pratade med så kallade små bokstäver, ni vet, utan att röra munnen och huvudet speciellt mycket, försiktiga rörelser."

"Ja, det låter ju synnerligen smärtsamt men det kan väl inte vara därför du reagerade?", undrar Sara.

"Nej, jag frågade också om ett blåmärke som satt på halsen, precis nedanför det vänstra örat. Då berättade hon att hon hade varit på simhallen veckan innan och hoppat från tiometerstornet, och dessutom råkat snubbla till och slagit sig själv på halsen i fallet. Först tänkte jag mest att det lät märkligt, man går väl inte upp i ett så högt torn alldeles själv om man inte känner sig bekväm med det, vad skulle hon där och göra. Men å andra sidan, varför inte, och om man nu har hoppat därifrån och hamnat snett med huvudet kan man mycket väl ha spräckt trumhinnan av smällen."

"Ja, den har jag inte hört förut", konstaterar Sara.

"Men sen, efter att hon hade gått ut kom jag på vad det var jag hade tyckt var så märkligt."

"Jaha, vad då?", frågar Mia.

"Jag var i simhallen med min brorsdotter förra helgen och då kom jag att prata med badvakten och han var nöjd för just tiometerstornet var avstängt och hade varit det ett par veckor, det hade varit flera olyckor med hormonstinna tonårskillar och tjejer som skulle upp och visa upp sina inlärda trick, som en parningsdans. De skulle tydligen passa på att renovera men man väntade nu på reservdelar som skulle komma från Taiwan och det vet vi ju alla hur lång tid sådant kan ta. Eller ja, jag kan misstänka att det tar mer än en dag i alla fall. Därför blev jag så förvånad när hon sa att hon hade hoppat därifrån för det kan ju omöjligen ha varit så eftersom trampolinen var avstängd. Jag förstår inte, om det är så att hon ljög, varför?" Linda grubblar.

"Det kan ju vara ett misstag, hon kan ju ha menat en annan simhall eller att hon, ja vet jag, somnade i badkaret?" Mia försöker hitta en logisk förklaring. Linda gillar den sidan hos Mia, att det borde finnas en rationell förklaring till saker.

"Vet ni, vi har inte tid att spekulera mer i detta just nu för klockan är strax ett och det är dags att köra igång eftermiddagen." Sara får dem båda tillbaka till verkligheten och eftermiddagspasset som väntar och de reser sig från den soliga varma bänken motvilligt med en suck.

"Men, jag tänker att om hon kommer tillbaka igen snart med en liknande åkomma så bör du göra en orosanmälan." Mia har funderat en vända till.

"Orosanmälan, varför det, det är ju inte som att jag är orolig för något, bara märkligt det där med hopptornet", undrar Linda.

"Bra att du reagerar men det verkar ju mest vara dina spekulationer, ingenting jag skulle anmäla bara sådär, det är nog smart att avvakta tills du har mer kött på benen." Sara låter avvaktande.

"Nja..." Mia tvekar men vill inte säga emot Sara. Ingen av dem hinner säga mer innan Linda sprätter till och rusar upp från bänken.

"Arghh, nu har jag snackat lite väl mycket, klockan är slagen och vi får jobba in tiden, ledsen." Linda har som hastigast kollat in klockan och de får alla bråttom att komma igång för att inte vara hjälplöst efter i schemat.

TRETTON

"Ditt lilla jävla värdelösa luder, varför är inte maten färdig? Det är måndag och på måndagar äter vi falukorv och stuvade makaroner, alltid klockan arton noll noll prick, det är så schemat ser ut och det borde du veta om du hade någon hjärncell kvar i skallen." Gustav, eller Ondskan som Elin ibland i hemlighet kallar honom, är nu rasande.

Elin har precis kommit in genom ytterdörren efter att ha varit och handlat mat till middagen men förstår på hans röst att det inte är läge att ta med sig de två kassarna ut i köket för att börja packa upp. Hon lämnar dem liggande på hallgolvet, direkt innanför ytterdörren, och går så fort som möjligt in i vardagsrummet. Allt för att inte spä på det redan dåliga humöret.

Men det där vet man såklart inte säkert. Ibland är hon för långsam men ibland är hon för snabb och då brukar han säga att det är för att hon känner sig skyldig för något. Hela tiden balansera orden på guldvåg tänker hon.

"Förlåt, jag är ledsen, jag var tvungen att ringa i morse innan jobbet och boka en akuttid på vårdcentralen för att kolla mina öron, de har gjort så ont sedan förra veckan." Elin snubblar på orden och tvingar sig själv att ta ett andetag innan hon fortsätter.

"Läkaren gav mig en antibiotikakur, det är tydligen sprucken trumhinna på högra örat. Och sen var jag ju tvungen att jobba in den tiden, du vet ju hur strikt Marja är med att man ska jobba sina timmar."

Elin älskar sitt jobb på förskolan men det går inte att jobba med så ont i öronen som hon har haft. Hon har bitit ihop och tagit de smärtstillande hon har kunnat hitta hemma men till slut insåg hon att det inte hjälpte och att hon kunde välja mellan vreden för att hon har gått till läkaren utan tillåtelse eller vreden för att hennes lönespecifikation skulle bli ännu magrare än vanligt på grund av sjukskrivning.

Av två onda ting valde hon att ringa läkaren. Det gjorde för ont.

Marja är ändå världens snällaste och har låtit henne smita tidigare flera gånger senaste veckan utan att skriva upp det men det tänker hon aldrig avslöja, det har gett henne lite frihetstid.

"Jaha, vad vill du att jag ska göra åt det då? Du försöker väl inte säga att det är mitt fel att du har något skit med öronen? I helvete att det är mitt fel, om du bara hade gjort som jag sagt någon gång så skulle det ju aldrig hända, det vet du. Nu är det bara du som går omkring och gnäller hela tiden för ingenting, sån förbannad lipsill, buhh, buhh huu. Och vem fan har bett dig gå till vårdcentralen? Du vet att vi sköter sånt själva, blanda inte in någon jävla misstänksam läkare som börjar rota i saker."

Elin tittar ut genom fönstret. På den stora björken som står precis utanför. Ser hur den vajar i den ljumma vårvinden. Hon är alltid så fascinerad av de tunna grenarna som rör sig så stilla och majestätiskt i vinden. Det är något meditativt med att titta på det och ibland sitter hon nere på gården med en kopp kaffe och bara tittar och lyssnar. Lyssnar på det svaga svischandet av grenar och löv som rör sig i vinden.

Någon gång för länge sen, i en annan tid, har hon lärt sig att när det är musöron på björken så är det dags att beskära äppelträden. Hon tror att det är morfar som har lärt henne det. Någon av alla de gånger hon har suttit på gungan som hänger i äppelträdet. Den som morfar satte upp varje vår på en av de knotiga grenarna, och som sakta gungade, fram och tillbaka, fram och tillbaka, i takt med björkarnas vajande grenar. Då på den tiden när hon var fri. Då när hon kunde vara med mormor och morfar på sin lediga tid och hjälpa morfar i trädgården och äta mormors goda kåldolmar med hemlagad lingonsylt.

Nu är det länge sedan hon hälsade på dem på servicehemmet. Han tycker att det är onödigt och det är han som bestämmer så klart. Men hon saknar dem. Mycket. Elin är orolig att de ska ha blivit sämre nästa gång hon träffar dem, kanske tappat minnet och glömt bort vem hon är. Hon brukar skriva brev till dem och skicka, hoppades att de fick hjälp av en sköterska att läsa.

Nu märker hon hur tydligt det går att se ut genom de höga spröjsade fönstren sedan hon putsade dem föregående helg. Kristallklart kunde man se bladen på björken. Helt klart värt det även om det tar lite tid. Ibland har han ändå bra idéer tänker hon. Ibland. Synd bara att arbetet med fönstertvättningen bara inbegriper henne. Aldrig honom.

"Men hör du inte vad jag säger." Elin är med ens tillbaka i vardagsrummet och tittar noga på honom innan hon svarar.

"Nej, jag lovar, det är ingen fara, jag sa att jag hade varit i simhallen och trillat från trampolinen."

"Men för helvete, vad är det för jävla story du hittar på, du är så förbannat naiv. Tror du på riktigt att de skulle gå på det? Vem fan skulle tro på att du skulle upp på en trampolinjävel och göra? Du vet väl vad som händer om det kommer någon jävla socialare för att den där skitläkaren har gjort en anmälan."

"Jag lovar, det kommer inte hända. Hon trodde verkligen på mig när jag berättade om hopptornet. Det låter väldigt trovärdigt, jag skulle själv trott på det."

"Men för helvete, dig kan man ju bara ha till knull och städning, det är det jag har sagt. Du borde inte få gå utanför huset, man får ju skämmas för dig ta mig fan. Jag tror inte ett dugg på dig, varför skulle jag det."

Alltid samma haranger. Alltid samma förutsägbara ord. Hur är det möjligt att ha så minimalt ordförråd? Färre ord än vad som finns i böckerna hon läser för de minsta barnen på förskolan. Undrar egentligen vem som är en idiot.

Hon kommer på sig själv med att dra upp mungiporna i ett leende men kommer lika snabbt på sig själv igen och försöker att bita ihop och tänka på något annat. Allt för att säkerställa att inte denna kväll slutar i en lika fruktansvärd kväll som den kväll när trumhinnan sprack.

Den där fruktansvärda kvällen. Hon minns den med en obehaglig klarhet. Kvällen som börjat så bra med att hon hade fått tillåtelse att ta hunden Lexi med sig på en längre kvällsrunda än vanligt. Hon har sagt att hon behöver gå ner lite i vikt och att hon har läst att promenader är det mest effektiva för långsiktig viktnedgång. Hon har lärt sig att det alltid är en bra taktik, säga att hon vill gå ner i vikt. Han går på det, varje gång.

När hon kom hem igen från promenaden var hon frusen och han föreslog att hon skulle ta ett bad. För det visste man ju hur det var med de där vårförkylningarna och någon sån ville han minsann inte ha och då var det bättre att hon tog hand om sig för att undvika smittorisk.

Lycklig över ett uns av en möjlig visad omtanke, spolade hon så varmt vatten hon bara kunde med kranarna och kröp försiktigt ned och ojade lite när kall kropp mötte varmt vatten. Därefter njöt hon fullt ut av det varma vattnet som tinade upp hennes stela kalla kropp. Lexi hade lagt sig på säkert badkarsavstånd, utanför badrumsdörren, och kikade därifrån in på henne, liggande med huvudet vilande mellan framtassarna. En perfekt kväll. Tills helvetet bröt loss.

Alex, fritidspedagogen på jobbet, hade skickat ett sms till henne och påmint henne om att de skulle vara på fotbollsplanen borta vid skolan och inte som vanligt i gympasalen imorgon bitti när de hade rörelsegymnastik. Och han hade avslutat med en kram-emoji. Stackars Alex, det är helt naturligt på jobbet att alla skickar den typen av meddelanden till varandra. De har en väldigt bra teamkänsla på jobbet, nästan som en extra familj. Men det kan såklart inte Elin vara del av, inte officiellt. Hon lever ett annat liv på arbetet, ett hemligt liv. Ett liv som inte Gustav känner till. Tänk om hennes kollegor skulle veta, de skulle inte förstå hennes val. Hennes telefon blir ständigt kontrollerad.

Alex hade, ovetande om konsekvenserna med sitt sms, gett bränsle till en fruktansvärd kväll. En kväll som utöver de vanliga könsorden och vrålande om otrohet gått helt överstyr.

Han hade kommit in i badrummet och vrålat som vanligt men därefter hade han gått fram till badkaret och tryckt ned Elins huvud under vattnet. Så länge att hon trodde att det på riktigt var slut.

När han väl hade låtit henne kommit upp till ytan igen, flämtande efter luft, hade det bara varit för att ge henne en stenhård örfil, rakt över hennes vänstra öra. Därefter hade han tryckt ner henne under vattnet igen.

Något hade hänt med örat. Smärtan när vattnet forsade rakt in i det vänstra örat efter örfilen var outhärdlig och det kändes som om någon hade kört in något vasst och hårt. Han fortsatte att trycka ner hennes huvud under vatten, om och om igen, mer panikslagna flämtningar för varje gång. Det gick så långt att hon kände att hon höll på att förlora medvetandet, badrummet började bli suddigt och hon kände att hon höll på att ge upp, orkade inte kämpa emot längre.

Och så var det över. Han hade tröttnat för den här gången. Inte brytt sig längre utan bara lämnat henne där i badrummet.

Elin låg kvar, hängande över badkarskanten. Hostande och flämtande efter luft, med dunkandet från den skarpa smärtan i örat som fortplantade sig genom hela huvudet. Vid varje liten vridning på huvudet så trodde hon att hon återigen skulle svimma och hon hängde sig så långt över badrumskanten som hon orkade för att inte drunkna om hon svimmade.

Hon kunde höra TV'n låta från vardagsrummet. Det lät som en fotbollsmatch. Han hade helt släppt intresset för henne och övergått till fotbollen.

När hon långt senare tittade sig i badrumsspegeln kunde hon i spegelbilden se ett kritvitt ansikte med röda rodnader som syntes tydligt på halsen och axlarna. Hon noterade att hennes ögonvitor spruckit på båda ögonen med röda blodstrimmor fullt synliga i båda ögonen. Tur att hon hade hittat det där medlet på nätet, Clear-eyes, mot röda ögon. Var nog inte tanken att det skulle användas till detta ändamål men det fyller sin funktion. Hon kommer ihåg att hon talade till sin egen spegelbild.

"Du dog inte idag. Heller."

Tillbaka till nuet och denna måndagskväll. Hon stålsätter sig och säger det han förväntar sig att hon ska säga.

"Ja men jag lovar, det ska inte hända igen, jag lovar. Jag är så ledsen att jag är så klumpig av mig att trumhinnan sprack och att jag gick till vårdcentralen, jag ska försöka vara mindre klumpig."

"Det får du fan vara, förbannade klumpfia, dig kan man ju inte ha i möblerade rum. Fet och slabbig, du ska vara glad att du får bo med mig för ingen annan kan omöjligen vilja ha något så avtändande i närheten och framförallt inte en sån förbannad glapptrut som ränner till läkaren för minsta lilla. Se nu till att fixa den där förbannade middagen innan jag blir arg på riktigt."

"Tack snälla du, maten är färdig alldeles strax."

"Ja, ja, sluta fjäska och hämta en öl till mig. Jag får väl kolla lite TV istället medan jag svälter ihjäl, och det är ditt fel, kom ihåg det. Försvinn med dig din äckliga byracka, tro inte att du får vara här uppe."

Elin tror för ett ögonblick att han menar henne men ser sedan att Lexi har hoppat upp i soffan.

Bryskt sopar Gustav ner den lilla hunden från soffan med en snabb svepning med armen. Hunden skäller men ger upp efter ett par snabba skall. Hon vet numera bättre än att stå kvar och försöka utmana honom och backar istället sakta bort från soffan. Det har slutat riktigt illa en gång med veterinärbesök efter just en sådan händelse.

Elin vet bättre vid det här laget än att utmana ödet så hon lockar försiktigt med sig sin älskade hund Lexi ut i köket där hon smyger åt henne en bit falukorv, sneglande med ett öga mot vardagsrummet för att försäkra sig om att TV'n är påslagen och att Gustav är helt absorberad av den senaste sporthändelsen.

Vad har det blivit av mitt liv? Varför är det så svårt att lämna?

Med en suck vänder hon på falukorven i stekpannan, puhh, ingen skiva som har bränts vid, det skulle inte uppskattats. Ett sista varv med sleven i kastrullen med makaroner.

"Maten är färdig", ropar Elin in mot vardagsrummet.

"Det var fan på tiden."

Mitt liv, inget liv.

FJORTON

"Hej Syrran, hur är läget?"

Lindas lillebror Marcus ringer och Linda blir lika glad som vanligt av att höra hans röst. Hon har hört från flera av hennes vänner som har bröder att de har ganska sparsam kontakt med dem och att de oftast kanske har levt olika liv även under uppväxten. Men det stämmer inte in på henne och Marcus.

Marcus är hennes ankare och trygghet. De har skrattat, diskuterat och lekt ihop under sin uppväxt. Självklart har de bråkat precis som andra barn, retat varandra och gett tjuvnyp. Men när det verkligen har gällt, då har de stått enade mot världen.

"Jodå, det är helt ok, mycket på jobbet idag såklart men det är det ju alltid."

Det är en knapp vecka kvar till Valborgsmässoafton och Marcus vill höra om hon har gjort upp några planer eller om hon vill komma över på middag till honom och Emelie. Marcus och Emelie har som vanligt bjudit ihop ett helt gäng lite spontant och det brukar alltid vara jättetrevligt och skönt opretentiöst. Faktiskt precis tvärtemot hur de har haft det under sin uppväxt. Då en middag med varje middagsgäst och middagsrätt var planerad in i minsta detalj.

Linda imponeras ständigt av Marcus inneboende trygghet som låter honom våga gå sin egen väg och leva sitt liv så som just han vill ha det. Det är nog också därför han passar så bra i sin yrkesroll som polis, den där stabila tryggheten och självkänslan, det som Linda så gärna också skulle vilja ha.

"Jamen jättegärna, du känner ju mig, alltid ute i sista sekunden", skrattar Linda.

"Men syrran, det är så långt ifrån sanningen som man kan komma, jag känner ingen mer strukturerad än du, ja det skulle vara mamma då. Det är jag som brukar vara ute i sista minuten och det vet vi båda två."

"Mmm, jo det kanske är så. Usch, du känner mig för bra", erkänner Linda.

"Jo men det vore väl tusan efter så många år under samma tak och därefter evinnerliga telefonsamtal och barrundor. Jag känner dig utan och innan sys, bara så att du vet."

Och där kommer den välkända klumpen i magen igen. Som en knytnäve rakt i solar plexus kommer den, tjong säger det, och magen knyts som ett russin. Lever i en lögn. Tänk om han bara skulle veta. Veta den äckliga hemligheten hon bär på. Som ingen annan vet. Som ingen annan någonsin ska få veta.

"Ja, ja, vi säger väl så du allvetande broder." Linda tar på sig sin rustning och skämtar snabbt bort det ångestfyllda ögonblicket.

Linda får sedan veta att det vankas Emelies fantastiska kycklinggryta extra allt, med saffransris till. Marcus meddelar att hon gärna får bidra med ett rödvin som passar till nämnda kycklinggryta.

"Det blir för dyrt att hålla det här partygänget med alkohol, vi behöver förena våra polismedel."

"Ja, och ett bidrag från en sparsamt betald blivande läkare. Självklart, ska ske. Något annat jag kan hjälpa till med?"

"Nej, vi fixar allt. Jomen just det, självklart är Karin välkommen också om hon vill", säger Marcus.

"Du är verkligen världens gulligaste lillebror, vad omtänksam du är. Tror säkert hon vill komma men jag ska självklart prata med henne. Men hör du inget senast imorgon så kan du räkna med henne. Vi har pratat om att göra något ihop på Valborg men har inte hunnit sätta några planer. Och du är ju hennes inofficiella lillebror. Hon ser ju dig som det efter att vi praktiskt taget har tillbringat vår uppväxt tillsammans. Hon skulle bli grymt besviken på dig om hon inte blev bjuden på brorsans fest." Linda älskar att hålla på och skämta och skratta med Marcus.

"Vet inte om jag köper in på det där med att hon ser mig som sin lillebror, kanske nu då får man i och för sig hoppas. Det är ju faktiskt bara ett år mellan henne och mig, det är du som är gamlingen i sammanhanget, hela halvåret före Karin." Marcus skrattar.

"Dessutom, och om jag inte missminner mig så fick jag ett kärleksbrev av Karin en gång. En alldeles fantastisk kärleksförklaring vill jag minnas."

"Men hallå, det var ju i lågstadiet, kom igen, du kan inte hålla det mot henne i evighet, det har hunnit rinna lite vatten under broarna sedan dess."

"Nä, jag håller inte alls det mot henne, nu har du fått det om bakfoten, det håller jag till hennes fördel, som ett fint minne. Jag blev stolt som en tupp av det där kärleksbrevet och det är jag fortfarande. Även om jag idag ser henne enkom som en fin vän och min storasysters vapendragare. Piff och Puff var det väl ni kallade er?" Marcus börjar spåra ur märker Linda.

"Just det, apropå något helt annat, något som är mer intressant att prata om än ditt gamla kärleksbrev från Karin. Jag har inte hört ett pip från dina kollegor sedan de var här och pratade med mig förra veckan. Finns det något som du kan dela med dig av eller står det stilla?"

"Nja, vet inte om det står stilla, det är mycket som görs i och utanför polishuset utan att det märks för allmänheten. Det är nog snarare så att det inte finns så många brännheta tips just nu. De följer upp en del spår kring mannen, hans boende, familj och vänner men än så länge verkar det inte ha gett något. Jag har i alla fall inte hört något om det. Han verkar ha varit väldigt ensam. Men det är ju tyvärr inget ovanligt med våra äldre idag."

"Vi har i alla fall varandra", säger Linda lättat.

"Ja, det har vi verkligen."

"Men vad händer nu då? Vad gör poliserna nu?"

"Självklart vill de också få reda på om det finns ett samband med vårdcentralen eller någon avdelning på sjukhuset. Finns det ett samband eller är det bara en slump? Kanske är det någon som är jävligt förbannad på vårdcentralen och vill visa det? Lite läskigt att det finns en så sjuk typ på fri fot, man får verkligen hoppas att han inte gör om det. Kunde du verkligen inte komma ihåg någonting från när den där mannen besökte dig? Det är lite creepy att du har en connection med honom." Marcus funderar.

"Så har jag inte alls tänkt, det vill säga att jag skulle ha en koppling till honom. Jag ser det mer som en slump att han kom till just mig på besök. Han har ju varit på besök hos andra läkare på vårdcentralen och det är ju en annan läkare som har förskrivit rullstolen till honom."

"Men finns det ingen specifik anledning?"

"Så som jag läste från mina anteckningar i hans journal, och utifrån det lilla jag tror mig komma ihåg, så var han bara ute efter tunga smärtstillande. Det kunde verkligen ha varit vilken av oss läkare som helst på mottagningen som fick honom som patient, bara en slump att han landade hos mig, tror jag", säger Linda, övertygad om att det är så.

"Ja, du har förmodligen helt rätt. Det vore ju skönt om det kommer upp en ledtråd så att de kan sätta dit den jäveln som har gjort det så att alla andra kan andas ut. Det är helt uppenbart någon som inte har alla kopparna i skåpet, det är inte en handling man gör om man är någorlunda normalt funtad. Nä, den snubben borde hamna bakom galler, eller tvångsvårdas för den delen, så fort som möjligt, innan han hinner hitta på något annat djävulskap."

"Mmm." Linda orkar med ens inte tänka mer på det.

"Men du, realitycheck, klockan är mycket och jag ska läsa godnattsaga för Clara nu. Då ses vi på lördag klockan sex, vi måste ses tidigt så vi hinner iväg till brasan. Sen blir det efterrätt och lite efterfest hos oss efteråt, precis som vanligt."

"Ska bli jättekul, toppen. Jag pratar med Karin men räkna som sagt med henne och så hör jag av mig om det inte skulle fungera, är det ok?"

"Det blir perfekt, vi ses på lördag."

FEMTON

Tisdagar finns inget utrymme för förseningar. Ingen tidsmarginal för ett journalprogram som hänger sig och bestämmer sig för att stanna i vänteläge. Eller en patient som får yrsel på grund av plötsligt blodtrycksfall och behöver sitta kvar i stolen en stund extra när besöket egentligen är slut. Precis det som såklart har hänt idag, under loppet av arbetsdagens första timme.

Det är den dagen i veckan då Linda har flest patientbesök. Många kortare besök har klämts in i kalendern och även ett par akuttider som blockar fyrtiofem minuter på förmiddagen. Men Linda kämpar på och försöker effektivisera besöken så gott det går utan att patienterna påverkas.

Hon tittar på klockan framåt elva och inser att hon är tillbaka på schemat igen. Förmiddagen har dessutom flutit på med besök utan att hon känner sig det minsta osäker i sin läkarroll och sin bedömning av patienternas symptom. Besöken rullar på utan några större frågetecken och hon behöver inte störa Lena en enda gång.

Linda känner sig glad, hon känner sig för en gångs skull som en som har lite koll. Hon kanske inte är någon bluff? Det känns bra, riktigt bra.

Hon börjar få känslan av att det faktiskt kanske inte är en omöjlighet att börja arbeta som läkare, på riktigt, utan handledare. Stå på egna ben. Hon känner också att hon äntligen gör något som faktiskt betyder något. Hon kan göra skillnad för människor, hjälpa dem.

Det är skillnad här på vårdcentralen jämfört med under första delen av sin AT-tjänst, då när hon var på olika specialistavdelningar på Karolinska Sjukhuset. Då kände hon sig mest som en förvirrad bluff som inte hörde hemma på sjukhus med vit rock bland alla extremt duktiga läkare och sjuksköterskor. Mest som att hon bara var där på låtsas. Hon har den största respekt för de specialister som väljer en sådan inriktning men känner att hon hör mer hemma här på vårdcentralen. Det är skönt att få en sådan insikt märker Linda. Det tar bort lite av det där lutherska oket på axlarna. Det som hennes pappa har lagt där, utan att själv förstå det.

Rädda liv, andras liv.

Lunchen lyckades också prickas in så att hon kan äta samtidigt med Sara vilket gör henne glad eftersom gårdagens lunch hade gått så fort. Hon noterar att hon inte har sett till Mia idag och kommer på sig med att bli glad för att få en stund själv med Sara. Samtidigt så märker hon att hon börjar lära känna Mia mer och mer. Ju mer hon lär känna henne desto mer gillar hon henne faktiskt. Mia har en stark integritet och är svårare att komma nära, men det hon har lärt känna känns bra. Trevligt.

Idag blir det lunch i personalrummet eftersom solen lyser med sin frånvaro och det blir lite för kyligt för både Saras och Lindas smak att sitta ute.

Linda har en stor utmaning med att få ihop sina lunchlådor till dagen efter. De brukar ofta redan försvinna under kvällen, utan vidare betänkande där och då, i ett anfall av ångest och hetsätning. Linda har dock lärt sig att om hon gör väldigt nyttiga matlådor, ingen belöningsmat, så är chansen mycket större att matlådan finns kvar i kylskåpet på morgonen. Och Linda vill ju äta nyttigt så det är en win-win tycker hon.

Idag blir det quinoasallad med lite kyckling till, hälsosamt och ger inte ångest. Det blir ofta sallad, ofta med bas av broccoli eller något annat som Linda kan ha i frysen utan att det försvinner.

Sara äter också sallad.

"Ja, jag tänker att det är dags att bli av med ett par kilon nu inför beach tjugotjugotre och då får det bli sallad", säger Sara bestämt, mest till sig själv.

Linda noterar att Sara har en flaska Rhode Island dressing med sig till bordet som hon frikostigt häller ut över salladen. Hon funderar över om hon ska nämna för Sara hur många kalorier hon precis har hällt ut över sin nyttiga sallad, Linda kan alla livsmedels kaloriinnehåll i huvudet. Som att lära sig telefonkatalogen utantill, onödigt vetande skulle många säga. Men för Linda är det som att ha en virtuell bibel i huvudet. En kaloribibel.

"Du Sara..."

"Ja?"

"Nej, glöm det, det var inget."

All den fetskam som Linda känner inför sig själv blir precis omvänd när hon ser på andra personer. Linda tycker att Sara är världens bästa, oavsett hur hon ser ut, det gör ju bara Sara till Sara.

"Hur går det med Lasse, har han friat än?", frågar Linda.

"Nej, det lär väl aldrig hända. Han tycker inte att bröllop är jätteviktigt har han sagt så jag får väl vänta på skottår och fria själv. Det är bara två år kvar."

"Ha, ha, du har i alla fall kollat upp när det är skottår, då vill du i alla fall gifta dig. Du som har sagt att du inte heller bryr dig", skrattar Linda

"Nja, man får väl vara lite om sig och kring sig som tjej", svarar Sara med en blinkning.

"Lasse vore korkad om han inte friar omedelbart och ser till att skaffa en hel drös barn med dig. Du är liksom urmodern för alla schematiska bilder av mödrar. Jag vet ingen som skulle passa bättre som mamma och fru än du."

"Vad gullig du är", säger Sara. Ögonblicket därefter tystnar hon och verkar fundera på något.

"Vad tänker du på?", frågar Linda.

"Usch, jag vet inte, kanske jag är fånig för vi har det ju så himla bra ihop jag och Lasse men ibland är han så märkligt frånvarande, sitter mest vid sin dator. Ibland känns det som att han funderar över något annat när vi är tillsammans och att han inte är där mentalt utan han har zoomat ut och befinner sig på en annan planet."

"Men det låter ju märkligt, inte alls som den Lasse du brukar prata om."

"Eller hur? Tycker också att han kan vara lite vass i kanten ibland, inte ofta men det är som att han går och funderar på något. Något som stressar honom."

"Han kanske har mycket på jobbet?"

"Alltså, det är inte alls likt honom. Inte heller går vi och lägger oss samtidigt, han sitter ofta kvar vid sin dator när jag har gått och lagt mig. Det gjorde han aldrig när vi bodde i Malmö, då ville han i säng så fort som möjligt, gärna direkt efter middagen."

"Låter ju onekligen lite tråkigt att han hänger så mycket vid datorn. Men det kan ju ha helt naturliga orsaker, har du frågat honom?"

"Ja, jag borde verkligen men jag är så himla rädd för att det ska vara något som jag inte vill veta. Tänk om han har träffat någon annan. Jag skulle inte stå ut, mitt hjärta skulle gå sönder." Sara ser olycklig ut.

"Men du måste ju fråga honom rakt ut. Annars går du ju bara och målar upp fan på väggen utan att veta. Och det är ju förmodligen ingenting, inget allvarligt i alla fall. Ni har ju precis gullat på cykeltur och eftermiddag i sängen, verkar ju inte som att han skulle vara på väg bort i alla fall."

"Jag är så himla fjantig, målar förmodligen upp värsta otrohetsscenariot bara för att han inte vill hoppa i säng tjugofyrasju och är lite ur gängorna."

"Ja, Lasse verkar ju vara världens gulligaste, du ska se att det ordnar sig. Och, som jag har sagt till dig innan, du ska vara lycklig som har någon som vill hoppa i säng med dig. Alltså, jag menar inte att du inte skulle vara värd det men hoppas du förstår vad jag menar. Du har en drömkille och ni pippar typ oavbrutet om man får tro dig. Du vet ju vad jag har sagt om mina utgifter för underkläder och du ser ju själv vilket torftigt resultat det har gett hittills", svarar Linda sarkastiskt.

"Ja men du har rätt, Lasse är en guldklimp och jag borde veta bättre än att ifrågasätta honom. Tack snälla för att du puffar upp mig på banan igen när jag är i tvivel." Sara andas lättat ut.

SEXTON

Hösten 2001

Det luktar starkt av rengöringsmedel och gamla trasor i det lilla utrymmet under trappan där jag sitter. Osynlig för världen, i alla fall för en liten stund.

I den genomskinliga plastbacken på golvet står det en blå plastflaska med vitt skruvlock på. Klo-rin står det på etiketten. Fast utan bindestreck såklart. Men jag har lärt mig att det uttalas så.

Klorin luktar simhall. Simhallen som skolan brukar besöka ett par gånger per termin. Läraren har sagt till klassen att de måste öva mer på simtagen hemma och kanske anmäla sig till en simskola för nu är det verkligen dags att lära sig simma. Läraren har talat om för mig att det faktiskt är ett krav i läroplanen för sjätte klass att man ska kunna simma tvåhundra meter, varav femtio på rygg.

Jag gillar inte min lärare, han är arg på mig och tycker att jag är dålig. Han säger det och jag vet det. Jag kan inte simma.

Jag har aldrig varit på en strand, men jag har sett på bild förstås. Jag har sett en jättefin strand på ett vykort som kom i brevlådan en gång. Mallorca stod det på bilden, och ett stort rött hjärta. Bilden föreställde en strand och massa människor som låg och solade. Det såg fint ut. Sommar.

Jag har inte varit i en simhall heller, förutom med skolan då. Simhall gör mig rädd. Rädd för att jag måste göra något jag inte kan. Eller vill. Eller vågar.

Läraren är irriterad på mig. Inget har blivit bättre efter utvecklingssamtalet, bara sämre. Det är ovanligt att ett barn har så låga simkunskaper i sjätte klass, säger han. Och det är faktiskt ett krav på honom att se till att eleven blir godkänd men han är på väg att ge upp. Jag är uppenbart ett hopplöst fall. Det är åtminstone det han med arg röst talar om för mig när paniken och skräcken för vatten åter gör sig påmind. Hur ska min lärare någonsin kunna gissa och förstå. Hur ska jag kunna förklara för honom varför det är helt omöjligt med vatten. Nej, det går inte.

Igår var det utvecklingssamtal i skolan, det var då läraren gjorde allting mycket värre, utan att ha en aning.

Läraren berättade för Axel, mannen som inte är min pappa, om simningen och att de behövde träna mycket mer hemma tillsammans med mig för att jag skulle få vattenvana. Jag visste då att det här inte skulle leda till något bra. Kunde se det på Axels sammanbitna käkar. Jag såg det också på den iskalla blicken han gav mig när läraren släppte simningen och istället gick bort till det stora furuskåpet i hörnet och hämtade mitt skolarbete om de olika världsdelarna, det hade gått riktigt bra. Axel fokuserade inte på det som var bra. Och nu var han fokuserad.

Efteråt var det svårt att koncentrera sig på utvecklingssamtalet, allt jag kunde tänka på var vad som skulle hända sen, efteråt.

Läraren tackade oss för samtalet och tog i hand. Axel tog lärarens hand och tackade så mycket, precis som man ska. Vi gick ut till bilen. Ingenting hände, inte ett ord från Axel.

Vi körde hem, det var helt tyst i bilen under hela bilresan. När bilen stannade på uppfarten klev jag ur och gick in i huset, hängde av jackan och ställde skorna i skostället och smög in i den välbekanta skrubben under trappan. Mitt eget ställe.

Fortfarande tyst. Jag kunde höra välbekanta ljud från köket, middag som förbereddes. Från vardagsrummet hördes TV'n med något nyhetsprogram. Så som en vanlig dag skulle kunna se ut. Så kusligt lugn att ångesten kom krypande och jag nästan hellre ville att något skulle hända så att jag slapp den här fruktansvärda väntan. Jag visste ju att det skulle komma, jag visste bara inte när.

Vi åt middag och Axel var på ovanligt bra humör och pratade faktiskt med Mona. Mona är kvinnan som inte är min mamma, men ändå det närmaste mamma jag har haft. Axel är hennes man och därmed kanske också en fadersfigur. Fast det fungerar inte riktigt så, hos oss är det annorlunda.

Om man skulle stå utanför och kika in genom köksfönstret skulle man nog tänka att det är en helt vanlig familj som äter fredagsmiddag. Men jag vet bättre. Jag vet våra regler.

Jag vet att enligt reglerna får Mona inte prata med mig. Hon får inte låtsas att jag existerar. Inte titta på mig, inte prata med mig och framförallt inte krama mig. Axel har ensamrätt på allt det. Och han gör det på sitt sätt. Antingen är det som att jag är osynlig, som luft. Som att han kan se rakt igenom mig som en fönsterruta. Eller så händer något hemskt, något väldig hemskt. Men det finns bra saker också. Efter det hemska kommer den nästan alltid. Belöningen.

Som jag längtar efter den, så förtvivlat innerligt längtar jag efter belöningen.

Mona har, när jag var yngre, pratat med mig i smyg och kramat om mig vid något av de få tillfällen då inte Axel varit hemma. Mona sa att det är vår egen hemlighet. Att hon älskade mig så mycket och att jag var det enda viktiga i hennes liv, jag var hennes liv.

Men jag råkade en ödesdiger dag avslöja vår hemlighet för Axel. Han blev helt galen och slog Mona sönder och samman, helt besinningslöst. Jag kommer för alltid ha ångest för att jag glömde bort mig och sa de orden den dagen. En dum unge var jag som inte fattade bättre. Axel hade fattat misstankar och lurade mig i en fälla. Jag hoppade rakt i den utan att inse mitt misstag.

Men nu är jag äldre och nu förstår jag. Lärt mig när man pratar och när man håller tyst. Jag har också lärt mig att det lättaste är att vara tyst, då blir det minst misstag.

Och nu sitter jag där i skrubben. Och tänker. Och väntar. Väntar på det oundvikliga. Det jag vet ska hända. Jag kan bara inte tänka ut mer exakt vad som kommer hända. Och när.

Sittandes där i städutrymmet under trappan. Mörkt, murrigt och tryggt. Där jag brukar låtsas att jag är någon annanstans. Där jag har tillbringat många nätter på det hårda trägolvet när Axel vill straffa mig. Det som känns som mitt hem. Hela förmiddagen denna lördag har jag nu suttit där och väntat. Oftast serveras det mat klockan tolv och klockan arton. Då brukar Mona plinga i den lilla oputsade mässingsbjällran, den som annars står på fönsterbrädan och glänser lite fläckvis när solen skiner in genom fönstret, den bjällra som indikerar att det är dags att äta. Idag ringer ingen bjällra.

Kanske har Axel bestämt att jag inte ska få lunch idag? Det händer ibland och jag är van vid det även om jag nu börjar känna ett ordentligt hungersug i magtrakten.

Jag funderar på om jag ska våga smita ut i trädgården för att se om jag kan få tag i ett par äpplen under något av äppelträden. Nu såhär i början av november är vinteräpplena riktigt goda och många gånger räddningen för hungern. Det finns rejält med frukt under sommaren och ända fram till dess att det hinner bli riktigt kallt på vintern; Det är olika äppelsorter i trädgården och turligt nog får de frukt vid olika tidpunkter på året.

I samma ögonblick hörs steg i korridoren. Tunga dova steg som kommer närmare, gåendes på trasmattan i den långsmala hallen. Det knarrar oroväckande i de breda golvtiljorna som göms under linoleummattan och som i sin tur göms av den vävda trasmattan.

Huset är ett av de första som byggdes i området, ett klassiskt trettiotalshus med träpanel och lertegel på taket. I vardagsrummet kan man se, om än rejält sliten, den vackra parketten som är lagd enligt det tidstypiska trettiotalsmönstret. Här i den långsmala hallen, transportsträckan mellan vardagsrum och kök har man inte kostat på parkett utan lagt in en praktisk, också den tidstypisk, grön linoleummatta.

De dova stegen stannar precis utanför dörren till förrådet. Ögonblicket därefter öppnas dörren sakta med ett gnisslande ljud. Jag får kisa med ögonen när ljuset från ljusarmaturen i halltaket träffar mig och bländar mig med sitt obarmhärtiga sken.

"Ut." I en enda dov monoton utandning säger han det ordet.

Jag vet bättre än att försöka fråga eller säga emot så jag kravlar mig upp från golvet och ut i hallen. Axel går före i korridoren, bort mot ytterdörren.

"Sätt på dig skorna, vi ska iväg." Han öppnar ytterdörren och går ut och drar igen den efter sig med en smäll.

Jag tar klumpigt på mig gymnastikskorna som står på skohyllan i hallen. Medan jag sätter på mig skorna sneglar jag inåt huset från där jag står i hallen. Jag kan se Monas rädda ansikte skymta fram försiktigt från köket innan hon snabbt drar sig undan igen. Jag tar på mig jeansjackan, tittar in mot köket igen för att se om jag kan se Mona igen men hon är inte längre synlig. Jag vågar inte gå in och titta efter henne. Jag suckar, lägger handen på ytterdörrens handtag, trycker ner handtaget och går ut.

Det är kyligt i luften och himlen är grå, dysterväder.

Axel sitter i bilen och väntar och jag får bråttom att hoppa in och sätta mig på passagerarplatsen och spänna fast säkerhetsbältet.

Bilen backar ut från uppfarten och drar iväg längs villagatan med en bra bit över den tillåtna hastigheten. Jag känner igen en av våra grannar, gående på trottoaren med sin tax, på väg bort mot affären. En av de få som har vågat sig ut i detta gråväder. När vi nu närmar oss henne vänder hon tvärt om och stirrar surt på oss. Jag glider ner i sätet och gör mig så liten jag kan. Jag skäms över att vi inte är som alla andra. Axel fnyser åt grannarna och tycker att de är patetiska med sina initiativ till grannsämja. Cykelfest eller knytis med de närmaste grannarna på gatan är inget Axel någonsin skulle överväga att delta i och med åren har de slutat fråga, slutat lägga lappar i brevlådan. De tycker nog helt enkelt inte att vi är värda besväret.

Jag funderar på vart vi är på väg. Jag har ganska dålig kunskap om vad som finns utanför området där vi bor och vägen till och från skolan så vägen blev snabbt oklart för mig. Axel verkar köra bort från Nacka och bort från stan, det är ungefär det jag kan förstå. Vi åker på den stora motorvägen och efter en stund svänger Axel av vid en avfart och vi fortsätter på en väg som är lite mer kurvig. Ut på landet känns det som. Fast det är mer känsla än faktisk kunskap.

Känslan av att inte veta vart vi ska och hur länge vi ska åka är fruktansvärd. Det snurrar i huvudet på mig och jag börjar känna mig rejält illamående. Nu är jag innerligt glad att jag inte har någon lunch i magen för den skulle ha kommit upp direkt och om jag skulle kräkas i bilen nu så blir Axel vansinnig, mer galen än vanligt. Det är inget jag vill utsätta mig för.

Nu svänger Axel av den kurviga vägen, in på en grusväg. Han kör bilen fram till dess vägen tar slut och där parkerar han, går ut och öppnar bakluckan. När han stänger luckan har han något i handen, En ficklampa.

Han går runt bilen till passagerarsätet och öppnar dörren. Han håller kvar i dörren med högerhanden och tar tag i min arm med sin lediga hand. Återigen samma montona ord från hans mun.

"Ut."

Jag halvt går, halvt blir lyft, ur bilen.

"Följ efter mig", säger Axel och börjar gå in i skogen.

Det är bara en mycket kort promenad längs en stig tills vi är framme vid något som liknar en övergiven badklippa, vid en mindre sjö. Jag tittar ner på det mörka vattnet nedanför klippan. Paniken kommer rusande genom kroppen och jag känner hur jag håller andan och inte vågar andas ut. Nu vet jag vad som kommer hända och det gör mig inte ett dugg mindre panikslagen.

"Nu ska du fan lära dig att simma så att jag slipper stå där och skämmas igen." Axels röst är föraktfull.

Jag står på klippan, oförmögen att röra mig. Han kan omöjligen mena att jag ska simma i det kalla vattnet? I den bitande novemberkylan, utan något flythjälpmedel. Idag kommer alltså slutligen dagen jag väntat på. Jag ska dö. Idag.

"Men skynda dig och hoppa i då!!!! Det ska fan till att jag måste stå här och frysa." Axel börjar bli rejält irriterad.

Jag tar med stela fingrar av mig skorna och strumporna, jackan, jeansen och tröjan och står till slut avklädd på klippan i bara underkläderna och skakar av köld. Det är fruktansvärt kallt den här novemberdagen, speciellt utan kläder.

Axel pekar mot ena änden av klippan där ett tjockt rep syns ligga, hängande ner mot vattnet. Ett sådant rep jag har sett användas för att lägga till med stora båtar mot en brygga eller kaj. Repet sitter fast i ena änden i en rostig järnögla på berget och hänger ner över klippan mot vattnet och slutar i en knut i änden närmast vattnet. Jag förstår att man kan använda repet för att ta sig upp ur vattnet. Nu i november ser repet mest blött, kallt och allmänt skitigt ut.

På vardera sidan av klippan sticker luggslitna vassruggar upp från det mörka. När jag vänder blicken åt vänster så kan jag skymta en halvt översvämmad brygga.

"Du kan använda den där."

Jag går försiktigt på den blöta kalla karga klippan, bort mot repet. Framme vid repet funderar jag över hur jag ska göra för att komma ner. Jag överväger att vägra, att springa, men vet att det inte är lönt. Har försökt det förut. Dåligt.

Jag försöker hasa mig försiktigt baklänges nedför klippan, hållandes i repet. Jag känner bergytan mot mina fotsulor, ganska skrovlig och lite vass. Tur att det inte är långt ner till vattnet. Det går långsamt. För långsamt. Då tappar Axel tålamodet.

"Men för fan, vilken jävla mes du är." Och med de orden sparkar han mig rakt på händerna. Tillräckligt hårt för att jag ska tappa greppet om repet. Det är i och för sig ganska enkelt eftersom fingrarna redan har börjat bli stelfrusna och repet är halt. Jag rasar nedför klippan, famlar efter repet men får inte grepp. Med ett stort plask åker jag rakt ner i vattnet. Djupt ner.

Skräcken griper tag i mig när jag landar med huvudet under det mörka iskalla vattnet. Det är så mörkt, mörkt och skrämmande. Det är också verkligen precis så kallt som jag har föreställt mig. Och jag kan inte bottna. Jag fäktar förtvivlat med armarna.

"Simma nu rå." Axel står på klippan och slänger ett par kottar på mig.

Jag märker hur paniken börjar komma och tänker att det är här det slutar, det är verkligen nu det tar slut. Sen känner jag hur det går upp för mig, en enorm vilja att överleva. Jag vill inte dö, inte idag.

Jag börjar försöka överkomma paniken genom att andas lugnt. Stilla och lugnt. Känner hur jag börjar få kontroll över paniken och försöker slappna av och ta simtag med händer och fötter, så som gymnastikläraren har visat. Men även om hjärnan vill så är kroppen vid det här laget stelfrusen och jag kan inte koordinera min kropp. Jag famlar förtvivlat efter repändan med händerna men är lite för långt ifrån. Sparkar allt vad jag kan med fötterna och når äntligen knuten i repändan och klamrar mig fast i den medan jag åter försöker få kontroll över den galopperande andningen.

Jag inser att jag behöver ta i med de sista krafterna jag har för att ta mig uppför repet och jag lyckas få upp fötterna under mig så att jag tillslut har fötterna på repknuten och kan trycka mig upp därifrån. Med ren viljekraft drar jag mig upp den sista biten av repet tills jag är jag uppe på klippan igen och lägger mig på sidan och hostar upp vatten samtidigt som jag skakar av köld och utmattning.

Axel kommer fram till mig där jag ligger och ställer sig och tittar ner på mig samtidigt som han föraktfullt säger.

"Du är för jävla sorglig, dig blir det aldrig nått med. Ta på dig så jag slipper slösa min tid med att åka till sjukan med dig. Skulle inte förvåna mig om du är en sån där klen typ som får lungskräll. Nä, nu pallar jag inte stå här längre, för jävla kallt. Drar om fem så rappa på."

När vi kommer tillbaka till huset är Mona inte hemma. Hennes kappa hänger inte längre på galgen i hallen och skorna står inte längre på skohyllan. Hon kommer aldrig mer hem. Fast det vet jag inte då. Ensam kvar.

SJUTTON

Linda och Karin går skrattande in genom porten till flerfamiljshuset i Järla Sjö där Marcus och Emelie bor. De två rödvinsflaskorna klirrar mot varandra där de ligger i påsen i Lindas hand, inger ett löfte om en festlig kväll.

"Hoppas att Marcus har bjudit in någon av sina snygga poliskollegor. Jag kommer fortfarande ihåg Pelle från förra året, riktig tiopoängare om det inte vore för att han somnade i fåtöljen innan vi ens hann till Valborgselden", minns Karin med ett snett leende.

"Ja, han hade tydligen varit på ett tufft uppdrag och suttit och spanat natten innan, jag kan förstå om han somnade efter ett par glas vin."

"Jo, men idag får vi hoppas att det kommer några snygga, och pigga, poliser", säger Karin med ett skratt.

Hallen är full med skor som ligger huller om buller, kängor och stövletter om vartannat, upptäcker de när de öppnar dörren till lägenheten. En öronbedövande ljudnivå där en blandning av förväntansfulla feströster och Taylor Swift på stereon fyllde lägenheten.

"Hallå", ropar Linda inåt lägenheten. Tveksam om hon lyckas tränga igenom ljudväggen.

"Men hallå där, välkomna! Tyckte jag hörde någon som ropade. Kom in, kom in. Här är redan fullt hus som ni ser.

Marcus är i köket och förbereder mat." Emelie kommer ut i hallen och möter upp dem. Hon sparkar undan några skor med foten så att de ska kunna bana sig väg inåt.

"Här är till vår favoritvärdinna, stort tack för att jag också får komma, igen." Karin kramar om Emelie och överräcker en stor bukett påskliljor.

"Men gulle dig, stort tack snälla, du är alltid så omtänksam. Men kom in nu och hälsa på alla gamla och nya bekanta. Det står vin på bordet, ta för er bara, jag ska bara kolla med Marcus om han behöver hjälp."

"Var har ni gjort av Clara idag då?", undrar Linda.

"Hon sover hos mamma och pappa så idag ska jag få dricka vin och äta kryddig gryta och imorgon ska jag ha välförtjänt sovmorgon och kanske lite…, ser jag grymt mycket fram emot, det är bristvara nuförtiden", säger Emelie med ett leende.

"Tack, tack, det är min bror du pratar om, inga detaljer för mig om jag får be." Linda visar upp en tillgjort chockad min.

"Ska vi stå i hallen hela kvällen eller?" Karin himlar med ögonen.

Emelie smiter ut i köket och Karin och Linda går in i det stimmiga vardagsrummet. Det blir många igenkännande hälsningar och kramar innan de har hunnit laget runt i vardagsrummet och börjar ta sikte på varsitt glas vin.

"Alltså, de har så härligt här i lägenheten. Det här vardagsrummet är typ lika stort som hela min lägenhet. Önskar att jag hade mer plats i min lägenhet." Karin beklagar sig halvhjärtat.

"Men vad då, din lägenhet i Aspudden är ju helt underbart mysig. Hade jag inte trivts så bra i Sjöstan så hade jag med glädje tagit över den alla dagar i veckan."

"Jo, den här lägenheten hade kanske känts lite ödslig med bara lilla mig skrotandes omkring där. Jag trivs ju faktiskt väldigt bra i min lilla lägenhet, alldeles lagom stor för mig."

"Ja, det är ju precis det jag säger", skrattar Linda.

"Karin, visst jobbar du på Hennes & Mauritz? Har för mig att du sa det förra året?" En av de gästande killarna hojtar över sorlet.

"Jomenvisst, det gör jag, projektledare på inköp", svarar Karin leende till killen som nu närmar sig dem för att slippa skrika.

"Jag har precis börjat där, på ekonomiavdelningen. Vad festligt, stod precis och pratade med Anna, hon där borta. Hon har precis slutat på Hennes & Mauritz så vi konstaterade att vi precis gått om varandra." Killen viftar bortåt rummet mot den nämnda Anna men det är helt omöjligt att se vem han menar.

"Jaha, så du har börjat där, vad roligt. Ja, jag trivs väldigt bra måste jag säga. Det är mycket projekt att ta tag i och jag får ta mycket ansvar." Karin hoppar med liv och lust in i samtalet och överdriver kanske en smula i sitt ansvarstagande men det är henne väl unt tänker Linda.

"Karin, jag går och hälsar på Marcus så länge."

"Ja, gör så", svarar Karin samtidigt som hon fortsätter prata med killen om de nya satsningarna på hållbarhet som Hennes & Mauritz har startat. Karin är som uppslukad av samtalet så Linda känner att hon med gott samvete kan lämna henne en stund.

Hon går ut i köket där hon hittar Marcus som sitter på huk och kikar in i ugnen.

"Hej brorsan, här står du vid spisen. Vad har du för gott på gång?"

Marcus reser sig upp och vänder sig vigt om.

"Hej sis, kul att se dig. Jag har faktiskt provat att baka baguetter, tänkte att det kunde vara gott till grytan som Emelie har lagat."

"Men vad pysslig du är, du har blivit som mamma, på ett bra sätt", säger Linda.

Hon släpper blicken på Marcus och tittar vidare mot köksbordet. Där sitter det några och pratar. Men, är det inte? Och plötsligt tittar han upp, ser henne och ler. Det där fina varma leendet som hon har tänkt så mycket på. Mer än hon vill erkänna, ens för sig själv.

"Nej men hej, är du här?", säger Linda och känner att kinderna börjar hetta.

"Ja precis", skyndar sig Marcus att svara.

"David fick ändrade planer inför Valborg så jag tyckte han skulle komma hit."

"Jo, det är jättesnällt av dig att jag fick komma hit och hänga med er ikväll", säger David tacksamt.

"Nu tror jag att baguetterna är färdiga. Kanske inte vinner några stilpoäng men hoppas att de är goda. De luktar faktiskt gott om jag får säga det själv.

Det är så många här så vi får sätta oss lite grann där det finns plats, hela havet stormar kanske vi får köra ha, ha. Ja, ni förstår vad jag menar", skojar Marcus med ett stort leende.

"Men då är det väl bäst att vi skyndar oss att ta mat och hitta en plats då", säger Linda.

"Du först", säger David och slår chevalereskt ut med handen mot spisen.

Linda får en härlig känsla i magen. Det här skulle kunna bli en riktigt fin kväll.

När hon och David har tagit för sig av maten hittar de ett par platser i soffan och balanserar lite riskfyllt sina fyllda tallrikar i knät medan de hittar lite yta på vardagsrumsbordet där de kan sätta ifrån sig sina vinglas. Linda tittar mot Karin som tittar upp från sitt samtal, vinkar lite lätt till henne. Hon lyfter förvånat på ena ögonbrynet och blinkar, därefter ger hon sig själv iväg med sitt sällskap, fortfarande i djup diskussion, gissningsvis om jobbets förträfflighet, mot köket för att hämta lite mat de också. Karin verkar vara i goda händer tänker Linda och känner att hon blir glad för Karins skull. Kanske den här killen är den rätta?

"Kul att träffa dig här, det var oväntat, fast kanske väntat också." David talar till henne och hon vänder snabbt tillbaka blicken från Karin och riktar sin uppmärksamhet mot David.

"Verkligen kul att du är kompis med Marcus. Han berättade att ni spelar innebandy ihop ibland."

"Ja, vi har en stående tid på torsdagskvällarna i Fryshuset och det är perfekt avstånd för mig som bor i Hammarbyhöjden", berättar David.

"Det är inte så långt från mig heller."

"Var bor du då?"

"Jag bor i Hammarby Sjöstad, vid Mårtensdal."

Sen blir det tyst. Linda funderar på vad hon ska säga. David har verkligen fina ögon, snälla. Och en sån där perfekt mun med mjuka läppar.

Hon sneglar ner på hans händer. Han håller på att skära upp en kycklingbit på den vingliga tallriken i knät. Suck, ringen sitter kvar på ringfingret, varför ska den här fina killen vara upptagen?

Men hon har en märklig känsla i magen, det känns på något sätt som att David visar ett visst intresse för henne också. Det kanske är för att han vill vara snäll mot henne för att hon är en del i hans utredning? Linda känner sig ändå lite förvirrad. Var är Davids tjej någonstans? Hon vågar inte fråga, istället ställer hon en annan fråga.

"Hur går det med utredningen då? Har ni fått upp något spår?"

David pekar mot sin mun som för att visa att han bara ska tugga ur men det ser ut som om han funderar medan han tuggar.

"Nja, man kan nog lugnt säga att det står ganska still. Vi vet nu vilken plats som är brottsplatsen men mer kan jag inte säga.

Hur han har hamnat uppe vid sjukhuset är helt omöjligt att veta. Varken tidningsbud eller personer med tidiga morgonrutiner har kunnat hjälpa oss med svar. Det blir till att leta vidare, det är ju det som är vårt jobb, att vrida och vända på alla stenar. Till slut faller alla pusselbitar på plats, förhoppningsvis."

"Men hade han ingen familj?", undrar Linda.

"Nej, det verkar inte så. Hans fru är avliden sedan många år och han verkar ha levt ungkarlsliv sedan dess."

"Sorgligt att någon kan bli mördad utan att bli saknad av någon."

"Du skulle bara veta hur många som lever så. Man får se mycket baksidan av människors liv i mitt jobb", säger David.

"Ja, jag kan tänka mig det. Jag får ju höra lite från Marcus ibland. Man ska nog vara tacksam att man har familj och vänner."

"Verkligen, jag önskar att jag hade haft ett syskon så som du har Marcus. Ni verkar ha en bra relation", säger David med antydan till avundsjuka i rösten.

"Ja, Marcus är verkligen den bästa brorsa man kan ha. Visst hade vi våra fajter när vi bodde hemma men nu har vi mest roligt ihop. När jag tänker efter så har vi nog egentligen alltid kommit ganska bra överens. Om vi hade fajter ibland så släppte vi det och blev enade mot världen däremellan. Vi är egentligen ganska olika men det brukar inte göra någonting, blir snarare till det bättre. Marcus är bra på att ta livet mer som det kommer, mer än vad jag gör. Jag får gå i skola hos lillebror", konstaterar Linda.

"Nu tycker inte jag att du låter helt rättvis mot dig själv. Du utbildar dig till läkare, för visst är du AT-läkare?"

"Jo."

"Ja, där ser du. Det måste ju ändå räknas som en kraftansträngning att bli färdig med alla studier. Det jag menar är att du gör något som du ändå verkar vilja riktigt mycket och sedan går fullt ut för att nå ditt mål. Det är beundransvärt."

"Lustigt att du säger det. Jag har ibland funderat över hur det kommer sig att jag började läsa till läkare. Tror att det från början var för att göra min pappa stolt, ja du hör ju hur knäpp jag är", skrattar Linda generat.

"Nej, det tycker jag inte alls, det är nog väldigt vanligt att man tar beslut för andras skull och inte för sig själv."

"Men det som är märkligt är att ju längre jag har läst, och framförallt nu när jag har varit ute på AT-tjänst, så har jag insett att det är precis det här jag vill göra. Arbeta som läkare, hjälpa andra. Men kanske också, om jag ska vara ärlig, känna mig behövd."

"Har du funderat på vilken inriktning du vill välja? Eller man kanske inte måste välja inriktning? Om man är allmänläkare, är det en inriktning eller? Jag kan inte det där", undrar David.

"Jag har faktiskt funderat ganska mycket på det där. Jag har kommit fram till att jag inte är så intresserad, åtminstone inte just nu, på att specialisera mig inom ett specifikt invärtes område, som till exempel lungor eller hjärta. Jag har kommit fram till att jag vill bli just allmänläkare, men kanske gå vidare och specialisera mig på barnsjukdomar. Men lova att inte säga något för det är just nu min egen hemlighet. Om pappa fick bestämma så skulle jag bli hjärnkirurg."

"Jag lovar, ska inte säga något. Även om jag inte tycker att det är så stor grej, du ska ju få göra det du vill. Tror du skulle passa jättebra som barnläkare", säger David och sträcker sig samtidigt framåt, mot sitt vinglas, exakt samtidigt som Linda sträcker sig efter sitt. Deras händer nuddar för en sekund varandra på vägen och det hinner gå en elektrisk stöt genom Linda innan hon snabbt drar åt sig handen igen. Hon känner sig helt kallsvettig. Det var då fan vad den här killen påverkar henne.

Linda fokuserar på att plocka upp riskorn från tallriken med gaffeln, ett i taget. Allt för att ha något annat som kan distrahera en darrig hand. Men plocka riskorn visar sig inte vara ett smart beslut för distraktion av nervösa händer. Hennes för tillfället klumpiga händer spiller riskorn ner på mattan och Linda försöker förgäves få upp de små kornen, dubbelvikt i en oskön ställning i trängseln i soffan, innan hon ger upp och tar en klunk vin i stället.

Men hjälp, vad är det som händer med henne.

Så märkligt, tänk vad lätt det är att prata med David, samtalet bara flyter på av sig själv. Hon skulle vilja sitta kvar i den här soffan för alltid och lära sig mer om människan David, kanske våga fråga om den där ringen på fingret.

"Hallå, hallå allihopa." Marcus slår kraftfullt med en slev mot baksidan på en kastrull så det tjongar högt.

"Ja, det är inte lönt att försöka klirra i något glas för att göra sig hörd här, lika bra att gå på det stora artilleriet på en gång. Som ni kanske förstår är klockan slagen för att gå ner till ängen och kolla in elden. De drar igång brasan alldeles strax och om vi går nu så blir det perfekt tajming för att hinna se elden innan den brinner ner och precis i lagom tid för att inte hinna frysa ihjäl i aprilvädret. När vi har sjungit studentsången och lekt pyromaner en stund så drar vi hemåt igen och kör igång musiken. Ut med er nu allihopa så jag och Emelie kan gå sist och låsa efter den här fårskocken." Marcus schasar skrattande alla mot ytterdörren.

Linda letar rätt på Karin och de drar på sig ytterkläderna och stövlarna och börjar gå ner mot ängen.

"Nu får du berätta. Hur går det med den mystiska polisen David med de fina ögonen?", undrar Karin.

"Jasså du, har brorsan redan hunnit skvallra om vem det var jag satt och pratade med i soffan." Linda skrattar.

"Men skämt åsido, alltså, jag blir inte klok på honom. Jag måste höra med brorsan vad han gör här, utan tjej. Jäkla brorsan, han kunde väl talat om att David skulle komma så att jag var förberedd."

"Hmm, ja det är ju inte så smart om du går och blir kär i en kille som är gift."

"Vem har pratat om kär? Nej, verkligen inte, det går verkligen bort. Men det jag inte blir klok på är att han verkligen verkar intresserad när vi pratar med varandra. Men det är förmodligen bara idiotiska jag som fantiserar ihop det. Och varför skulle han vara intresserad, bara jag som är en romantisk idiot. Egentligen är han ju värsta slemhögen som flirtar med andra samtidigt som han är gift. Och det är jag verkligen inte intresserad av att medverka i, vilken jäkla skitstövel", avslutar Linda indignerat.

"Så jäkla trött på killar, lika bra att lägga ner det känns det som." Karin låter uppgiven.

"Men va, hur gick det för dig då, med Mister Hennes & Mauritz? Jag trodde att du hade något på gång där? Men det låter tydligen inte så på dig."

"Nej du, den killen var mer intresserad av karriär. Jag lovar att han på riktigt inte såg mig som person, han var bara intresserad av att få reda på om jag var en karriärväg för honom. Och det kan han fetglömma, att jag ska vara hans språngbräda."

"Usch, vilket otroligt ocharmigt karaktärsdrag. Du är värd något mycket bättre. Och jag med", konstaterar Linda.

"Så, då får jag ha dig för mig själv ett tag till?" Karin smiter in sin arm under Lindas så att de går armkrok.

"Ja, du kommer inte undan, mig kommer du aldrig bli av med." Linda skrattar och kramar Karins arm.

ARTON

Hösten 2001

Hon går sakta, sakta, på den slingriga, vid den här årstiden oftast isiga, lilla grusvägen ner mot klipporna och Östersjöns mörka vatten. Ner mot klipporna som vetter mot Stockholms inlopp, vid Nyckelvikens västra ände. Kroppen är lätt framåtlutad med hopsjunkna axlar. Tyngd av sorg och vanmakt, även tyngd av den fysiska tyngden i ryggsäcken som hänger på hennes rygg.

Det är en nedbruten kvinnas gång, en kvinna som inte längre ser något värde kvar med detta livet. Ensam vandrar hon i mörkret på den oupplysta vägen. Snögloppet vetter den tjocka vinterkappan av ylle som hon bär. Vätan har gjort kappan tung och otymplig men det märker hon inget av där hon går. Hon har tillräckligt att bära på i sitt sinne. Djup förtvivlan men ändå går hon där med en målmedvetenhet. Och ett mod.

Hon når slutligen fram till grusvägens slut, där klipporna reser sig höga och klippavsatsen lutar hotfullt ner mot det kolsvarta vattnet. Hon tar ett andetag och drar in den omisskännliga doften av hav och gammal tång. Där ute kan hon ana det kolsvarta vattnet. Det bräckta vattnet som ej ännu helt hunnit frysa till is utan rör sig som en trögflytande massa med klirrande bitar av genomskinlig is på toppen. Isskärvor som väntar på att packas och frysa till metertjock is.

Kvinnan tar ett bestämt tag med ena handen om en skrovlig klippskreva, häver sig upp och börjar klättra uppåt. Det är halt av den halvfrusna snön och hon tappar för ett ögonblick balansen, ovan vid tyngden av ryggsäckens last. Hon håller sånär på att trilla baklänges nedför klippan innan hon återfår balansen. Hon får på nytt ett grepp med händer och fötter och kan fortsätta uppåt.

Efter en kort klättring är hon uppe på klippavsatsen. Hon ställer sig upp och tittar rakt ut, ut i det mörka. Det oändliga mörker som med åren har blivit en så familjär känsla för henne.

Hur har det blivit så här?

Hon har funderat så många gånger på hur hon ska kunna skydda sig själv och barnet. Den första, och enda, gången hon tog mod till sig hade det varit nära att han hade lyckats döda dem båda två.

Tårarna rinner på kvinnan där hon står på klippavsatsen.

Det värsta är inte att hon inte kunde ge barnet tillräckligt med mat under tiden hon låg sängliggande i konvalescens.

Det värsta, det mest fruktansvärda, är skriken hon hörde då. Från barnets rum om kvällarna. När han tog ut sitt outgrundliga hat och sina perversa böjelser på barnet istället för henne. Och att hon inte kunde röra sig utan bara ligga där och lyssna med hjärtat skrikande av vanmakt.

Självklart borde hon ha lämnat honom den gången. När hon väl blev frisk och kunde stå på benen igen. Men det var som att djävulen hade tagit över hennes själ och hon var helt i hans våld.

Nu är det för sent. Hon har redan fallit ner i det mörker där ingen återvändo finns. Hon kan inte längre skydda sig själv från djävulen och hon kan än mindre skydda barnet. Med den logik som bara en fullständigt trasig människa kan ha har hon därför tagit beslutet att ända sitt liv. Och nu står hon här på klippan.

Hon tar ett par steg närmare klippkanten. Och så ännu närmare, så nära att hon kan känna tomheten under tåspetsarna i sina skor. Hon knäpper kappan ordentligt, ända upp i halsen och tar ett par steg tillbaka från kanten.

Därefter tar hon av sig ryggsäcken, ställer ner den på klippavsatsen och plockar fram de två Kettlebells vikterna. Dessa har hon stulit från ett av sina städuppdrag. I villan med en hemmatränande karriärkvinna, långt ifrån hennes egen verklighet.

Hon drar ylleskärpet ur sina hällor och trär på de två tyngderna. Därefter knyter hon ordentligt ylleskärpet, hårt runt midjan. Hon knyter för säkerhets skull ett par extra knutar och drar till ordentligt efteråt. Tyngderna hänger nu som två rejäla sänken, ett på magen och ett på ryggen och får henne något ur balans. Den tomma ryggsäcken lyfter hon upp på ryggen igen, inget ska lämnas kvar. Allt är planerat, in i minsta detalj,

Och med blicken fäst rakt ut i det mörka drar hon ett djupt andetag, tar ett stadigt tag med händerna om handtagen på de två Kettlebells-tyngderna och kliver bestämt rakt framåt tills hon åter känner luft under skospetsarna. Med en bestämdhet använder hon all den fysiska styrka hon kan uppbåda och tar ett stort kliv framåt. Hon faller nedåt, långt ned i det mörka, svarta, kalla. Äntligen är det över. Äntligen är det hon som bestämmer över sitt liv.

Ett liv, taget liv.

NITTON

Elin

Lexi, hennes allt och det hon lever för. Hon älskar den där vitlurviga lilla hunden. En West Highland White terrier, mer känd som en Westie, eller Milou-hund. Hon är sex år och en riktigt pigg liten tjej. Elin älskar de långa promenaderna hon tar med Lexi, bara de två i skogen i Nacka-reservatet. Njuter av stillheten, tystnaden och frihetskänslan. Ensam med sig själv och sina tankar. Då känner hon att hon kan andas, på riktigt andas, djupa andetag, ett, två, tre, fyra...ett, två, tre, fyra. Fri. Fri att göra vad hon vill, när hon vill. Hon lever i sin egen fantasivärld där ute i skogen.

Han följer aldrig med, han är helt ointresserad av natur och promenader, hans primära intresse är online-spel och fotboll. Inte för att det är något fel med de intressena tänker Elin och inser att hon känner ett behov av att försvara honom, även för sig själv. Det är mer att det inte alls är hennes egna intressen, de lever helt enkelt separata liv och Elin kommer återigen på sig själv med att fundera. Hur livet skulle se ut, om...

Självklart har hon funderat på att lämna men rädslan för vad som skulle kunna hända Lexi gör att hon tvekar, ångrar sig, och stannar kvar.

Elin funderar ofta ut olika skräckscenarier kring vad som skulle kunna hända Lexi. Eftersom hotet om våld hänger i luften konstant hemma, och eftersom Elin vet vilken ondska han faktiskt besitter så blir alla tankar på frihet lagda åt sidan, det går helt enkelt inte. Det där som hon har fått höra med "om du lämnar mig så kommer du och Lexi att dö, bara du fattar det, din loser subba" känns absolut inte som något som bara är ett påhitt utan hon ser tydligt hur det skulle kunna ske i verkligheten. Hittills har hon inte hittat någon lösning på sin situation och timmarna har blivit till dagar som blivit till månader och nu också år. Tre år har hon suttit fast i detta helvete.

Hon förbannar sig själv för att hon den kvällen på Akkurat föll så hejdlöst för denna människa. Så charmig med sitt mörka långa hår och fina bruna ögon som glittrar när han ler. Ett leende som hon aldrig längre får se.

Han har en tatuering som täcker hela vänstra underarmen. Den föreställer en fjäder, en symbol för frihet, berättade han den där kvällen. Märkligt nu såhär i efterhand att han själv värderar frihet så högt men inte vill ge det till någon annan.

Den där kvällen som blev mitt öde. Denna så inledningsvis charmiga man, som inte längre finns att känna igen, nu förvandlad till en ondsint människa. Den lite kaxiga personligheten som hon föll för, den som hon nu förstår egentligen är självcentrering och brist på empati om andra.

De glittrande ögonen ser hon inte heller längre till, de är oftast svarta och aggressiva. Hon börjar få höra kommentarer om sitt utseende och att hon äter för mycket och har blivit fet. Det har blivit grövre och grövre tills hon en dag inser att hon har vant sig vid det och accepterat det som normalt. Hon ber urskuldande om ursäkt varje gång hans irritation väcks. Tänker att det ändå måste vara hon som har gjort något fel.

När det fysiska våldet slutligen kom var hon så avtrubbad och totalt på botten av självkänsla att hon på något märkligt sätt accepterat även det. Det var en lätt gräns att korsa för hon hade ju redan accepterat att det var henne det var fel på.

Den första gången han slog henne hade de varit ute på en pub en lördagskväll och druckit öl. De hade gått dit med ett kompispar till Gustav. Han bjöd storstilat på ett flertal öl vilket kändes som en lyx för en lågt betald förskollärare. Efter att hon till slut hade behövt gå på toaletten stod han plötsligt utanför toalettdörren när hon kom ut, väntade på henne.

Mot hennes vilja får hon upp fler och fler minnen från den kvällen och det går en rysning i henne när hon märker att hon kan återuppleva kvällen i sitt huvud, den har etsat in sig in i hennes medvetande. Den där kvällen och det första slaget. Känslan när han stod där utanför toaletten.

"Nu ska vi gå hem." Den ilskna blicken på henne, de vanligtvis varma bruna ögonen som nu var alldeles svarta av raseri.

"Men, ska vi gå nu? Borde vi i alla fall inte säga hej då till Anna och Peter?"

"I helvete heller, de klarar sig själva, de vet vad du har gjort!"

Ja, vad har hon gjort, det hade hon undrat medan de gick hemåt. Men det skulle hon snart bli varse. De hade inte ens hunnit ur hissen tre trappor upp innan hon liksom lyfte från marken, tappade fotfästet och flög framstupa ner i stengolvet. Bara ren och skär tur att hon lyckats ta emot sig hjälpligt med händerna så att inte huvudet smällt rakt ner i stengolvet.

Hon kommer ihåg att hon blev djupt chockad när innebörden av vad han precis hade gjort slog henne. Chocken över att han hade knuffat till henne i ryggen, hårt, med flit. Hon hade försökt resa sig men precis när hon hade kommit upp på fötterna och försökt ta några vacklande steg framåt snubblade hon och tappade balansen igen.

Den iskalla insikten att han medvetet hade satt fram sin fot för att sätta krokben på henne. En handling som kom så plötsligt att hon återigen tappat balansen och fallit handlöst framåt. Den här gången var det högra delen av kroppen som fick ta stöten och axeln och armen hade smällt rakt in i stenväggen bredvid lägenhetsdörren. Det gjorde enormt ont, kommer hon ihåg. Hon kommer ihåg att hon inte lyckats hålla sig upprätt utan glidit ner längs väggen för att slutligen landa på golvet där hon blivit liggande.

Idag är hon evigt tacksam att hon hade lyckats vrida bort huvudet den där gången. Eller var det bara en lycklig slump. Elin vill inte tänka på vad som kunde hänt om hon inte... Slumpen, turen, bara det.

En rysning går genom kroppen på henne när hon, trots att det är ett minne hon försöker tränga undan, ändå tänker på hur nära det hade varit att hon hade fått skallen krossad antingen mot stengolvet eller stenväggen. Och därefter, efter att chocken och insikten hade landat, den paralyserande rädslan hon hade haft. Den för vad som skulle komma härnäst.

"Helvete, hur fan kan du flirta med killen vid bordet bredvid när jag är med. NÄR JAG ÄR MED. Vilken jävla fräckhet! Och sen har du mage att följa efter honom till toaletten. Skulle ni passa på att ta ett snabbknull på handikapptoan eller? Som vilket litet billigt luder som helst? Fy fan för dig."

Med de, numera så vanligt återupprepade orden, hade han vingligt gått in i lägenheten och drämt igen ytterdörren med en smäll. En smäll som otroligt nog inte hade väckt några grannar. Eller så hade den det? Grannar har i alla tider gått efter devisen, var och en sköter sitt. Den nya tystnadskulturen med ny brottslighet, hämnd och en allmän likgiltighet för liv och död. Rädslan för att lägga sig i var stark.

Huruvida någon hade hört eller sett fick hon därför inte veta. Hon träffade på grannarna många gånger efter händelsen. En gång har hon tyckt sig se en förstulen blick i hissen från den gamla tanten som bor i lägenheten bredvid. Men hon verkar ha ganska dålig hörsel så det är inte helt säkert att hon hörde något den kvällen. Men som sagt, ingen säger någonsin mer än nödvändigt till sina grannar så varför skulle någon bry sig om henne.

Mitt framför ögonen på henne hade han smällt igen dörren den där kvällen. Hon hade blivit liggande på det kalla stengolvet, hon kommer fortfarande ihåg den svala sköna känslan mot kinden från det blanka stengolvet. Huvudet hade snurrat av chock och öl och ont och hon visste inte vad som var vad. När hon väl hade uppbådat energi nog att ta sig upp från golvet och in genom lägenhetsdörren, tack gode gud att hon hade en egen nyckel och att hon hade den med sig, var det tyst, knäpptyst.

Hon kommer ihåg att hon kunde se hans vingliga spår fram till sovrumsdörren genom en snitslad bana av avslängda kläder. Automatiskt hade hon plockat upp hans kläder och slätat ut skjortan så hon inte skulle behöva stryka den igen. Bakom den hånfullt stängda sovrumsdörren hördes djupa snarkningar.

Självklart hade hon tagit på sig allt dagen efter. Hon hade bett om ursäkt, urskuldat sig och sagt att det inte var meningen att flörta och att hon nog hade druckit för mycket.

Men var det verkligen så? Hon försökte rannsaka minnet flera gånger efter händelsen, vad var det egentligen som hade hänt på puben? Hon letade i minnet efter ett ansikte på mannen vid bordet bredvid, den som hon hade flörtat med, men ingen bild av någon man kom upp. Tänk om hon bara hade satt stopp då, sagt att det inte var sant det han sa. Lämnat honom. Lämnat ondskan.

Men nu är det försent. Han har fortsatt så små frön av osäkerhet där varje enstaka frö växer sig till en snårig djungel av osäkerhet och krympande självkänsla.

Inga barn har de fått heller trots ändlösa försök. Hon älskar barn, det är också därför hon arbetar med barn på förskolan. Men hon känner att det är som att Gud på något sätt ändå vill ge henne ett tecken, och numera hör hennes böner. Hon andas lättat ut varje månad när hennes mens kommer. Hon vill väldigt, väldigt gärna ha barn. Bara inte med honom. Det får räcka med mig. Mitt barn ska ingen slå.

TJUGO

Så jävla svårt. Varför ska det vara så jävla svårt.

Hon sparkar av sig skorna, byter kläder till det hon kallar sina ätarkläder, byxorna som har stretchig resår och den gamla slitna T-shirten som hänger löst över magen och som det inte gör något om det blir fläckar på. För fläckar blir det alltid, trots att hon är försiktig. Äckligt kräkskvätt i håret som stinker. Hon får kväljningar när hon tänker på hur det brukar bli. Kan ändå inte stå emot. Trots kaoset i hjärnan är allt kontrollerat, in i minsta detalj, så mycket det bara går att kontrollera ett stört beteende.

I tryggheten hemma innanför lägenhetsdörren, där hon kan släppa på ångesten utan att någon kan se, börjar därefter den nu så trygga och inlärda matrutinen. Ätandet som blir hennes ventil. Det är speciell mat som behövs för denna procedur, mat som hon inte äter annars. Mat som går lätt att äta och lätt att kräkas upp. I kylskåpet och frysen finns det hon behöver.

Själva ätandet och de systematiska kräkningarna efteråt går fort. Hon hör telefonen ringa men det finns inte en chans att hon ska avbryta sig för att svara. Hon är som i trans och vill inte bli störd.

Efteråt är hon jättetrött. Vill bara sova och glömma allt. Absolut inte tänka på det som framkallat ångesten. Hon tvingar sig in i duschen, duschar av det äckliga. Hon tvättar håret noggrant med mycket schampo, vill att det ska lukta gott, inte kräks. Tvättar håret en gång till, inget äckligt kvar.

Linda torkar sig noga med den stora tjocka duschhandduken. Skrubbar låren för att förhindra celluliter och torkar noggrant torrt mellan tårna, precis som hon gör varje dag, efter varje dusch.

Helt slut efter ansträngningen släpar hon sig ut till soffan och lägger sig utmattad i fosterställning och blundar. Magen krampar fortfarande i efterdyningarna av de häftiga kräkningarna. Trött. Så in i döden förbannat trött. Klockan är inte så mycket.

Hon har kommit hem som vanligt efter jobbet. All dagens samlade ångest och, i hennes hjärna, kaotiskt mischmasch av intryck, har klumpat ihop sig som ett stort upptornande åskmoln. Så fort hon stänger ytterdörren bryter hon ihop och all dagens samlade ångest pyser ut som ett däck med pyspunka och slutar alltid i en matorgie som gör henne helt slut, dränerad på energi. Hon vet att det är fel men hon kan inte hejda sig. Imorgon.

Linda försöker andas på det sätt som hon har lärt sig. Hon vet att det hjälper efteråt, då när tarmarna vrider sig som oroliga väsande ormar i magen. Andas. Ett, två, tre, fyra...ett, två, tre, fyra. Kramperna börjar försiktigt avta i takt med att andningen lugnar kroppen. Efter ett tag är kroppen helt avslappnad och hon känner hur hon börjar dåsa bort där hon ligger på soffan. Skönt. Försvinna bort.

Hon vaknar till och klipper yrvaket med ögonen. Vänder sig om i soffan, får tag i filten som hänger över armstödet och drar den över sig, ända upp till hakan. Reser sig till hälften och fluffar till kudden som hon tidigare har lagt sig på, sjunker därefter ner med huvudet igen.

Slår på TV'n och zappar mellan kanalerna. Precis som vanligt finns det absolut inget som är värt att ens ödsla en sekund på. Det är ett program där folk ska flytta ut på den karga engelska landsbygden där det konstant verkar regna och vara gråmulet men med en aura av gammal kultur. Eller, om man har tur, flytt till Karibien, med sitt klarblå vatten och människor som bränner fram på vattenskotrar eller paddlar fram på sina SUP-brädor. Om Linda fick bestämma hade hon helst flyttat till Karibien, verkar mer enkelt att leva där. Men idag har hon inte turen att ens hitta ett flyttprogram till Karibien. Hon tvekar mellan Lyxfällan och ett naturprogram om sälar. Zappar fram och tillbaka, fram och tillbaka. Inte ens ett jäkla TV-program kan hon ta beslut om, vad är det för fel på henne. Hon kastar frustrerat fjärrkontrollen på vardagsrumsbordet och kryper in under filten igen.

Det slår henne plötsligt att telefonen ringde förut. Hon sträcker sig mot vardagsrumsbordet och plockar upp telefonen från bordet och kollar, det är Marcus som har ringt tillbaka till henne. Linda ringde honom på väg hem från jobbet men han svarade inte då. Linda tittar på klockan på mobilen, den är bara kvart över åtta, det är ändå en femtioprocentig chansning om Marcus höll på att läsa saga för Clara eller om de precis har avslutat. Hon chansar.

"Hejsan sis, hur är läget?"

"Jodå, man ska inte klaga, det är mycket på jobbet precis som vanligt. Jag var i tvättstugan förut när du ringde." Aldrig i livet att hon skulle berätta, ens för Marcus, vad hon egentligen har gjort.

"Åh, påminn mig inte, det är helt klart dags för oss också att tvätta. Tycker att det är det enda vi gör med en liten tjej som är på förskolan. Hoppar i lerpölar och springer konstant runt med fläckar av köttfärssås och jordgubbssylt. Hjälper ju inte till att vi försöker potttränа henne nu. Det går åt ett flertal klädbyten varje dag. Vi måste verkligen komma till skott och köpa en tvättmaskin till badrummet så att vi slipper springa ner till tvättstugan hela tiden. Men det är ju så sjukt tråkiga pengar. Först ska man köpa eländet för dyra pengar, betala för att få den hemlevererad och sen ha någon som installerar. Helt galet vad man kan ta betalt för att stoppa in en sladd i uttaget bara för att man har en stämpel som det står certifierad elektriker på. Det är typ lika mycket som en semesterresa till Kanarieöarna, åtminstone under lågsäsong. Och då väljer jag semesterresa alla dagar i veckan."

"Hörru gnällpelle. Jag är ganska övertygad om att elektrikern är väl investerade pengar. Du vill väl inte hålla på och meckla med det där själv och sen får Clara elektricitet i sig när hon sitter i badkaret. Usch, vill inte ens tänka på det. Väl investerade pengar tänker jag."

"Nu försöker du bara skrämmas."

"Men egentligen, är det inte dags att acceptera faktum. Ni kommer inte köpa en tvättmaskin till lägenheten. Ni kommer fortsätta använda tvättstugan för att då får ni ändan ur och faktiskt bokar tider och tvättar. Du har sagt samma sak om att köpa en egen tvättmaskin hur länge som helst men det händer aldrig något med det. Jag tror det när jag ser det." Linda suckar åt sin lillebror som, sin allmänna klokhet till trots, ofta försöker lura sig själv.

"Apropå Clara, hur är det med min gullunge Clara förresten?"

"Den där gullungen har inte varit så värst gullig idag. Emelie ringde mig på väg till jobbet och var i upplösningstillstånd över att Clara hade vägrat sätta på sig kläderna i morse. Hon ville absolut inte gå hemifrån för hon hade bestämt att de två skulle vara hemma och ha mysdag med nallarna och dricka O'boy. Inte helt i linje med vad Emelies arbetsgivare skulle tycka vara en bra idé tänker jag."

"Jaha, vad hände då?"

"Efter typ en timmes lockande, pockande och kanske en del hotande, jag har full förståelse för Emelie om det blev lite av varje ska jag ärligt säga. I vilket fall så var Emelie till slut tvungen att sätta Clara i vagnen ändå, i bara pyjamas, med en filt över benen så hon inte skulle frysa. Hon tog med kläderna i en påse och fick be pedagogerna om hjälp med att sätta på Clara kläder." Marcus hejdar sig för att ta en klunk te och fortsätter sen.

"Hela vägen till förskolan skrek tydligen Clara som om någon hade stuckit kniven i henne, ålat sig som en orm, kastat iväg filten och sprattlande försökt komma ur vagnen. Emelie berättade för mig att det var en galen kamp att få henne att sitta kvar. En brottningskamp där hon fick hålla fast Clara med en hand och springa framåt och hålla vagn och filten med den andra handen. Och hantera stirrande människor längs vägen, människor som har fullt med synpunkter på föräldraskapet." Marcus tar en till klunk av sitt te och verkar smaska på något.

"Trots att hon sprang hela vägen till förskolan kom Emelie ändå nästan en timme för sent till jobbet. Jag kan tänka mig stressen hon kände, vet inte vem som svettades mest, Emelie eller Clara. Tycker verkligen synd om Emelie, vet att hon tycker att det är ännu jobbigare än vad jag tycker."

"Herregud, jag förstår det."

"Jag tycker ibland att det är lite jobbigt att mitt jobb är så statiskt med fasta tider, hade ibland önskat ett kontorsjobb med flex. För det finns inget värre ska du veta Linda. Inget roligt alls att börja med en destruktiv morgon, hoppa på bussen genomsvettig och ledsen för att man är den sämsta föräldern i världen. En misslyckad förälder som inte kan få på sitt barn kläder och som måste använda ett visst mått av våld, eller, fel ordval, fysisk och psykisk kraft, för att hålla ett sprattlande barn på plats i vagnen så att hon inte skadar sig.

Varför har man alltid den där känslan av att vara misslyckad förälder?"

"Varför ska man ha ångest för att vara en misslyckad förälder? Man gör ju bara sitt bästa", undrar Linda.

"Du ska bara fatta ångesten man får när man möter blickar på vägen, blickar som visar att de tror att man är någon barnmisshandlare, inte bara en helt vanlig förälder som har en trotsig treåring." Marcus låter ovanligt deppad. Linda märker att han har ett behov av att prata så hon bara hummar och låter honom fortsätta.

"Jag som jobbar som polis och ser mycket tragik tycker självklart att det är viktigt att omgivningen är observant på barn som de misstänker fara illa men samtidigt är jag så jäkla trött på skuldbeläggandet av utslitna föräldrar till trotsåldersbarn. Hmm, ja det är ingen enkel fråga det där, jag hör ju själv hur rörig jag låter när jag försöker prata om det. Skyller på en viss nivå av bristande nattsömn också."

"Skitjobbigt när man inte får sova ordentligt."

"Nåväl, när jag hämtade Clara från förskolan var det samma visa fast tvärtom, hon skulle minsann inte gå hem. Så, det är din gullunge det. Nu är jag ganska glad att hon har somnat. Emelie har förresten också somnat, vet att det är för tidigt och att hon säkert kommer vakna mitt i natten men jag kunde inte med att väcka henne." Marcus suckar.

"Stackars Emelie." Linda kan se Emelie framför sig, svettandes och urstressad med en vrålande treåring och tycker verkligen synd om henne.

"Ja men jag då, är det inte mest synd om miiiiig?" Marcus har, åtminstone tillfälligt, kommit över sitt tungmod. Han brukar inte kunna vara deppig så länge. Trots att han beklagar sig kan hon höra att det är med glimten i ögat.

"Ha, ha, jag glömmer att jag pratar med en man. Självklart är det mest synd om dig."

"Bra där, medömkan är balsam för en sliten manssjäl." Marcus fortsätter deras retsamma dialog.

"Nej du, ledsen, men nu får det vara tillfälligt slut med medömkan, nu måste jag höra med dig. Den där kollegan som du har, David, han som jag träffade på vårdcentralen och som också var hos er på Valborg?"

"Ja, vad är det med honom? Har du möjligtvis blivit lite intresserad?", undrar Marcus.

"Alltså, han verkar ju vara en riktig gris."

"Vaaa?!? Varför tycker du det?" Marcus är uppriktigt förvånad.

"Alltså, jag kan ju ha fel men jag tycker ändå att det kändes så konstigt."

"Hur då konstigt?"

"Du vet, vi hamnade ju bredvid varandra i soffan när vi satt och åt hemma hos er på Valborg. Jag fick intrycket av att han verkade lite intresserad av mig men samtidigt hade han en ring på fingret och är därmed antingen gift eller åtminstone förlovad."

"Jasså, men det vore väl kul om han är intresserad? Och du då, hur är det med dig, är du intresserad?"

"Nej tack, jag vill inte ha ihop det med någon som redan har en annan, riktigt så desperat är jag inte." Elin kan inte förstå hur Marcus kan ta så enkelt på det och att han ens kan föreslå en sån sak. Det är inte så han vanligtvis brukar tycka och tänka. Hon är förvånad.

"Jag kan förstå att det verkar lite konstigt och du vet ju att jag verkligen inte tycker om otrohet, eller hur?"

"Nej, jag undrade just hur du tänkte." Linda märker själv att hon låter ganska spydig.

"David och hans sambo har precis separerat. Det har tydligen varit lite halvdant under en längre period och precis innan Valborg så kom de överens om att separera på prov. De ville se om det som en gång var kärlek och nu övergått till vänskap skulle kunna växa till kärlek igen med lite avstånd. Det är i alla fall den officiella storyn och vad Davids före detta sambo hoppas."

"Låter som ett lite märkligt upplägg om du frågar mig."

"Kanske? Men David har pratat med mig vid något tillfälle om det och då har han sagt att för hans del är förhållandet väldigt tydligt över men att hans ex fortfarande vill klamra sig fast vid ett halmstrå och han ändå vill avsluta så schysst det bara går. Om det skulle vara lättare för henne med detta alternativet, kanske som ett sätt att kunna komma vidare, så känner David att han vill ge henne det då de ändå har levt ihop och han fortfarande respekterar henne som person. Det är därför de har sagt att de separerar på prov och behåller ringarna på. Bra eller dåligt beslut är inte jag bäst att säga något om men tror inte du behöver tänka att han vill ha kakor på två ställen om man säger så."

"Hmm, men då är han ändå typ upptagen." Linda känner sig deppig. Självklart är också han upptagen.

"Ja, tekniskt sett är han upptagen men om de nu har levt som vänner under en längre tid så kanske det inte är så konstigt om han känner att han har gått vidare, även om de inte officiellt har gjort slut."

"Det är klart, så kan det vara. Men jag sätter alla eventuella tankar på David på paus och så kan jag plocka upp dem om några månader igen och se hur status är då. Jag måste erkänna att jag tycker han verkar gullig men det känns alldeles för trassligt och invecklat just nu så paus på de tankarna får det bli", deklarerar Linda bestämt.

"Det är bra sis, det är nog ett klokt beslut."

"Tack för att du finns brollan, du är världens bästa bollplank. Och så har du världens bästa sambo och en alldeles underbar gullunge, oavsett hur mycket treårstrots hon ligger inne med just nu."

"Natti, natti söstra mi, dags att borsta tänderna och krypa till kojs, redo för en ny batalj imorgon bitti. Jag har lovat Emelie att ta lämningen, kanske ska ta träningskläder på mig och se det som ett träningspass?"

"Kämpa på, ni är grymma. Sov så gott och hälsa Emelie så mycket."

När Linda lägger på luren känner hon plötsligt en tomhet. Hon älskar sin bror och är så glad att han har sin familj med Emelie och Clara men ibland kan hon bli alldeles fruktansvärt avundsjuk på Marcus och det fina familjeliv han har. Hon skäms över det och känner sig missunnsam men det är ändå så hon känner.

Någon gång måste det ändå vara hennes tur. Det måste finnas en kille där ute för henne, någon som inte är upptagen, inte har märkliga egenheter för sig, någon som är helt vanlig men ändå inte. En kille som kan få henne att skratta. Som kan lägga armarna runt henne och få henne att känna sig trygg. Någon med vackra ögon och varmt leende. Någon som hon skulle kunna tänka sig som pappa till sina framtida barn. Någon.

Panik. Stressen rusar genom kroppen.

Linda börjar planlöst gå runt i den lilla lägenheten. Fötterna styr henne ut i köket som om hon är en vandrande radiostyrd zombie. Hon öppnar slentrianmässigt kylskåpsdörren men precis som hon redan vet så står där bara ett halvtomt Bregott-paket och en glasburk med Önos Smörgåsgurka med några ensamma gurkskivor flytande omkring i lagen. Hon stänger kylskåpsdörren med en suck, går ut i vardagsrummet och lyfter återigen telefonen från vardagsrumsbordet. Hon tittar vad klockan är, inte för sent. Linda trycker på favoritkontakten

Karin. Karin med tre röda hjärtan och tre puss-emojjis, utan efternamn. Hon väntar otåligt medan signalerna går fram.

"Hej vännen, har du inte somnat än?" Karin låter pigg. Perfekt att ha en nattuggla till kompis när man har kvällsångest. Och alla andra gånger också såklart tänker Linda med värme.

"Nej, jag pratade med Marcus och sen fick jag värsta stressanfallet när jag lade på. Marcus har det perfekta livet och de har det så fint han och Emelie. Känner mig som världens mest missunnsamma person och jag har så sjukt dåligt samvete för att jag känner så. Och har i detta nu extrema tvivel på att jag någonsin ska träffa någon. Jag behöver bara höra något peppande från världens bästa vän."

"Men vännen, nu får du sluta tycka synd om dig själv. Du är en smart tjej med skinn på näsan och med en alldeles utomordentlig uppsättning fysiska kroppsdelar inklusive ett fantastiskt leende som kan smälta en pansarvagn, det finns absolut ingen anledning att hålla på att noja. Lova mig att sluta med det, NU." Karin använder sin barskaste röst, fast det ryms ändå en stor portion värme i rösten.

"Ja, ja, jag ska sluta. Jag vet ju att det rent logiskt borde finns någon för mig också. Jag önskar att jag skulle kunna vara mer relaxad, som du. Förlita mig på ödet." Linda ger ifrån sig en djup suck.

"Men du, har du frågat Marcus om David?"

"Ja, det har jag faktiskt, frågade nu när jag pratade med honom."

"Jamen vad sa han då?" Karin är nyfiken.

"Han var kanske inte fullt så skum som jag trodde men det är inte helt okomplicerat."

"Hur då menar du?"

"Han har tydligen separerat. Men det är på prov så därför har han behållit ringen på."

"Där ser du, det finns alltid en förklaring. Eller oftast", säger Karin.

"Kanske, men jag har ändå räknat bort honom, kan ju inte gå och fundera över någon som går omkring med en förlovningsring. Den som lever får se."

"Det har du rätt i och apropå leva så behöver jag gå och lägga mig nu för jag ska upp tidigt i morgon. Vi har obligatoriskt morgonmöte vid den ohemula tiden nollåtta trettio, på kontoret. Vad är det för galning som kan komma på en så tidig tid, jag får ju gå upp mitt i natten." Karin är lika morgontrött som hon är kvällspigg.

"Nja, nu överdriver du nog lite grann men gå och lägg dig du, det skadar nog inte att du kommer i säng lite tidigare än vad du brukar."

"Natti, natti."

"Sussa gott."

TJUGOETT

I morse sa han till mig att jag skulle passa på och träna bort lite fett och bli lite mer attraktiv så kanske han skulle tända till ikväll. Elin ryser bara hon tänker på det. Det är länge sedan hon har varit attraherad av honom. Sex och närhet är inte längre lustfyllt utan fyllt med ångest och en önskan om att det ska ta slut så snabbt som möjligt,

Men, idag har jag tagit honom på orden och när han själv drar iväg ut för att göra gud vet vad, sätter jag nynnande på kaffebryggaren och brer ett par smörgåsar. I frysen letar jag fram en kvarglömd kanelbulle som jag packar ner i ryggsäcken. Jag ler för mig själv när jag gör det. Min vikt är min egen ensak. Han kan styra mycket men jag blir berusad av känslan av att revoltera i det tysta. Att jag fortfarande har någon makt kvar i förhållandet. Även om det är i det lilla.

Jag kollar vädret i SMHI-appen och ser att jag har riktig tur med vädret. Det ska bli sol större delen av dagen och inte mycket vind. En riktig kanondag verkar det som. Jag bestämmer mig därför för att ta den längre promenaden bort till Hellasgården. Jag försöker skynda mig på för att komma iväg så fort som möjligt. Allt för att öka chanserna för att jag ska få ha min favoritklippa ifred. Där det finns en alldeles perfekt gräsplätt för Lexi att vila på medan jag fikar.

Lexi drar i kopplet. Elin försöker förgäves få henne att gå fot men att träna en terrier fotlydnad är lättare sagt än gjort. Trots att hon har varit på Brukshundsklubben flera gånger och gått deras lydnadskurser för både valpar och unghundar så fortsätter Lexi med sitt kaxiga självständiga beteende. Hon lyder alldeles utmärkt när hon är på det humöret men slår dövörat till när det är något mer spännande på gång.

Instruktörerna har verkligen gjort sitt yttersta och Nacka Brukshundsklubb är kända för sina pedagogiska kurser i sin fantastiska skärgårdsmiljö vid Saltsjöns vatten. Men inte hjälper det mot terrierns envetna sinne ler Elin för sig själv och håller hårt i kopplet medan Lexi rusar framåt med nosen i backen, farande fram och tillbaka över marken. Hon har fått upp ett spår. Antingen på en annan hund, en hare, eller en av alla hjortar som lever i Nackareservatet.

Elin brukar promenera ner till Saltsjö-Duvnäs station och korsa Saltsjöbanans spår och därefter svänga in på Kranglans väg, den lummiga vägen som går genom den grönskande skogen.

Med Järlasjöns vatten på den högra sidan och den lummiga skogen i Nackareservatet är det som att vandra runt lite grann som i en saga tycker Elin. När hon väl svänger upp i skogen är hon omsluten av naturen, i ett med tystnaden. Och hon älskar det.

Promenaderna med Lexi är verkligen hennes frihet. Hon kan vandra i flera timmar. Tänka på allt och ingenting. Det har hänt att hon vandrar genom skogen bort till Hellasgården, har en ryggsäck med sig med kaffe och macka och sätter sig på en av de höga klipporna på norra sidan av Källtorpssjön. Det är så vackert att sitta där och titta ut över vattnet. Precis vad hon planerar idag.

Ibland kan hon se rörelser på andra sidan sjön. Vintertid har hon sett hur de badar nakna i vaken de har huggit upp, den som ligger precis vid bastubryggan. Hon brukar titta på de små prickarna där på andra sidan, notera hur de nakna skuttar fram på den vinterkalla bryggan. Att de är nakna är något hon har hört talas om, kanske har hon läst i den lokala Nackatidingen. Hon kommer faktiskt inte ihåg, men med avståndet kan man knappt ens urskilja om det är män eller kvinnor, bara små hoppande, skuttande prickar.

Hon brukar avundas dem sin frihet. Hon kan riktigt känna hur fria och lyckliga de känner sig när de hoppspringer på bryggan och ner i vattnet. Därefter, nästan som Kalle Anka i filmerna, trampar de vatten och flyger upp på bryggan igen och får bråttom tillbaka in i bastun.

De har sin egen gemenskap, sina skratt av samförstånd. Allt det Elin själv saknar.

Fast egentligen är det fel, hon älskar förskolan och alla barnen. Visst kan hon bli tokig på barnen ibland och inte minst på deras föräldrar som aldrig kommer ihåg rätt kläder eller frukt till fruktstunden. Men den uppriktighet och kärlek hon får från barnen är en gudagåva. En fantastisk skatt att tanka energi ifrån. Det gör att hon för några timmar glömmer vem hon är och allt det hemska som väntar när hon väl är hemma.

Väl framme vid sin favoritklippa jublar hon inombords. Trots det fina vädret har ingen hunnit lägga beslag på klippan så hon brer ut sin filt på gräsplätten i skrevan och binder fast Lexi i trädet precis ovanför gräsplätten.

Elin sätter sig på filten och sträcker ut benen mot solen, njuter av värmen från solstrålarna i ansiktet. Hon är ändå glad att picknickfilten är plastad på undersidan för det är fortfarande lite fuktigt i marken. Solen drar på ordentligt och hon tar av sig jackan och blir sittande i bara tröjan, utan att frysa. Ovan känsla så här efter en kall vinter och förvår.

Hon tittar som alltid ut över sjön med en förundran över hur vackert allt är i solsken. Glittret på de minimala små toppiga vågorna och allt det mulliga mjuka gröna som har börjat slå ut. De vårväckta fåglarna som flyger i loopar ovanför sjön och vassruggarna i strandkanten, på jakt efter något ätbart. Det är äntligen vår och världen omkring henne är lycklig.

Hon tar ett djupt andetag, andas ut och känner sig för ett ögonblick också lycklig, delaktig i allt detta vackra som utspelar sig omkring henne. Som ljust bomullsfluff runt hennes hjärta. Hon njuter för fulla drag när hon tittar sig omkring.

Hon lägger sig ner på filten, njuter av värmen som har alstrats i ytan. Hon drar till sig Lexi och gosar in huvudet i hennes sträva yviga päls. Elin snusar Lexi försiktigt i nacken. Lexi doftar trygghet. En doft av den alldeles speciella blandningen av solsken och varm hund. En doft som gör henne lycklig.

"Nej men hej, är det du som ligger här?"

Elin reser sig upp och vrider huvudet mot rösten, lite dåsig efter att ha legat och blundat, kopplat av. Hon är tvungen att kisa med ögonen och sätta handen som skydd för solen för att kunna fokusera blicken.

"Men hej, är det du Anna? Vad kul, brukar du också promenera i Hellasgården?"

Den som har dykt upp vid klippan, stannat och hejat, är Elins nya kollega på förskolan, Anna. Anna med det mörka lockiga håret och den breda munnen. Munnen som ibland avslöjar ett mjukt leende där de små tänderna går lite charmigt zick-zack om varandra. Anna har börjat på Elins avdelning efter sportlovet och Elin gillar henne jättemycket. Det finns ett lugn och en trygghet hos Anna som skapar förtroende hos alla och hon har snabbt blivit omtyckt av både barn och pedagoger. Riktigt bra rekrytering av Marja tänker Elin.

"Är det ok om jag gör dig sällskap? Jag har en bit hembakad morotskaka, vi kan dela. Eller du kanske väntar på någon?", undrar Anna.

"Nej men det är klart, det vore härligt att få sällskap i solen. Självklart får du sitta här. Gräsplätten är inte så stor här i klippskrevan men du får absolut plats bredvid mig här på filten."

"Åh vilken härlig utsikt du har lyckats få tag på här, helt magiskt." Anna tittar hänförd ut över sjön.

"Ja, säg inget till nån, det här är min hemliga plats. Som jag bara delar med typ femtusen andra människor." Elin skrattar. Ett underbart befriande skratt.

Anna öppnar sin ryggsäck och fiskar upp en termos och därefter en plastlåda som visar sig innehålla den utlovade morotskakan. Elin plockar fram sin matsäck och snart sitter de småpratandes om ditt och datt. Lexi får festa på en bullbit och sedan somnar hon nöjt inklämd mellan Anna och Elin på filten.

"Brukar du ofta ta dig ut och vandra själv med Lexi?", undrar Anna.

"Ja, faktiskt. Min sambo är inte lika intresserad så det blir egentid för mig. Och tid med Lexi förstås. Vi har vandrat många mil tillsammans vid det här laget", säger Elin.

"Var bor ni någonstans?"

"Vi bor i Saltängen, i ett av de höga husen, de som ligger med utsikt ner mot Saltängens skola", svarar Elin.

"Där har jag varit en gång. Jag skulle köpa en vinterjacka som jag hittade i en privatannons", berättar Anna.

"Jassså?, ja det är smart att köpa begagnat, både bra för miljön och för en förskollärares plånbok."

"Verkligen, jag har gjort många klipp på de där säljsidorna, mestadels kläder men även annat. Den där jackan till exempel, den var helt ny men tjejen som sålde den hade gått och blivit gravid så innan vintern kom var magen för stor att få plats i jackan. Hon ville hellre ha pengar att lägga på bebissaker. Bra för mig."

"Verkligen, man ska ha tur ibland", säger Elin med eftertryck.

"Vad gör din sambo idag när du sitter här i solen? Synd om honom som inte får njuta utsikten med dig, det är ju väldigt romantiskt här på klippan", undrar Anna.

"Mmm, han kanske inte riktigt är den romantiska typen", mumlar Elin, plötsligt tillbaka i verkligheten.

"Vad gör han idag då?"

"Vet du, det vet jag faktiskt inte och jag orkar inte bry mig", utbrister Elin och inser samtidigt att hon har blottat sig. Inte likt henne att tappa garden så där. Hon brukar vara duktig på att hålla det inom sig. Hon suckar.

"Förlåt, jag menade inte så." Elin blir stressad över att hon har försagt sig till sin nya kollega.

"Du ska inte be om ursäkt, det är jag som ska göra för att jag är så på och nyfiken."

Det är tyst en stund och Anna tar en klunk kaffe ur sin termosmugg.

"Du behöver inte om du inte vill men jag finns här om du vill prata", säger Anna därefter.

"Varför säger du så?", undrar Elin.

"Alltså, jag är ledsen om jag lägger mig i något jag inte har med att göra men jag har bara fått känslan ibland när vi jobbar att du kanske har lite jobbigt på hemmafronten och skulle behöva någon att prata med." Annas röst är sådär försiktigt mjuk och vänlig. Jobbigt nära, tänker Elin.

En vänlig röst som bryr sig. Det är länge sedan Elin har känt att någon visar omtanke och hon märker hur det grötar till sig i halsen och hon är på vippen att börja gråta.

Där på klippan, i solen, känns det plötsligt helt naturligt att öppna sitt hjärta för Anna. Även om Elin inte känner henne speciellt bra, eller kanske precis just därför. Det har med hennes förtroendeingivande sätt, det känns som att man kan lita på att det man säger stannar hos henne och att hon är en klok lyssnare. Och så är det ju den där mjuka omtänksamma rösten. Det är något med den som lockar till förtroende.

Elin tar en tugga på kanelbullen för att ge sig själv lite extra tid. Funderar på vad hon får och kan säga, och hur mycket hon faktiskt vågar säga. Kan hon faktiskt berätta allt som händer hemma, och vad händer då? Nej, det är helt omöjligt, ingen skulle tro på henne. Dessutom känner hon faktiskt inte Anna mer än som en ny, om än väldigt trevlig, kollega.

"Förlåt, jag är bara lite trött och hängig idag, kanske håller jag på att få en förkylning." Elin har bestämt sig, det här är inget hon kan prata med någon om. Aldrig. Det är hennes egen mörka hemlighet.

"Ja, så kan det vara nu på våren." Anna dröjer med svaret.

"Apropå det, jag måste skynda mig tillbaka. Han väntar nog hemma på mig nu."

"Jag tror jag sitter kvar en stund till här på klippan i solen, tack för fikasällskapet. Vi ses på måndag. Ta hand om dig nu."

"Ok, tack själv, vi ses på måndag."

Ett liv, min sanning.

TJUGOTVÅ

"Din lilla hora, var har du varit hela dagen?" Elin har precis hunnit komma in genom dörren hemma i lägenheten när han kommer vrålande ut i hallen. Lexi skäller stressat, hon gillar inte när någon skriker. Elin försöker hålla henne bakom sig för säkerhets skull så att han inte ska bli arg på Lexi och också komma åt att göra henne illa.

"Du sa ju att det är ok att jag får motion och promenerar med Lexi." Elin försöker förklara.

"Inte HELA dagen. Du har säkert tillbringat dagen i sängen hemma hos den där snubben på ditt jobb. Sån jävla lögnare som du är, man kan aldrig lita på dig. Du är helt uppfuckad."

"Det vet du att jag inte har. Jag gick bara bort genom skogen till Hellasgården och sen tillbaka."

"Hur ska jag veta det, du berättar aldrig något för mig. Alltid ska jag behöva kontrollera vad du håller på med. Den där snubben Alex, du har säkert en annan, hemlig, telefon gömd någonstans som ni messar på nu sen jag upptäckte er på din vanliga. Alltid ljuger du om saker. Du har dig själv att skylla när jag blir arg på dig. Skulle aldrig hända om du inte håller på att ljuga för mig och smussla med din telefon."

"Men snälla, så är det inte alls, jag lovar. Jag har ju berättat det, det är bara en helt vanlig kollega från jobbet." Elin försöker förgäves vädja till hans logik.

"Så det säger du. Men vet du vad, jag tror inte ett skit på dig, Vill du veta vad jag har gjort idag? Va? Vill du det?"

"Nä, du har väl inte..." Elin står som fastfrusen i golvet. Handen fortfarande hårt knuten runt kopplets ögla.

"Klart jag har. Jag kan ju inte lita på dig din lögnaktiga skitkärring och jag tolererar inte att den där snubben med värsta löjliga tjejjobbet håller på med min kvinna. Min. Kvinna. Så då letade jag upp honom och åkte hem till honom. En blatte också, vilken jävla megachock jag fick när han öppnade dörren. Inte nog med att du knullar runt med en snubbe på jobbet, du glömde berätta den lilla detaljen att det är en jävla mexare."

"Han är från Spanien", mumlar Elin utan att tänka sig för. Nu med en hemsk föraning om att det har hänt något förskräckligt.

"Vad säger du? Du mumlar ju så jävla mycket nuförtiden, man hör ju inte vad du säger. Men skitsamma, han såg i alla fall jävligt skraj ut när jag ringde på dörren, mexare eller spanjor är väl som sagt skitsamma, samma pack allihopa. Han fattade först inte vem jag var men det blev han snabbt varse den lilla skiten."

"Vad har du gjort med honom?" Nu är Elin skräckslagen.

"Han vägrade erkänna att ni har haft ihop det men jag trodde inte honom såklart, varför skulle jag det? Och nu lär du säkert inte vara intresserad längre, hans svarta äckliga lögnaktiga tryne är inte lika sexigt längre. Jag slog in skallen på honom. Fan vad den jäveln pissade blod."

Herregud. Vad har jag gjort? Han är galen, galen på riktigt. Hon förstår det nu. Det är skillnad på när det bara är hon som råkar illa ut och att hon fortfarande kan skydda Lexi från hans våldsamheter. Det här är något annat. När han utsätter hennes oskyldiga kollega. Elin kämpar för att hålla tårarna borta, får inte visa dem för Gustav, då blir det ännu värre.

Hon undrar hur det är med Alex. Han måste ha blivit så rädd. Hon tänker att hon själv skulle bli skräckslagen om hon hade öppnat ytterdörren och en fullständigt galen person, så som hon inser nu att Gustav faktiskt är, skulle stå utanför dörren.

Hon ber till Gud att hans våld den här gången har stannat vid en krossad näsa eller något som trots sin avskyvärdhet ändå går att återställas från. Men hon har en hemsk känsla i kroppen. Ångesten pulserar med hackande pick i hjärtat. Hon vet ju mycket väl vad han är kapabel till. Gode gud, bara han inte har dödat Alex. Det skulle vara hennes fel, hon borde ha varnat honom. Varnat för Ondskan. Hon skäms, skäms något oerhört. Det är hennes fel.

"Vad är det med dig, har du tappat talförmågan nu också?" Han måttar hastigt, med all sin uppdämda ilska, ett knytnävsslag mot Elin. Han siktar och drar iväg en knytnäve som träffar henne rakt i bröstkorgen. Slaget kommer så oförutsett, det oförutsedda är just hur, inte när det ska hända.

Slaget tar stenhårt och hon flyger baklänges, rakt in i det gamla vattenburna elementet. När hon landar i elementet får hon en rejäl smäll i ryggen. Hon känner att det ilar av smärta i ryggraden innan benen viker sig under henne och hon landar i en hög på golvet. Hon ser suddigt hur han måttar en spark mot hennes huvud. Nu händer det, nu dör jag, hinner Elin tänka. Men Gustav har ångrat sig, av någon outgrundlig anledning, en obeskrivlig smärta från bröstkorgen uppstår när hans fot istället landar rakt i sidan på henne. Hon kämpar med att andas.

Respekt. Ett ord som har tappat all betydelse. Det finns ingen respekt här. Överhuvudtaget. Har kanske aldrig funnits någon? Det enda som finns kvar nu är rädsla. Rädsla och en tappad självrespekt.

Elin har fruktansvärt ont där hon ligger på golvet. Smärtan strålar från ryggraden utåt sidorna samtidigt som hon känner att något måste ha hänt med lungorna. Svårt att få luft. Minsta rörelse får henne nästan att svimma. Måste hålla mig vaken. Måste hålla mig vid medvetande.

"Varför kan du ALDRIG göra som jag säger", vrålar Gustav och lutar sig över henne och tar ett grepp med händerna runt hennes hals. Han klämmer åt hårt och Elin får panik. Hon försöker panikslaget få upp händerna för att lossa greppet från hans händer runt hennes hals. Det går inte, han är för stark. Och för arg. Det börjar svartna för ögonen på henne. Är det nu det händer?

Hon hör Lexis skällande. Hon skäller oavbrutet, vänd mot Gustav i ett heroiskt försök att försvara sin matte. Elin försöker med tankeöverföring få Lexi att sluta. En sex kilos hund mot en åttio kilos man. Elin känner paniken komma där hon ligger. Hon inser att hon är obrukbar, kan inte försvara Lexi, än mindre sig själv.

"Din jävla hundjävel, håll käften med dig." Gustav tappar plötsligt helt intresset för Elin, släpper taget om hennes hals och reser sig upp och går emot Lexi. Linda fastnar i sina tankar. Dumma, idiotiska, älskade Lexi som inte förstår faran och fortsätter skälla. Elin hostar och drar girigt in luft. Det går, hon andas.

Elin gör en svag rörelse med armen, som för att stoppa honom från att komma nära Lexi. Hon har tappat hundkopplet i samband med att hon föll till golvet. Lexi är nu för långt ifrån henne för att hon ska kunna skydda henne med sin kropp.

"Men jävla hundfan, håll tyst för i helvete."

Gustavs ansikte är kritvitt av ilska. Han har passerat den osynliga gränsen, den som hon har ägnat många år att tolka men aldrig lyckats helt.

Elin kan se det på hans kroppsspråk och hans stirriga blick. Och hon hör det. Hör det i hans språk, ickespråket. Hur han outtröttligt häver ur sig alla dessa okvädningsord.

Och sen får hon en surrealistisk bild framför sig, där det ser ut som om Gustav är med i en fotbollsmatch. Han tar i allt vad han kan, tar i och får en perfekt bollträff. Bollen har ingen chans mot den store bolltrollaren Gustav.

Men bollen är ingen boll, det är Lexi. Han har sparkat henne stenhårt i sidan så att hon skriker till i ett gällt ynkligt gnyende och flyger iväg som en pälstrasa över hallgolvet. I hörnet, ovanpå Gustavs äckliga stinkande gympaskor blir hon liggande, svagt gnyende.

Elin försöker förtvivlat ta sig upp och sträcker återigen panikslaget ut handen efter Lexi i ett lönlöst försök att skydda henne. Hon kan känna pälsen med fingertopparna men inte mer. Hon når bara nästan fram. Och då sparkar han igen. Den här gången hamnar hennes arm i vägen och hon kan känna att något går sönder när foten träffar armen.

Nu kan hon inte hejda tårarna längre, smärtan är fruktansvärd. Överallt. Hon kan inte längre hålla handen uppe som skydd för Lexi utan den faller hjälplöst ner mot golvet. Trots att Gustav menade att sparka Lexi den här gången så tar Elins arm den största smällen. Lexi ligger kvar i hörnet och nu är gnyendet svagare. Men att det fortfarande kommer svaga ljud från hörnet får Gustav att tappa besinningen igen.

"Håll käften då hundjävel." Elin kan se att han är ursinnig och han sparkar nu igen på Lexi som sedan ligger helt tyst och stilla på hallgolvet.

"Snälla, sluta." Tårarna fyller ögonen och rinner sakta nedför kinderna på Elin. De fortsätter komma, hittar vägen över hakans kant. Rinner vidare längs halsen där de landar i en stor pöl mellan brösten. Hon kan inte hejda dem, orkar inte längre.

Hon är inte arg. Hon är tom. Tom på känslor. Livet, det lilla liv som var hennes liv, är över.

Och så slutar han. Bara sådär. Han drar på sig sin jeansjacka och de äckliga gympaskorna och öppnar dörren och går ut. Han slänger igen ytterdörren efter sig med en smäll.

Det blir tyst. För tyst.

Elin tittar mot Lexi där hon ligger på golvet. Hunden ligger alldeles stilla på sidan och hon blöder från ett läskigt sår vid bröstkorgen. Det ser fruktansvärt ut. Något sticker ut från såret. Elin är i chock, det är ett revben som sticker ut. Det ser otäckt ut.

Hon hasar sig fram till Lexi. Försöker ta sig fram så fort hon kan, stödjande på sin vänstra hand, det går inte fort. Det känns som en evighet innan hon har tagit sig fram.

Hon lägger örat försiktigt mot Lexis bröstkorg och lyssnar, men hon är så stressad att hennes eget hjärta går på högvarv och hon får svårt att koncentrera sig. Hon är osäker på om hon faktiskt hör några hjärtljud eller om det bara är det dånande bruset i hennes eget huvud. Hon känner med handen över nosen och tycker sig kunna ana en svag andedräkt. Hon kommer på. Hon lirkar fram telefonen ur fickan på jackan. Jackan som hon inte ens hann ta av sig när hon kom hem från skogen, vilket hon är tacksam för nu. Hon slår det sparade numret till Djurambulansen. Hon har lagt in det där vid ett tidigare tillfälle då Lexi råkade komma i vägen för Gustavs ondska. Hon har tur, djurambulansen är inte upptagen utan lovar att komma så fort som möjligt.

Elin lägger sig ner på golvet, tätt intill Lexi. Hon försöker förtränga sin egen smärta men det gör ont för varje andetag. Hon försöker andas, sakta sakta. Hon vet att hon förmodligen är ordentligt skadad men hon kan inte tänka på det nu. Med sin vänstra hand smeker hon Lexis nos och viskar sakta i hennes öra.

"Du får inte dö. Du är det enda jag har att leva för. Snälla älskade Lexi, du är så fin. Jag älskar dig."

När personalen från djurambulansen kommer bara en liten stund senare och ringer på porttelefonen känner hon sig återigen maktlös. Hon når inte upp till porttelefonen för att svara. Det ringer och ringer och paniken i henne kommer tillbaka. Hon ligger precis till höger om ytterdörren men porttelefonen sitter på andra sidan dörren, alldeles för högt.

Det blir tyst i porttelefonen. Hjälp, de kommer åka härifrån, jag måste rädda Lexi. Hon tar i med krafter hon inte tror att hon har och vrålande av smärta häver hon sig upp mot handtaget på dörren. Det fullständigt blixtrar i huvudet av smärtan som pulserar genom kroppen och hon känner att hon är på väg att svimma.

Som tur är så är inte dörren låst. Hon faller utåt, tillsammans med dörren, när handtaget trycks ner och dörren går upp. Samtidigt ringer hennes telefon. Hon svarar, tack gode gud, det är dem, de är fortfarande här. De har inte övergett henne och Lexi. Hon gråter sakta av lycka.

Kvinnan från Djurambulansen säger att de har blivit insläppta i huset av en granne men behöver nu veta vilken våning hon bor på. Hon svarar och ligger sedan kvar på det trygga kalla stengolvet. Det stengolv hon minns att hon en gång tidigare har legat på, och även då känt den underbara svalkan från de lena stenplattorna.

Hissdörrarna öppnas och det är en kvinna som kommer ut från hissen. Det följer en ung man strax efter. Kvinnan försöker skaffa sig en överblick över scenen hon ser framför sig. Tittar, först på Elin, halvvägs liggande utanför dörren och sedan skymten av något vitt innanför dörren, en päls rödfärgad av blod.

"Vad är det som har hänt?", frågar kvinnan.

"Det är min sambo som har gjort det." Elin viskar försiktigt fram orden. Det gör ont både fysiskt och psykiskt att uttala orden. Nu finns ingen återvändo.

"Jag förstår. Är han kvar? Elin skakar försiktigt på huvudet. Tror du att du orkar hjälpa mig och tala om vad mer exakt han har gjort? Förlåt, jag ber om ursäkt för att jag bara förutsätter att det är en man."

"Det är en man. Gustav heter han. Han sparkade Lexi, flera gånger."

"Ok, det låter ju inte alls bra, vi måste snabbt få iväg henne till djursjukhuset. Men du, jag kommer att ringa efter en ambulans åt dig också, du behöver också vård, omedelbart. Du får lita på oss, vi ser till att Lexi får bästa tänkbara vård, du får försöka släppa henne ett tag och fokusera på dig själv. Vad heter du?", frågar kvinnan.

"Jag heter Elin, Elin Larsson."

"Bra, då kan jag tala om det för ambulansen." Kvinnan går in i lägenheten och tittar till Lexi samtidigt som hon pratar i telefonen med larmcentralen.

"Calle, kan du sitta kvar här med Elin medan jag går och försöker hitta en granne som är hemma?" Elin märker att kvinnan inte förväntar sig ett svar för hon är redan på väg.

"Det viktigaste av allt är Lexi. Snälla hjälp henne. Jag kan inte leva utan henne." Elin gråter.

"Vi lovar att göra allt vi bara kan. Hon är rejält skadad så jag kan inte lova något men som sagt, vi ska göra allt vi kan. Jag kommer strax tillbaka."

Calle har hjälpt Elin tillbaka in på hallgolvet och ägnar sig sedan åt att försiktigt lyfta över Lexi i en liten bur för vidare transport. Elin ligger alldeles tyst på hallgolvet och hör att kvinnan från djurambulansen har ringt på hos damen i lägenheten bredvid, hon med den dåliga hörseln. Mirakulöst nog verkar hon ha hört ringklockan och Elin kan höra hur den gamla damen öppnar dörren. Hon hör ett svagt mumlande samtal som avslutas snabbt. Strax därefter är kvinnan tillbaka.

"Då åker vi nu, jag låter dörren stå öppen så att grannen kan komma in. Damen i lägenheten bredvid var hemma och hon skulle bara stänga av kastrullen på spisen och komma direkt. Ambulansen är på väg och kommer vara här inom kort, jag har gett dem ditt telefonnummer också så det kan hända att de ringer när de är på väg och så får grannen hjälpa till att släppa in dem. Ta hand om dig nu vännen så får vi höras vidare när vi har undersökt Lexi vidare på sjukhuset."

Strax därefter knackar det försiktigt på dörren och granndamen tittar in genom ytterdörren, som utlovat har lämnats på glänt.

"Men kära nån, vad är det som har hänt med dig?"

Elin svarar inte, hon ligger bara där på hallgolvet i framstupa sidoläge, stirrar in i garderobsdörren där alla vinterkläder fortfarande hänger. Allt är slut. Hennes liv är slut. Hon har inte längre något att leva för.

"Kan jag göra något för dig?", undrar damen.

Elin vickar försiktigt på huvudet, sakta sakta så att det inte ska göra ont.

Den gamla damen går ut i köket och Elin hör att hon öppnar ett par skåpsdörrar innan hon finner vad hon letar efter. Hon spolar vatten i kranen och kommer tillbaka ut i hallen med ett glas vatten.

"Här, drick lite kallt vatten."

Elin tänker först säga nej, hon är inte törstig. Hon tar ändå tacksamt emot vattnet i glaset som damen håller mot hennes mun och fuktar hennes läppar. Hon märker att hon är väldigt törstig och dricker upp vattnet i försiktiga klunkar.

"Tack." Elin är mitt i hela katastrofen otroligt tacksam för grannens omtanke.

"Gör det mycket ont?" Granndamen låter genuint orolig för Elin.

"Det är ok", svarar Elin svagt. Vill inte oroa den snälla grannen. Men det gör ont att prata, svårt att andas.

"Jag märker att det verkar göra ont för dig att prata, bry dig inte om mig du, bara försök vila så gott det går. Jag går och letar efter en kudde åt dig så det blir skönare för huvudet. Ambulansen bör vara här vilken minut som helst. Jag tar och kikar ut genom fönstret och ser om jag kan se dem."

Damen kommer förvånansvärt snabbt tillbaka med en kudde och en filt som hon har hämtat från soffan.

"Jag kan inte se någon ambulans än men den är nog strax här ska du se."

När damen med viss möda sätter sig på knä och hjälper Elin med kudden och filten får Elin en varm känsla, återigen denna obekanta känsla av att vara omhändertagen och hon börjar gråta igen. Hon sträcker sin friska hand mot damen. Granndamen ser det och tar försiktigt handen och håller den hårt. Hon tittar på Elin med varm blick, en omtänksam blick. Elin är inte van vid att någon tar hand om henne men det känns helt naturligt med denna så välkända men ändå helt okända granne.

"Tack." Elin tittar upp på damen. Ja, hon liknar faktiskt inte en tant, mer som en fin liten dam. Elin fascineras av hennes ögon, de ser ut som små pigga snälla ekorrögon.

"Du är värd så mycket mer än du tror. Kom ihåg det. Lilla vän, jag har förstått att allt inte har stått rätt till här inne men jag har inte vetat vad jag skulle göra. Aldrig i min värld att jag skulle kunna tänka mig att det var så här illa." Damen snörvlar när hon pratar.

"Vad heter du?", viskar Elin.

"Vad jag heter? Jo, jag heter Ellinor. Ellinor Wikström. Vad heter du lilla vännen?"

"Elin, jag heter Elin."

Porttelefonens skrällande ljud avbryter dem, ambulansen har kommit.

Elins liv. Räddat liv.

TJUGOTRE

"Fan, fan, fan."

Linda är inne på sitt mottagningsrum på vårdcentralen och vänder upp och ner på ryggsäcken och skakar den, för andra gången. Det är morgon och hon har precis kommit till jobbet. Helt otroligt, har hon glömt ID-kortet hemma? Nej, det är inte möjligt. Hon är av sin natur väldigt strukturerad. Hon ägnar sitt liv över att kontrollera sitt liv, in i minsta detalj. Och hon vet. Hon brukar alltid lägga ID-kortet i den lilla fickan med dragkedja, den som finns på utsidan av ryggsäcken. Och det var det sista hon gjorde innan hon gick hem för dagen igår, det vet hon bara.

Var tusan kan det ha tagit vägen? Det går ju inte att jobba om hon inte kommer in i datorn. Hon går igenom väskan en gång till innan hon ger upp. Det är bara att krypa till korset och gå till Janne och berätta att hon har tappat bort sitt kort. Hon går ut i korridoren och bort till Jannes rum och knackar på dörren.

"Kom in!"

Linda öppnar försiktigt dörren till Jannes rum.

"Hej, ursäkta att jag kommer och stör." Linda tycker det är pinsamt och skäms. Vad ska han tro om henne.

"Nej, det är ingen fara, kom in bara." Janne vinkar in henne med handen och skjuter upp glasögonen högt upp på det kala huvudet. Han gnider sig med fingrarna om näsroten, glasögonen har visst suttit på ett tag, måste ha varit en tidig morgon för Janne.

"Jo, det är lite pinsamt men jag har blivit av med mitt ID-kort och jag vet inte var det har tagit vägen, jag kan inte hitta det. Jag brukar alltid lägga det på samma ställe och jag brukar inte slarva, men nu är det bara spårlöst borta. Otroligt irriterande, om jag inte visste bättre så skulle jag tro att någon har tagit det men jag vet inte vad någon skulle ha för nytta av mitt kort. Det går ju inte att använda utan lösenord så det är ju..."

Hon kommer just på något, hon har ju gjort en klassiker, en jävla idiotklassiker. Hur kan hon vara så in i helvete dum.

Lösenordet har hon gömt under tangentbordet. Som att lägga nyckeln under blomkrukan utanför dörren tänker hon irriterat. Hon hade gömt det där efter att ha glömt bort lösenordet tidigare och behövt ta hjälp av IT bara ett par veckor efter att hon hade börjat sin tjänst på vårdcentralen. Hon hade inte velat riskera att göra bort sig igen genom att göra om samma misstag så därför hade hon, mot alla regelverk, lagt lappen med lösenordet under tangentbordet.

Hoppas, hoppas att ingen har fått tag i kortet och sen hittat lösenordet. Ångesten kommer rusande igen och hon känner att rodnaden stiger i ansiktet. Men det är ju helt omöjligt att det kunde hända att någon skulle få tag i lösenordet. Hon har förmodligen bara tappat kortet när hon skulle ta upp något i väskan. Det finns ju ingen anledning att berätta för Janne om hennes rookie-misstag med lösenordet, det gör ju ingen skillnad och det är dumt att blotta ett misstag för hon vill ju ha bra referenser.

"Jaså, du har också blivit av med ditt kort?" Janne försöker se sträng ut men misslyckas. Det är helt enkelt inte en del av hans personlighet att vara sträng.

"Jaha, är det fler som har blivit av med kortet?" Linda måste erkänna att det direkt känns lite bättre. Eller åtminstone mindre dåligt.

"Ja, Mia kom till mig häromdagen och sa att hon hade tappat bort sitt ID-kort. Ni tjejer måste hålla ordning på era kort lite bättre." Janne låter snäll men Linda tycker sig höra ett uns av allvar i tonen.

"Självklart, jag ska vara extra noggrann."

"Gå ner till admin så fixar de ett tillfälligt kort och så får vi hoppas att ditt vanliga dyker upp snart."

"Tack snälla, lovar att leta ett varv till efter kortet", svarar Linda lättat.

Det tar längre tid än hon trodde att få ett extrakort. Linda tittar ner mot bröstfickan där den fina lilla klockan sitter. Den som hon har fått av Karin i present när hon avslutade läkarstudierna. Det är en jättefin liten roséguldfärgad klocka, en så kallad bröstklocka som man ska klämma fast i fickan. Den passar alldeles perfekt i fickan på läkarrocken. Lindas namn står ingraverat med snirkliga bokstäver på baksidan. Linda blir på bra humör varje gång hon tittar på den och tänker ofta på vilken fin vän hon har i Karin.

Fast just precis nu blir hon stressad när hon tittar på klockan.

"Shit."

Det är bara att hålla tummarna för att hon inte ska få in ett specialfall som kan krascha schemat. Annars tänker hon försöka knapra in några minuter på varje besök, inte vara så hjälpsam som Lena hade förmanat henne, bara prata om det som de faktiskt har sökt för. Det ska gå, det måste gå.

När hon går genom korridoren på väg tillbaka till vårdcentralen ser hon hur Sara kommer ut från omklädningsrummet precis framför henne och snabbt börjar gå iväg mot provtagningsrummen.

"Men hallå, hej där!" Linda ropar efter Sara.

Sara fortsätter framåt och verkar inte höra eller förstå att Linda ropar på just henne. Linda snabbar på stegen och kommer ikapp Sara. Linda lägger en hand på hennes axel. Sara rycker till.

"Oj, vad är det med dig? Det är värst vad du är lättskrämd idag." Linda är förvånad över Saras reaktion.

"Det är lite mycket nu bara", svarar Sara. Ovanligt kort i tonen för att vara henne och Linda blir återigen förvånad.

"Hinner vi ses på lunchen senare?" Linda tänker hoppfullt att det skulle vara enklare att prata då om Sara är stressad nu.

"Ja, vi får se om det funkar, jag har ett väldigt späckat schema idag. Jag hör av mig om det går men nu måste jag sticka vidare."

"Ok, vi hörs sen."

Hon funderar en kort stund på vad det är med Sara idag. Sara som brukar vara mottagningens glädjespridare men idag verkar hon mest låg och stressad. Hon ska fråga henne på lunchen om de får en chans att synka lunchrasten. Linda är bekymrad och hon vill gärna stötta Sara om det går. Det kanske har med hennes sambo att göra, han kanske har fortsatt med sina nya tråkiga uppesittarvanor.

Linda suckar lite när hon ser nästa patients namn, Ann-Marie Hillström. En kvinna som precis har gått i pension. Patienten har långt gången KOL, en riktigt tuff lungsjukdom som ger svårigheter med andningen. Sjukdomen orsakas ofta av rökning, vilket är den troliga orsaken även i det här fallet. Ann-Marie har varit en inbiten rökare i många år, började i tonåren som så många andra, utan en tanke på konsekvenserna hon nu får ta. Linda misstänker dessutom att hon, trots Lindas förmaningar, fortfarande röker. Smygröker för Linda, dottern, men kanske allra mest för sig själv.

"Välkommen in." Linda hälsar vänligt på Ann-Marie.

Ann-Marie kommer in i behandlingsrummet med långsamma släpande steg. Hon har en rullator som hon håller krampaktigt i, hon ser verkligen ut att behöva allt stöd hon kan få. Hennes dotter är som vanligt med.

Ann-Marie slår sig ner i den ena besöksstolen med ett ansträngt pustande och stånkande. Utöver KOL har hon även en betydande övervikt som inte hjälper vare sig rörligheten eller andningen. Märkligt, de flesta med KOL har problem med undervikt men Ann-Marie är inte som alla andra. Dottern sätter sig i den andra besöksstolen.

"Hur mår du Ann-Marie?", frågar Linda men tänker att hon knappt behöver fråga, Ann-Marie ser riktigt risig ut.

"Jodå, det går an."

"Använder du inhalatorn som jag skrev ut till dig när du var här sist, med den lite starkare dosen kortison för andningen?"

"Jo, det gör jag men jag tycker inte att det hjälper så mycket tyvärr. Eller, jag vet inte." Ann-Marie suckar.

"Tycker du att du har märkt någon förändring hos din mamma?" Linda försöker få ett tydligare svar från dottern.

"Nja, jag undrar hur det ska kunna bli en förbättring mamma när du vägrar ge upp de där cigaretterna." Dottern vänder sig anklagande mot sin mamma.

"Är det så? Har du svårt att släppa cigaretterna?", undrar Linda med fokus åter på Ann-Marie.

"Nja, det är knappt någonting längre, högst en om dagen."

"Men nu får du ge dig mamma, vem är det du försöker lura?" Dottern är irriterad.

"Det är inte så lätt som man kan tro." Linda inser att stöttning av Ann-Marie nog skulle vara en bättre hjälp. Ett försök att nå resultat, att ge hjälp till självhjälp.

"Om du vill kan du få hjälp. Det finns en duktig samtalscoach här på sjukhuset som jag kan remittera dig till.

Jag har hört flera som har haft stor hjälp av henne, ett stöd på vägen, någon som kan hjälpa dig att hålla rätt kurs."

"Hmm, kanske, skadar ju inte i alla fall." Ann-Marie tvekar men är ändå lite mer medgörlig.

"Ja men toppen, då skriver jag en remiss och så kommer en kallelse." Linda gör en anteckning i spiralblocket som ligger framför henne och fortsätter.

"Jag vet att det kanske är att pressa dig mycket nu men har du funderat någonting på det jag nämnde förra gången?"

"Vilket då?"

"Det att jag kan skriva en remiss till dietisten så att hon kan hjälpa dig att sätta upp en plan, tillsammans med dig. En plan som du känner att du kan leva efter och som känns genomförbar. Om du skulle kunna gå ner något i vikt så skulle det påverka dig positivt när det gäller rörlighet och andning." Linda försöker spinna på den positiva tråden.

"Jag ska fundera på det."

"Det låter bra., Men då skriver jag som sagt en remiss till samtalscoachen som kontaktar dig. Så får vi hoppas att det hjälper och kan ge motivation att sluta röka. Även om du säger att du inte röker så mycket så är varje minskad cigarett viktig. Det är jag helt säker på att du redan känner till. Och sen får du kanske återkomma till mig när du har funderat lite mer kring hur du ställer dig till att besöka dietisten."

"Ja, ja, jag lovar. Nämen, nu orkar jag nog faktiskt inte mer, det är ansträngande att sitta på de här hårda stolarna. Är det inte dags för lite lunch, visst är det? Jag är i alla fall otroligt hungrig. Kan vi inte äta på den där Thai-buffén i Nacka Forum? Jag älskar deras kycklingspett med jordnötssås." Linda kan se hur Ann-Maries ögon riktigt lyser upp när hon tänker på buffén och hon suckar djupt inombords.

Hon känner sig maktlös. Det tidigare samtalet om viktnedgången verkar som att det aldrig har existerat. Galet frustrerande med patienter där man inte når fram. De förstår inte att de spelar rysk roulett med sina liv.

Liv i förnekelse.

Hon ser i kalendern att hon för ovanlighetens skull har ett avbokat besök utan en inklämd akutpatient så hon passar på att smita iväg på toaletten.

Det är en klassisk sjukhustoalett. Den har det klassiska gråslitna blanka linoleumgolvet och vita kaklade väggar med de klassiska kvadratiska kakelplattorna och med en ljusblå kakelbård längs alla väggar ungefär tre fjärdedelar upp mot taket.

Linda gör processen kort med toalettbesöket. Hon brukar skämta om att hon skulle vinna en tävling, om det nu skulle finnas en tävling i hur snabbt man kan göra ett toalettbesök. En talang som hon har lärt sig av att stå i många och långa toalettköer på krogen. En talang hon nu har stor användning för sedan hon börjat inom sjukvården.

Hon tvättar sig noggrant och drar ut ett par pappershanddukar ur behållaren. Hon torkar händerna och försöker försiktigt slänga de använda pappershanddukarna högst upp i tornet på den överfyllda sopkorgen utan att den svämmar över och innehållet faller ner på golvet.

När Linda tittar i spegeln ser hon ett blekt nylle med mörka ringar under ögonen. Virveln i håret är inte heller med henne idag och hon tar lite vatten från kranen och försöker platta till håret. Bankar med handflatan och häller på mer vatten, allt för att få lite mer anständighet i frisyren. Men nej, idag är det lönlöst, slutar bara med att hon ser ut som ett dränkt spöke. Hon skulle verkligen behöva semester och lite sol i ansiktet och vila i själen. Hon längtar efter Utö med Karin. Hur många veckor är det kvar? Längtar.

På väg tillbaka till sitt undersökningsrum får hon en ingivelse, tittar på klockan i bröstfickan och går och knackar på Lenas dörr.

"Nu har du tur, jag är precis på väg till en konferens om spridande av nya virussjukdomar, spännande område, eller hur?" Lena pratar vidare innan Linda hinner svara. "Men jag har några minuter innan jag måste åka."

"Det är inte så viktigt, jag chansade bara att du var ledig. Jag skulle behöva peppning om hur jag ska hantera vissa patienter. Jag vet att vi har pratat om det tidigare men jag tycker att det är svårt ibland.

Idag kom det in en patient med KOL som fortsätter röka och det känns så tragiskt när jag hör henne andas och försöker peppa henne men når inte fram. Det är som att stånga huvudet i väggen. Jag har även pratat med henne om hennes övervikt som gör det ytterligare svårare för henne att andas och röra på sig, hon lever i förnekelse." Linda sjunker ihop, kroppshållningen skulle ha lite övrigt att önska skulle pappa tycka hinner hon tänka. Hon suckar.

"Vad är det jag har sagt till dig?" Lena himlar med ögonen.

"Att jag måste vara tuffare?"

"Precis. Ibland är det det enda som biter på människor som lever i självförnekelse. Jag brukar vara brutalt ärlig mot dem och spänna ögonen i dem och säga att om du inte gör en förändring med ditt liv här och nu så kommer du att dö, Och, frågan är, vill du dö?"

"Hur reagerar de då, hjälper det? Det låter lite läskigt."

"Ibland brukar jag ge dem rörelse på recept och jag vägrar skriva ut medicin förrän de kan uppvisa resultat med viktnedgång. Alltså, det är verkligen bara att bestämma sig och sen sätta igång." Lena låter bestämd.

"Får man verkligen göra så, alltså vägra dem medicin?" Linda är en smula chockad över Lenas tuffhet.

"Ja, ibland är det det enda som hjälper, det är som att de inte förstår bättre. Det är ju ofta de som har lägre utbildning som är överviktiga och då måste man hjälpa dem lite på traven med praktiska exempel." Lena låter återigen väldigt övertygande men i Lindas öron verkar det ändå förvånansvärt kategoriskt och faktiskt ganska nedlåtande. Men hon vill inte bli ovän med Lena genom att säga emot.

"Ja, det är nog verkligen som du säger Lena, jag behöver tuffa till mig lite. Stort tack för att du lyssnade på mig. Ha det så trevligt på konferensen nu, hoppas att den är intressant."

"Det blir nog som vanligt, massa tyckare och tänkare som ska visa att de kan bättre än andra. Men å andra sidan så blir det omväxling mot den dagliga lunken så det blir säkert ok."

"Det blir det säkert. Nu måste jag in och förbereda mig för nästa patient." Linda kikar snabbt på klockan och får bråttom igen.

På väg tillbaka funderar hon över samtalet. Lena är verkligen en erfaren läkare men ibland tycker nog Linda att hon kan vara lite väl hård i sina bedömningar om andra människor. Det är lätt att tala om för någon att de ska gå ner i vikt och vad de kan vinna med det, men det är ändå bara i teorin, det är inte alltid så lätt i praktiken. Linda själv vet ju hur komplext det är med mat som belöningsmedel och ångestdämpande ventil. Hon vet också hur svårt det är att stoppa när ångesten kommer över en. Det är säkert likadant när man är överviktig, tänker hon. Att man använder maten som en ventil. Att övervikten bara är symptomet på något bakomliggande och att det är grundproblematiken man behöver behandla först, innan man kan behandla symptomen.

Irriterande att det är så lätt att vara förlåtande mot andra men så hård mot sig själv. Men det är å andra sidan helt olika saker, så är det bara. Hon har självdisciplin, karaktär och en lång utbildning bakom sig, och kanske en specialistexamen framför sig. Nog borde man kunna ställa högre krav på henne?

Linda öppnar dörren till sitt rum och blir stående, med handen fortfarande på handtaget, synnerligen förvånad. På skrivbordet, bredvid tangentbordet, ligger hennes på morgonen försvunna ID-bricka. Hon går fram och plockar upp den, vänder och vrider på den. Nej, den ser ut som vanligt. Otroligt märkligt, det är nästan som att någon har placerat den där. Som ett budskap, bredvid tangentbordet. Kan det ha varit någon från städpersonalen som har hittat den på golvet och lagt den på skrivbordet? Nej, de har fasta rutiner och städar rummen på kvällarna när vårdcentralen har stängt.

Hon lyfter upp tangentbordet och kan se att lappen med lösenordet ligger kvar där hon har lagt den. Hon tar snabbt upp lappen och stoppar den i fickan. Därefter vänder hon om och går ut ur rummet och ner i korridoren till receptionen där det idag är Mia som sitter och tar emot patienter.

Linda väntar tålmodigt tills Mia är klar med den patient som precis är på väg fram till receptionsdisken för att anmäla sitt besök. Det är en äldre dam som kommer fram och Mia verkar känna henne sedan tidigare besök och därför blir det lite extra småprat under tiden som Mia kontrollerar ID-kortet och registrerar besöket. Mia berättar för damen att frikortet gäller i lite drygt en månad till och att hon sedan skulle behöva betala nytt högkostnadsbelopp innan hon får nytt frikort. Damen nickar och ler, låter Mia förstå att hon har full koll. Van besökare på vårdcentralen konstaterar Linda. Registreringen går fort och damen säger hej då till Mia och börjar gå bort mot väntrummet.

Linda noterar att det för ovanlighetens skull inte är någon annan som väntar på att få sitt besök registrerat just nu, vilken tur.

"Hej Mia, hur är det med dig idag?"

"Jodå, betydligt lugnare nu mot förra veckan vilket är så otroligt skönt. Det verkar som att vi börjar komma över de värsta förkylningarna och vinterinfluensorna, nu har vi bara det gamla vanliga kvar." Mia ler snett.

"Du, ledsen att jag kommer och stör dig med det här men jag har en fråga som kanske låter lite underlig. Vet du möjligen någonting om min ID-bricka?"

"Nej, hur menar du?" Mia ser frågande ut.

"Alltså, det är så märkligt. I morse när jag kom till jobbet så kunde jag inte hitta min ID-bricka och fick gå och hämta ut en extrabricka nere på administrationen."

"Oj då."

"Ja, eller hur? Men alldeles nyss när jag hade varit inne och pratat med Lena och kom tillbaka till mitt rum så låg den bara där, helt öppet på skrivbordet. Helt osannolikt att den kan ha legat där hela tiden. Det verkar helt uppenbart att någon har lagt den där så jag tänkte bara kolla med dig om någon har lämnat in den till dig och om det i så fall var du som har varit inne och lagt den där."

Linda känner hur hon pratar på, lite för fort. Hon har en olustig känsla kring det hela men känner samtidigt att det säkert finns en helt naturlig förklaring.

"Vad konstigt, nej, jag har inte varit inne på ditt rum." Mia ser väldigt förvånad ut.

"Vet du om städpersonalen har haft någon extrarunda idag då?"

"Jag kan ju inte ta gift på det men tycker att jag borde ha märkt om det gick runt städpersonal här. De brukar ju inte vara här på dagtid. Men som sagt, svära kan jag ju inte." Mia låter trots det ganska säker.

"Jag hörde från Janne att du också har blivit av med ditt kort men att han tror att det var "vi tjejer" som har varit slarviga."

Linda är irriterad. Trots att hon gillar Janne så tycker hon att det är en onödig kommentar från honom.

"Jag är i alla fall helt säker på att jag råkat tappa ID-brickan, för när jag vinglade till med cykeln häromdagen så föll väskan av pakethållaren. Väskan öppnades när den föll av, hade väl inte stängt den ordentligt, och allt bara rasade ut på gatan."

"Men usch vad irriterande."

"Blev så stressad för jag hade en del privata saker i väskan som jag inte kände mig jättebekväm med att ha till allmän åsyn på gatan. Därför fick jag så bråttom att samla ihop allt och komma vidare att jag måste ha missat att få med mig ID-brickan, den måste ha legat kvar på gatan. Det är inte konstigare än så, inga skumma skurkar, jag lovar."

"Nej, det är låter ju onekligen som en rimlig teori." svarar Linda.

"Det är inte så farligt med Janne och hans kommentar förresten. Janne är som en gullig nallebjörn, snällare finns inte. Han menade säkert inget illa ska du se." Mia försöker försvara Janne, det är helt tydligt att hon gillar honom.

"Alltså, jag gillar Janne också. Jättemycket. Han är schysst och rättvis och tar sig alltid tid för oss trots att han har så mycket att göra. Gillar bara inte att han kategoriserade oss som "tjejerna" och att vi skulle vara mer slarviga. Men det är nog säkert hans sätt att skämta så jag ska släppa det."

Linda börjar tänka att hon kanske har läst in för mycket i både uttalandet från Janne, och det försvunna, och återuppstådda ID-kortet.

"Det är bra, släpp det. I mitt fall har det i alla fall inte återuppstått något kort så jag står fast vid att det måste ha fallit ut på gatan och sen är det någon som har hittat det och kastat det eller lagt det någonstans där jag inte har hittat det, var förbi och letade dagen efter.

Nu får du skynda dig, jag ser att det har kommit nya patienter som ska registrera sig, en av dem skulle kunna vara ditt nästa besök så bäst att du skyndar dig tillbaka så ska jag se till att få igång flödet här igen", säger Mia och viftar iväg henne.

"Ja, jäklar, förlåt." Och där bad jag om ursäkt, igen, men sluta nu. Linda blir så arg på sig själv för att hon är så snabb att be om ursäkt för sig själv, helt utan anledning. Det ska bli ändring på det, precis som med så mycket annat. Linda suckar och går tillbaka till sitt rum.

Det blir bättre sen.

TJUGOFYRA

Elin vaknar och klipper med ögonen. Ögonen känns grusiga och de är igenklistrade.

Hon försöker lyfta armen för att ta bort det klibbiga som har satt sig i ögonfransarna men armen känns jättetung. Hon tittar förvånat ner på sin högra arm och ser att den är gipsad ända fram till fingerspetsarna. Just det.

Andra armen känns också tung, trots att den inte har gips. Det ilar av smärta i bröstkorgen när hon lyfter armen från madrassen. Huvudet känns tungt. Hela kroppen känns tung. Hon är ett med madrassen under sig.

Det tar några få sekunder för henne att identifiera sig i sitt yrvakna tillstånd. Därefter minns hon plötsligt var hon är och varför. Paniken kommer över henne och den oförställda skräcken arbetar som ett strypkoppel runt hennes hals. Hon känner att det blir svårare och svårare att få luft och hon kämpar febrilt med att få av sig den imaginära snaran.

I vild panik försöker hon samtidigt, sina klibbiga ögon till trots, snabbt scanna av rummet med blicken, i vild jakt efter honom. När hon kan konstatera att hon är ensam i rummet slappnar kroppen av och blir åter ett med madrassen. Det gör ont i kroppen, in i minsta por gör det ont. Men allra mest gör det ont långt där inne, djupt in i själen.

Minnet kommer tillbaka nu. Mer och mer kommer hon ihåg från det som hände igår. Hon ser en bild framför sig av att hon tittar på sig själv utifrån, hur Gustav närmar sig, smärtan när knytnäven träffar kroppen och hur hon flyger baklänges.

Och sen Lexi. Tanken på Lexi får det att knyta sig i magen. Bilden av ett blodigt tovigt knyte som ligger på hallgolvet. Tårarna kommer utan att hon tänker på det. Vad har hänt med Lexi?

Dagen igår ligger så långt borta, ett annat liv. Att hon har varit ute i skogen och gått med Lexi, fikat med Anna, ätit morotskaka och mått bra, faktiskt njutit av livet, känns nu mer som att det har hänt i någon annans liv, ett liv hon inte har tillträde till.

Efter att ambulansen hade hämtat henne i lägenheten och kört in henne till Södersjukhuset hade hon blivit fantastiskt väl omhändertagen. Allt gick fort. Fort och effektivt. Och med empati. Där och då var det ingen som frågade henne hur hon hade fått sina skador utan hon mottogs med en omtänksamhet som för henne var överväldigande och hon hade svårt att hantera den. Lika svårhanterade som med grannen Ellinor. Den där lilla granndamen hade visat en mental styrka som förvånade Elin. Tänk att hon visste så lite om damen som bott i lägenheten bredvid dem hela tiden.

Hon hade känt sig utmattad och svag, dränerad på energi, såväl fysiskt som psykiskt. Hon orkade inte hålla sig till sin vanliga skyddsrustning utan utlämnade sig helt åt den vänliga och effektiva personalen på akutmottagningen. Det var skönt att släppa på kontrollen. Jätteskönt. Hon märkte att det var väldigt länge sedan hon hade kunnat det, längre än hon kunde minnas.

Ambulanspersonalen stannade kvar en kort stund för att ge en rapport till sjukhuspersonalen gällande hälsotillstånd och bakgrundsinformation och sedan åkte de vidare på nya uppdrag. Elin fick berätta var det gjorde ont och en läkare undersökte henne noggrant och de skickade henne på flera olika sorters röntgen, hon kommer inte ens ihåg vilka.

Två poliser kom och besökte henne senare på kvällen. De förhörde henne om vad som hade hänt och fotograferade hennes skador. De hade också en diskussion med den ansvariga läkaren kring skadorna.

Elin hade frågat poliserna om de hade mer information om Lexi men poliserna hade ingen information att ge henne. Istället sa de till henne att om hon var på djursjukhus, så som allt tydde på att hon var, så gjorde personalen där allt vad de kunde för Lexi, precis som personalen på Södersjukhuset gjorde allt för att se till att hon fick hjälp med sina skador.

Elin hade överlagt med sig själv i huvudet, rädslan för vad som skulle kunna hända. Den enorma ensamheten som blir priset hon kommer få betala för att berätta. Den ensamhet som hon tidigare har satt så stort värde på men som hon nu ser som ett hot. Ensam men inte rädd? Rädd och inte ensam? Och sedan hade hon slutligen bestämt sig. Det var dags nu.

När hon väl hade bestämt sig var det å ena sidan så enkelt men å andra sidan så oändligt svårt. Återigen upplevde hon en känsla av att stå utanför sig själv och lyssna på sin berättelse med andras öron. Det här kunde ju inte ha hänt henne.

Elin hade stålsatt sig för att hålla kvar vid sitt beslut att berätta och nu berättade hon för poliserna. Det kändes som att hon gjorde det i en enda utandning. Hon hann inte andas, det var bråttom att få ur sig allt innan hon hann ångra sig.

Hon berättade allt om sin sambo Gustav. Berättade om åren som gått sedan hon träffade Gustav, åren som hade ändrat henne som människa. Hon visade tidigare ärr och blåmärken och poliserna fotograferade även dem. Hon berättade om ett tidigare brutet nyckelben som inte alls var någon fallolycka. Hon berättade om ett knivsår i foten som inte alls var en av henne tappad kökskniv. Hon berättade om den spruckna trumhinnan och badkaret.

När hon väl hade börjat prata så var det som att det inte fanns något stopp, allt skulle fram. Förvånansvärt lätt rullade orden över läpparna. Om hatet, sveket, rädslan och den enorma ensamheten.

Historierna fortsatte i vad som verkar vara en oändlighet. Hon avslutade med att säga att hon nu insett hur gårdagens våld mot Lexi blev droppen som fått henne att till slut få nog. Lexi hjälpte henne att fatta beslutet. Det fick vara slut nu.

Poliserna tackar henne för att hon orkade och vågade berätta. De lugnade henne när hon var orolig för att inte komma ihåg allt och sa att de skulle följa upp på detta när hon blev bättre men att nu skulle hon lägga all sin energi på att bli frisk så skulle de jobba vidare på sitt håll.

Att själv vara utsatt är en sak, men när Lexi nu blivit drabbad ser hon plötsligt mer klarsynt på sin livssituation. Det är verkligen inte hållbart. Hon vet själv att hon kommer gå under om hon stannar. Samtidigt är hon rädd för honom. Väldigt rädd. Poliserna försäkrar att hon inte ska behöva åka hem igen själv utan att hon ska få hjälp till ett skyddat boende när hon är tillräckligt frisk för att lämna sjukhuset. Om hon vill det så klart. Socialtjänsten kommer att kontaktas av polisen och de kommer i sin tur besöka henne på sjukhuset.

De frågar om hon vet var Gustav kan ha tagit vägen men det vet hon inte, i alla fall inte säkert, även om hon har sina aningar. De tankarna vågar hon dock inte dela med polisen, då kunde det bli ännu värre, det vet hon av erfarenhet. Så hon berättar istället bara att han försvann ut genom dörren klädd i sina vanliga gympaskor och sin gamla slitna jeansjacka.

Polisen hade frågat Elin om hon hade någon som de skulle kontakta, som kunde komma och hälsa på henne och stötta henne men Elin hade nekande skakat på huvudet. Elins föräldrar är döda sedan länge, de hade båda varit alkoholister och hade gjort sitt bästa för att förkorta sitt liv så gott det bara gick. Barndomen var inbäddad i alkoholångor, fyllefester och slagsmål och ett och annat polisbesök.

Varje gång polisen hade varit där kom socialen på besök men då lyckades föräldrarna skärpa ihop sig och det ledde aldrig till något omhändertagande. Elin har en storasyster som är sju år äldre och som hon aldrig har haft någon bra kontakt med. Hon flyttade hemifrån redan när hon var sexton och lämnade Elin själv. Därefter har de bara haft en sporadisk kontakt som helt ebbade ut efter begravningen av mamma. Då var pappa död sedan flera år.

Elin har bott själv efter det. Hållit sig lite för sig själv och njutit av lugnet och sitt eget sällskap, även om det självklart var lite ensamt ibland. Sen hade hon skaffat Lexi och livet fick en ny mening. Tills hon träffade Gustav.

Då hon trodde att livet återigen fick en ny mening. Veckorna och kanske till och med de första månaderna som hade känts som bubbelgum och sockerdricka och ett oändligt glädjerus. Vad var det egentligen som hände? Hon kan fortfarande inte förstå. Undan för undan ändrades förutsättningarna. Regler infördes och straff infördes om reglerna inte efterföljdes. Gustav ville inte att hon skulle ha några vänner utan helst bara vara hemma och sköta hushållet. Enda undantaget var jobbet på förskolan som han lät henne fortsätta med, inte ens han kunde tacka nej till den extra inkomsten. Den stora förändringen skedde kanske med det första slaget men i praktiken hade spelreglerna ändrats långt tidigare.

I går kväll var hon fortfarande sjuk av oro för Lexi. Hon hade inte hört något och visste inte heller vilket djursjukhus Lexi hade hamnat på. Huvudet hade snurrat av alla tankar och oro och hon hade därför fått lite sömnmedel av sköterskan, för att kunna sova ordentligt.

Det är nog därför hon idag känner sig omtöcknad och tung i kroppen när hon vaknar. Hon är utvilad men samtidigt så in i döden trött. Hon har fått ett enormt privilegium genom att ha eget rum under natten och hon misstänker att hon kanske redan nästa natt kommer få flytta till ett rum för fler patienter. Enda anledningen till att hon fått eget rum kan hon nog tacka polisförhören för. Eller kanske för att ingen vet var Gustav är? Eller är det bara tur. Just nu är hon oavsett oändligt tacksam för det.

Hon är rädd för att Gustav ska få reda på var hon är och dyka upp här på sjukhuset. Elin vet hur charmig Gustav kan vara när han sätter den sidan till så det borde inte vara så svårt för honom att få reda på var hon är. Om han vill. Men om hon känner Gustav rätt så skulle han inte våga visa sig på sjukhuset. Det är han alldeles för feg för.

Rädslan för att Gustav skulle kunna dyka upp är ändå sekundär jämfört med den rädsla hon känner när hon tänker på Lexi och vad som kan ha hänt med henne.

Det knackar hurtfriskt på dörren och in kommer en ung tjej med blå bomullsrock.

"Hej, vad bra att du har vaknat, har du sovit gott?" Tjejen ler med hela ansiktet. Elin blir glad när hon ser henne.

"Ja, overkligt bra. Det är skönt att jag fick den där sömntabletten så att jag kunde få sova i natt. Nu är jag lite groggy i huvudet bara." Elin försöker att hålla fast vid den positiva energin som tjejen för med sig.

"Jag heter Filippa och är undersköterska här på avdelningen. Jag har precis gått på mitt pass så jag kommer finnas tillgänglig hela dagen om det är något. Ja, det kan bli lite så med tabletterna men man får ta det onda med det goda, skönt att du fick sova. Är du hungrig?", frågar Filippa.

Elin inser att hon är enormt hungrig. Hjärnan har varit så upptagen med annat men nu inser hon att tröttheten också kan vara låg energi. Magen sätter igång att knorra, som på beställning.

"Har helt glömt bort det där med mat men nu när du nämner det så inser jag att jag är väldigt hungrig, det är väl ett bra tecken." Linda försöker vara positiv.

"Men vad bra, frukosten är på väg, de håller redan på ute i korridoren och jag tänkte sticka in huvudet och höra om du behöver hjälp att komma upp på toaletten? Självklart kan jag fixa ett bäcken också men jag tänkte att du kanske vill försöka med toaletten?"

Filippa påminner Elin om den ungdom som nu känns så avlägsen. Tänk, hon påminner om mig, så som jag var, då. Det är inte många år sedan.

"Tack, ja, jag tror jag kan behöva lite hjälp att komma upp ur sängen. Sömntabletterna har inte gått ur kroppen känns det som och ska jag vara ärlig gör det ganska ont när jag försöker röra mig."

"Ja, vi får vara försiktiga, om jag förstod journalen rätt så hade du en ganska tuff dag igår med en hel del skador. Läkaren ska ju gå rond senare så hon får berätta mer. Du fick säkert höra allt igår men kan tänka mig att det är mycket tankar i huvudet så kanske inte allt landade.

Men som du vet, och som du kan se, så har du en väldigt tjusig gipsad högerarm i vacker blå färg och du är väl högerhänt?"

"Eh, ja, just det", svarar Elin tveksamt.

"Det kan ju vara en utmaning att gå på toaletten själv med handen i gips så du får säga till om jag ska hjälpa dig. Annars står jag precis utanför toaletten och så är det bara att ropa om du behöver hjälp. Frukosten ska nog gå bra skulle jag tro, fördelen med att vara på sjukhus är att man inte behöver bre sina mackor själv, ha, ha.

Nej, förlåt mig, det var ett dåligt skämt. De går ronden efter frukost och då får du höra hur de tänker framåt med rehabiliteringen och när du kan åka hem."

"Ingen fara, bättre att skämta åt situationen, vad kan man annars göra." Elin ler snett.

När Elin, efter en hel del ansträngning, och med hjälp av Filippa, äntligen tagit sig den korta vägen till toaletten får hon finna sig i att få ett fullständigt utlämnat privatliv. Det visar sig vara svårt att hantera knapparna i sjukhusskjortan och att få ner de åtsittande trosorna med bara vänsterhanden utan att ta i. Hon får en ilande smärta i bröstkorgen när hon försöker.

Elin suckar för sig själv men biter ihop. Hon är van vid att det gör ont. Hon känner sig oväntat trygg här, med Filippa. Samtidigt är hon orolig för att bli hemskickad. Bara tanken på att möta Gustav igen får henne att börja ångra allt hon har berättat för poliserna. Även om de har lovat att hon ska få hjälp med boende så vet hon inte om det verkligen är sant. Hon vågar inte lita på någon just nu.

Det finns en sak som får henne att nästan börja gråta bara hon tänker på det, det är tanken på Lexi. Hur mår hon? Lever hon? Ska hon någonsin få träffa sin hund igen?. Det är så otroligt frustrerande att inte veta. Den förbannade mobilen, den ligger kvar hemma. Hur beroende är hon inte av den. Hon känner sig helt hjälplös.

Eller kanske?

Hon tittar upp på Filippa som håller på att fixa till lakanen.

"Filippa, skulle jag kunna få be dig om en jättetjänst som skulle betyda väldigt mycket för mig?"

"Självklart, vad vill du ha hjälp med?", svarar Filippa glatt.

"Jo, det är så att min hund blev skadad igår och hon blev hämtad av en djurambulans och skjutsad till ett djursjukhus men jag vet inte vilket. När hon åkte iväg var hon helt söndertrasad och blodig och jag vet inte om hon ens fortfarande lever." Elins röst blir grötig.

"Nej men, vad hemskt. Fruktansvärt. Men hur kan jag hjälpa dig?"

"Jag fick inte med mig min mobiltelefon när jag åkte in och jag behöver få reda på hur många djursjukhus det finns här i Stockholm och försöka förstå vart de tog Lexi."

Filippa tar upp sin mobiltelefon från fickan.

"Ja, det borde vara ganska enkelt ordnat."

Med en enkel sökning har Filippa fått fram att det finns ett par större djursjukhus i Stockholm, ett i södra Stockholm och ett i norrort. Utöver det finns det ett antal akutkliniker.

"Här." Filippa räcker över telefonen till Elin. "Jag har slagit numret till djursjukhuset i Bagarmossen, borde vara det mest troliga stället de har tagit henne till. Men vi får se vad de säger." Elin tar emot telefonen och signalerna går fram.

"Hej, mitt namn är Elin Larsson, min hund Lexi blev körd i djurambulans igår eftermiddag från Nacka, utan någon medföljande. Nu försöker jag ta reda på var hon befinner sig."

"Ett ögonblick så ska jag se vad jag hittar här. Vad är det för ras? Vet du vad det är för skador?" Mannen som svarar följer sina vanliga rutiner, det är uppenbart.

"Lexi är en Westie, en West Highland White Terrier."

"Vänta ska vi se, ja det kom in en Westie igår med ambulansen, det kan jag se här."

"Kan du se hur det är med henne? Le-e-ver hon?" Elins röst hackar.

"Det verkar som att din hund var ganska rejält skadad när hon kom in, men det ser ändå ut som om det har gått bra. De opererade henne direkt när hon kom in igår och det verkar som att de lyckades sy ihop henne. Men hon är fortfarande ganska illa däran så hon lär nog få ligga kvar ett tag här."

"Hon lever." Nu gråter Elin så att hon skakar i hela kroppen och det gör förbannat ont i bröstkorgen när den hävs upp och ner i gråtkonvulsionerna. Filippa lägger en tröstande hand på hennes gipsfria arm.

"Jag ska skriva in lite uppgifter här, hon heter alltså Lexi? Och ditt namn är Elin Larsson?"

"Ja, och jag är på sjukhus utan mobil men du kan få mitt nummer ändå för jag hoppas kunna få tag i den snart. Annars kanske du kan spara det här numret för säkerhets skull." Elin tittar upp på Filippa som ivrigt nickar med huvudet.

"Vi hör av oss med mer besked när vi vet mer. Det kan behöva gå ett par dygn för att vi ska kunna se att det fortsätter åt rätt håll. Men jag lovar att vi ringer så fort vi märker någon ändring. Med lite tur så fortsätter den positiva utvecklingen. Skulle det av någon anledning inte göra det så hör vi självklart av oss direkt. Men låt oss nu hoppas att allt blir bra. Vi hör som sagt av oss, hej då så länge."

"Åh vad härligt för dig att få ett sånt härligt besked." Filippa har överhört samtalet samtidigt som hon fixar med sängkläderna. "Nu ska jag se till att du får lite frukost för att fira de goda nyheterna, och kanske festa till med ett par värktabletter."

Elin har nästan ätit upp all yoghurt ur den lilla plastförpackningen, vilket inte är det lättaste med vänsterhanden, när det knackar på dörren igen. Den här gången är det in en kvinnlig läkare som går fram till Elin i sängen och presenterar sig.

"Hej, mitt namn är Isa Åhlund, det är jag som är ansvarig läkare här idag på avdelningen och jag tänker att vi ska gå igenom lite vad som hände igår, känns det ok?

"Ja, det är ok."

"Först och främst vill jag höra hur du känner dig idag?"

"Bättre än igår." svarar Elin sanningsenligt.

"Det låter bra, skönt att höra. Jag förstår att det är mycket information men nu tänkte jag att vi ska prata igenom vilka skador du har fått och hur vi kan gå vidare framåt med rehabilitering. Hur låter det?"

"Det blir bra."

Och jag är ledsen, ser att du inte har hunnit äta upp frukosten än men du får gärna fortsätta äta medan vi pratar."

Elin lyssnar, helt hypnotiserad av Isas röst. Det märks tydligt att läkaren har gotländskt ursprung och det låter lugnt och tryggt, liksom rullande och sjungande. Lite som någon som inte kan vara ond. Elin märker att hon lutar sig bekvämt tillbaka mot kudden och lyssnar på det rullande mjuka ljudet som kommer från Isas mun. Fortfarande lite suddig i skallen efter sömntabletten, och de nya värktabletterna, känner hon att hon dåsar bort, utan att kunna hindra det.

"Öhh, ursäkta, jag ber verkligen om ursäkt, kan du säga en gång till?" Elin märker att hon inte har hört vad Isa har sagt.

"Det kan sitta i en stund till, alltså verkan av sömntabletten du fick igår. Men det bör snart kännas klarare. Huvudsaken är att du fick ordentligt med sömn i natt, du hade en tuff dag igår, eller hur?"

"Jo, så var det." Elin orkar inte tänka på det, ska hon verkligen behöva berätta igen. Hon blir helt matt bara hon tänker på det. Men hon känner sig lugnad när Isa fortsätter och hon börjar prata om gipset.

"Du röntgades ju igår och vi kunde då se att båtbenet har gått av i högerhanden och att du har en fraktur på höger underarm, på två ställen till och med." Här pausar Isa och tittar henne allvarligt rakt in i ögonen.

Elin fäller snabbt ner blicken och stirrar på Landstingets tryckta emblem på den gula filten. Stirrar på den blå texten mot det gula. Inte titta upp. Hon skäms. Vet inte varför hon skäms just nu men hon skäms så oerhört inför denna kvinna med den rullande gotländskan.

Elin hör Isas röst, långt ovanifrån.

"Det var verkligen en tuff dag igår, eller hur?"

Elin vågar inte säga något. Känner sig plötsligt väldigt liten och rädd. Och skamfull. Vad kan Isa tycka om henne?

Hon tittar snabbt upp på Isa igen. Isa tittar lugnt tillbaka på Elin och därefter, precis som om hon känner på sig hur Elin känner sig, går hon bort i rummet och hämtar en stol som hon tar med tillbaka och sätter sig på.

Sedan fortsätter hon.

"Utöver det har du frakturer på två revben. Frakturerna är på höger sida, samma sida som armen alltså. Frakturerna är det som gör att du förmodligen upplever att du har lite svårt med djupandningen."

"Mmm", är allt Elin får fram.

"Jag kan också se att du har gamla ärr även på revbenen. Sen har vi ju ett antal nya och äldre hematom, det vill säga blåmärken på armar, rygg, mage och ben. Men, du har mycket tydliga blåmärken efter fingertoppar på din hals. Du har också tydliga tecken efter spruckna blodkärl i ögonvitorna. Jag ska inte fråga dig hur dessa skador kan ha uppstått men jag förutsätter att polisen har tagit foto på de blåmärkena också. Har du svårt att svälja?"

"Ja", svarar Elin tyst.

"Har du kunnat äta någon frukost?"

"Lite yoghurt."

"Jag ska se till att du får mer flytande föda så du inte anstränger halsen just nu, den är förmodligen rejält irriterad. Tycker du om nyponsoppa? Kanske lite mer yoghurt om det gick bra att äta?" Elin nickar.

"Du har också en del värden som inte är helt i topp, de ska vi hålla ett öga på under det närmaste dygnet. Utöver det ska vi röntga halsen då det inte gjordes igår. Men jag har förstått att du har pratat mer med polisen om hur dessa skador har uppstått så jag ska släppa det."

"Mmm" svarar Elin återigen.

"Ok, här och nu fokuserar vi på att du ska läka och må bra igen. Jag räknar med att du ska kunna lämna sjukhuset imorgon om vi får upp dina värden. Det kan du säga till den eller dem som kommer och hämtar dig." Isa ler mot Elin och klappar henne på armen. Hon märker inte att Elin stelnar till. Hem. Vilket hem?

"Nu ska du se till att vila så kommer Filippa och tar lite prover senare på förmiddagen och därefter kommer de att komma och hämta dig till röntgen." Isa skyndar vidare mot nästa rum och Elin känner att hon dåsar bort igen. Måste vara de starka värktabletterna hon fick tidigare av Filippa. Skönt att sova. Luddig i huvudet. Inte tänka, bara sova.

Mitt liv, fortfarande vid liv.

TJUGOFEM

2002

"Har du tagit min telefon?" Den hårda rösten kommer från sovrummet.

Och med det vet jag. Vet att det är en sådan dag. Vet att det är dags.

"Jag kan hjälpa dig att leta."

Jag har precis kommit hem från skolan och jag kan känna det på stämningen direkt när jag kommer in i huset. Omedelbart när jag försiktigt stänger igen ytterdörren, ställer mina fodrade vinterkängor ordentligt bredvid varandra på skohyllan och hänger upp täckjackan på galgen. Precis som jag alltid brukar göra. Den läskiga fruktansvärda iskalla tystnaden innan befallningen kommer. Innan det drar igång.

"Du ditt vidriga missfoster, vem tror du att du är? Se till att få hit telefonjäveln nu, på en jävla gång eller så blir det jävligt synd om dig." Det hörs på rösten att den är uppe i varv.

"Skulle inte du vara hemma vid det här laget? Jag trodde vi hade ett avtal?"

"Jag är så hemskt ledsen, bussen hem från skolan var försenad men jag sprang istället hela vägen hem från busshållplatsen", svarar jag. Men jag vet redan att det inte spelar någon som helst roll vad jag säger, ödet är förutbestämt.

Jag märker att det enorma stresspåslaget och rädslan för det som väntar mig ger mig tunnelseende och en klumpighet jag aldrig annars brukar lida av. Precis när jag minst behöver det.

Jag letar febrilt efter telefonen. Jag letar på alla ställen jag, med all kreativitet jag kan uppbåda, efter telefonen. Var? Var? Min blick scannar snabbt av köksbänkarna i köket, köksbordet och skänken där den ärvda fina kandelabern i silver står och glänser, den har jag precis putsat.

Fortsätter vidare till vardagsrummet, ingen telefon varken på vardagsrumsbordet eller i lådorna under. Lyfter förtvivlat på alla soffkuddar men inget där heller.

"Det var väl det jag visste, en sån som du lyckas inte med någonting, fullständigt värdelös är du. Inte nog med att du inte kan passa tider, inte ens en så enkel sak som att hitta en telefon kan du fixa. Jag förstår faktiskt inte varför jag låter dig bo här, borde kanske kasta ut dig på gatan. Där skulle du passa bra. Du tjatar ju alltid om hundar och då kan du ju springa där bland soporna med de andra strykhundarna."

Människor är inte så väldigt olika hundar har jag fått lära mig i skolan. Vi lär oss av repetition.

Precis som vi kan lära en hund att sitta, rulla runt eller hämta en boll så fungerar det på samma sätt för oss människor. Vi vet också hur belöningssystemet triggas, hur vi suktar och längtar efter kärlek och beröm och hur vi gör allt för att få känna på den underbara belöningen. Vi vet också hur man visar underdånighet. Precis som hunden lägger sig på rygg och blottar strupen när de är i underläge mot en starkare, mer dominant hund, gör vi samma sak. Jag vet. Jag har lärt mig av repetition. Plågsam, smärtsam repetition.

I början var det svårast. Innan jag lärde mig rutinerna. Rutiner utifrån ett fullständigt oberäkneligt sinnes rutiner. Svårt att förutse, att veta när och om det skulle hända. Jag var på helspänn dygnet runt, även när jag sov.

Med tiden gick det lättare att veta, för det kom oftare och oftare, nästan varje dag. Det blev en vana och något jag tänkte på som en del av livet, mitt liv.

Nu går jag nästan på ett märkligt sätt och väntar på det, längtar efter det, längtar efter att det ska sätta igång. För jag vet att när det väl har hänt så kommer ilskan vara över för denna gång och jag kommer få lite lugn, ett andrum, till nästa gång. När jag återigen gör något som triggar all denna ilska, utan att återigen veta exakt vad jag har gjort.

Det enda jag vet med säkerhet, är att det är mitt fel. Jag är misslyckad som aldrig lyckas göra rätt. Varje dag försöker jag räkna ut, förutse, bli ännu mer försiktig. Men det går aldrig att knäcka koden, aldrig att undgå ilskan, ilskan och förnedringen.

Mitt liv, ett liv, inget liv.

"Kom hit din idiot, jag har bråttom."

Med försiktiga steg tar jag mig den korta vägen från vardagsrummet, genom den långa hallen där sovrummen ligger på rad. Sakta, så sakta jag bara vågar, går jag bort till sovrummet som ligger längst bort i korridoren.

"Du vet att du måste straffas för att du inte hittade telefonen, eller hur? Och sen var du ju sen hem också, det får vi inte heller glömma."

Jag nickar sakta och håller andan.

"Jamen skynda på då, jag har inte hela dagen på mig sa jag ju. Vi tar tvåan har jag bestämt."

Jag andas ut i ett lättat andetag, tvåan är hemsk, vidrig, men det finns andra nummer som är mycket värre.

Pulsen går upp och jag blir illamående när jag tänker på fyran. Att numrera de olika varianterna är en galen hjärnas tilltag men för mig ett lättare sätt att ha någon som helst kontroll. Något som kan göra det outhärdliga lite mer uthärdligt, känslan av kontroll. Jag är tacksam för numreringen.

Försiktigt tar jag av mig byxorna och underkläderna, slätar ut dem, viker ihop dem prydligt och lägger dem på den stora mjuka gröna fåtöljen i hörnet.

Därefter klättrar jag upp i den stora sängen. Aldrig titta in i ögonen, alltid titta ner, det har jag lärt mig. Ögonkontakt ökar eldens raseri och det vill jag inte. Jag lägger mig på mage rakt över sängen, vid fotändan så att det ska vara lättare att komma åt. Kniper ihop ögonen och väntar, alldeles blickstilla, precis som jag har blivit upplärd. Räknar ner inuti huvudet, tio, nio, åtta, det brukar inte ta så många sekunder. Hör hur lådan till nattygsbordet öppnas och stängs igen, ett par byxor som knäpps upp, tas av och läggs bredvid mina kläder på fåtöljen.

"Först får du straffet och sen belöningen, det är det som är det bästa med tvåan. Är jag inte snäll mot dig? Eller hur? Säg nu."

"Jo, jättesnäll, tack!"

Och sen kommer första slaget. Hela sängen skakar till. Redskapet den här gången är en utdragen stålspiral som en gång i tiden har använts för att spänna upp en studsmatta.

Det brukar variera mellan stålspiralen och ett brännbollsträ som hittats i garaget. Det där platta, det för de korkade, de som inte har bollkänsla, det som jag brukar använda. Passande, eller hur?

Det är något med den där ilskan. Känslan av överlägsenhet och makt som kommer med det där första slaget. Det är som en ursinnig rasande eld som brinner besinningslöst, hett och kraftigt. För att ganska kort därefter falna och gå ner i en stilla glöd, dold i aska.

Precis som med elden i en kamin så behövs bara att man tar rakan och drar runt ett par varv, kastar in något lättantändligt och så är det igång igen. Jag kan känna den i mig själv ibland, ilskan som brinner men är så svår att förstå. Hos mig skapar den mest förvirring och jag vet inte hur jag ska hantera känslan.

Spiralen fortsätter att snärtas med otäck rytm. Över kroppen, jämnt fördelat över rygg, rumpa och baksida av lår och underben. Smack, smack. Överallt där det inte syns med långbyxor och tröja på, allt för att undvika diskussioner med skolan.

Men efter bara en kort stund upphör slagen den här gången.

Kroppen smärtar något outhärdligt och jag misstänker att jag blöder. Spiralen har rivit sönder min hud på ställen på kroppen där huden är extra tunn. En ilning av smärta när jag känner efter, försiktiga andetag.

Jag är förvånad, det brukar inte ta slut så här fort, det följer inte de överenskomna rutinerna. Det känns jobbigt. Olustigt. Det oväntade. Vad kommer hända nu?

"Va fan, känner mig ändå på gott humör idag, du ska få belöningen på en gång."

Och jag visste nu vad som skulle komma.

Med de orden kan jag känna att mina skinkor bänds åt varsitt håll och in trycks något fruktansvärt stort och raspigt. Jag känner att jag spricker där inne, det gör fruktansvärt ont, magen knyter sig och det kommer tårar av smärtan.

"Aoohh", undslipper det mig i chockartad smärta.

"Gillar du det, klart du gillar det, jag visste att du skulle älska att få storkuken. Alla gillar storkuken." Rösten hörs triumferande och upphetsat frustande. Ju mer vulgära ord, desto större upphetsning. Flåsandet och stönandet blir högre och ivrigare.

Varje gång det stora och raspiga rör sig ut och in håller jag på att svimma, det raspiga river sönder mig från insidan.

En kort stund senare landar den svettiga kroppen ovanpå min ömmande rygg, i en ylande, stönande orgasm. Det gör ont, väldigt ont. Något har nog på riktigt gått sönder där bak och det kommer bli svårt att gå på toaletten några dagar. Jag vågar inte röra mig utan att ha blivit tillsagd.

Efter en kort stund kommer orden jag väntat på.

"Nä, nu är det slut med belöningen, får ju spara lite till nästa gång. Upp med dig nu."

Vi har lite olika tankar om det där med belöning, det är uppenbart. Men den underbara längtan efter belöning är så mycket starkare än upplevelsen av smärta att jag uthärdar det mesta. Sammanbitet och med tankarna inriktade på belöningen, den belöning vi har så olika tankar om.

Vi klär på oss båda två under tystnad, precis som vi alltid brukar göra. Jag har svårt att ta på mig byxorna för det gör så fruktansvärt ont när jag ska böja på benet för att få in foten i byxbenet. Men jag gör allt för att inte visa det. Det är viktigt, jag är stark och visar inga känslor, precis som det ska vara.

När jag har fått på mig kläderna så snabbt jag bara kan, trots smärtorna, står jag kvar och väntar, precis som jag är upplärd. Det är nu den stora belöningen ska komma. Men först min ursäkt.

"För-för-låt mig, det var inte min mening att tappa bort din telefon och inte kunna hitta den. Det ska aldrig hända igen", säger jag medan jag försöker dölja en snyftning genom att spänna strupen, ett trick jag har lärt mig.

"Du är förlåten."

Och där kommer den, kramen jag längtar efter. Kramen som alltid kommer, efter allt det hemska. Som gör allt bra. Till nästa gång.

Kanske ingen innerlig kram, men ändå en kram. Jag krälar i stoftet efter alla ömhetsbevis jag kan få.

"Just det, jag glömde nästan." Med ett nedlåtande flin öppnas lådan i nattygsbordet. Bara tillräckligt för att låta mig se det som varit uppenbart hela tiden. Helt synlig överst i lådan ligger den aldrig för en sekund borttappade telefonen.

Ett liv, mitt liv.

TJUGOSEX

Vilken tur jag hade att jag fick ha kvar eget rum på sjukhuset i natt också tänker Elin när hon vaknar efter ytterligare en natt på sjukhuset. Hon börjar vänja sig vid att kunna trycka på knappen och få hjälp när hon ber om det.

Filippa har precis varit inne och berättat lite om vädret där ute i det riktiga livet och Filippa har också berättat om hennes nya pojkvän och det lyser om hela henne när hon kvittrar som en lärka över pojkvännens förträffligheter. Härligt att få vara nykär.

Filippa har hjälpt henne med toalettbesök och satt ett plastskydd för gipset så att hon ska kunna ta en dusch. Hon erbjöd sig även att tvätta håret på Elin och det kändes som en otrolig lyx att sitta där på plastpallen i duschen och bli masserad i hårbotten. Omtanke. Denna så ovana omtanke.

Filippa arbetar effektivt med att bädda om sängen och plocka ut frukostbrickan till vagnen i korridoren, allt medan Elin torkar sig mödosamt i badrummet. Filippa nynnar på någon melodi som Elin inte känner igen men som gör henne glad mitt i eländet. Det känns nästan lite hemtrevligt.

Elin har vaknat till ett par gånger under natten av ljud från korridoren men snabbt kunnat somna om när hon kommit på var hon befinner sig. Slappnat av när hon inser att det inte är något att oroa sig för. Hon får också värktabletter som gör att det inte gör lika ont längre. De är ganska starka och hon blir ganska dåsig av dem. Skönt.

Hur är det med Lexi som ligger kvar på Djursjukhuset? Undrar hur hon mår idag, hon måste komma ihåg att be Filippa igen om att få låna telefonen. Filippa har skyndat vidare till andra patienter och ska komma tillbaka lite senare för att ta blodprover har hon sagt.

Hur ska hon klara sig utan mobil på det skyddade boendet? Hur fungerar det med skyddat boende? Elin har ingen aning. Behöver hon skyddat boende? Hon tror inte det. Märkligt nog är hon inte så rädd för att Gustav ska leta efter henne och hitta henne. Om hon känner honom rätt så har han släppt henne med samma äcklande vämjelse som över en stinkande soppåse, och gått vidare med sitt liv. Det är hans lägenhet som de bor i. Han har varit mycket noggrann med det och Elin har skrivit på papper om att hon inte har någon rätt till lägenheten om de skulle separera.

Hon har inte så många saker där som hon bryr sig om. Men det finns fotografier på hennes familj, och på Lexi. Också smycken som hon har ärvt från sin mamma och mormor, de vill hon väldigt gärna ha tillbaka. Undrar om hon någonsin kommer kunna komma tillbaka till lägenheten? Och var ska hon ta vägen?

Hon har inte många vänner kvar, bara Anna och Alex på jobbet, kanske hon kan sova någon natt hos någon av dem?

Det knackar på dörren. Bra, det är säkert Filippa. Då kan jag fråga om telefonen.

När dörren öppnas blir Elin väldigt förvånad. Där står Ellinor, grannen som hjälpte henne till dess ambulansen kom och hämtade henne.

"Hej", säger Ellinor försiktigt och tittar sig runt i rummet. "Stör jag eller får jag komma in?"

"Hej!", får Elin förvånat ur sig. "Ehh, men självklart, kom in."

"Ja, du undrar kanske varför jag är här men jag blev ju kvar i lägenheten efter att du hade blivit körd till sjukhuset och som jag sa till polisen som kom och pratade med mig igår så kände jag mig nödgad att låsa lägenheten efter att ambulansen åkte in med dig, det var ju ingen som liksom tänkte på att dörren kanske behövde låsas." Ellinor ser obekväm ut.

"Jag ber så hemskt mycket om ursäkt för att jag letade runt bland dina saker men jag hittade en reservnyckel i byrån i hallen." Ellinor ser så skuldmedveten ut, som om hon begått en kriminell handling.

"Men vad snällt av dig, det hade jag såklart inte en tanke på, att det skulle låsas menar jag."

"Nej det är klart, du hade ju liksom lite annat att tänka på. Vet du förresten hur det har gått för din hund?"

"Ja, jag pratade med Djursjukhuset igår och det verkar som om hon kommer att överleva men de har sagt att hon behöver vara kvar ett tag. Fast det är ju inte säkert såklart, jag ska åka dit så fort jag kommer härifrån."

"Stackars liten. Och stackars dig. Tänk om jag bara hade vetat vad som försiggick i er lägenhet." Nu låter Ellinor riktigt olycklig och hänger med huvudet.

"Du ska absolut inte känna någon skuld, det är inte ditt fel det som har hänt." Elin är chockad över att den fina damen försöker se sin skuld i det som har hänt.

"Det är mitt liv och mitt val att jag har stannat hos honom. Jag vet ju att jag rent logiskt skulle kunnat gå, jag gick ju till jobbet varje dag, det var inte som att jag var inlåst. Det är så svårt att förklara. Det är som att hjärnan blir full med tuggummi och det går inte att sortera ut tankarna för det är som tuggummitrådar där inne."

"Men lilla vännen", utbrister Ellinor.

"Jag har också varit rädd för att något skulle kunna hända Lexi om jag lämnade honom. Fast det gjorde det ju ändå." Elin börjar gråta när hon tänker på att hon stannat med Gustav för att något inte skulle hända Lexi och så var det precis tvärtom, på grund av att hon stannade så har något hänt Lexi.

"Och så skäms jag. Jag skäms över hur jag har kunnat försätta mig i den här situationen. Det är som att jag har blivit en kliché." Orden bara bubblar ur Elin och nu blir hon chockad igen, över att hon så ofiltrerat öppnar sig för den här gamla damen.

"Men lilla vännen, vad du har fått stå ut med" utbrister Ellinor igen.

Den gamla damen viker undan den gula sjukhusfilten som Filippa har lagt i fotändan, för att få plats, och sätter sig sedan ner på sängen och klappar Elin på handen, den hand som inte har gips. Elin känner värmen och omtanken i Ellinors varsamma smekning av hennes hand. En ömhet i gesten som är så otroligt länge sedan hon fått uppleva. Hon börjar gråta hejdlöst. Snörvlar och hulkar. Hon hostar tårar och det snörvlande snoret tar sig ner baklänges och får henne att sätta i halsen. Tårar över förlorade år, maktlöshet, rädsla, lögner och därefter lättnad över att den hemska hemligheten inte längre är en hemlighet.

Ellinor sitter bara kvar på sängkanten och tar ett fast tag i Elins hand och håller hårt i den. Som ett ankare håller Ellinor henne genom kakafonin av hulkande och snorande, genom den plötsliga känslostormen. Lugnt och fast håller hon taget om Elins hand medan hon samtidigt rättar till en hårtest som har halkat fram i Elins ansikte och som nu är blöt av tårar.

Länge sitter de så. Bara de två. Skönt nog är det ingen sköterska, inte ens Filippa, som kommer in och ska ta prover eller kolla till henne, just då. Det är bara de två. Inga ord behövs, Ellinors fasta grepp om hennes hand hjälper mer än några ord. Elin känner sig trygg för första gången på länge.

Märkligt att en gammal dam kan ha en sådan lugnande inverkan på henne, mitt i kaoset. Att hon blottar sig för Ellinor på ett sätt som hon inte trodde var möjligt att göra för en enda människa, bara för ett par dagar sedan.

Och nu berättar hon allt för Ellinor. När Elin har berättat allt igen känner hon att hon är helt utmattad, och jättetrött, igen. Trött av att gråta, trött av värktabletterna och trött av att vara i säkerhet. Hon somnar med Ellinors hand tryggt i sin.

När Elin vaknar upp igen sitter Ellinor i en fåtölj bredvid sängen. Hon är djupt koncentrerad på en stickning men reagerar på Elins rörelser i sängen.

"Vad skönt att du fick sova en stund, jag tror verkligen att du behöver sömn efter allt som hänt. Hoppas att det är okej att jag stannade kvar? Jag glömde ju förresten att ge dig det här, då när jag kom. Återigen, jag är ledsen att jag gick över gränsen och letade runt hemma hos dig men polisen berättade för mig att du hade sagt till dem att du inte har några nära anhöriga som kan hjälpa till och då tänkte jag att jag kunde göra någon nytta." Ellinors röst har fått en ny säkerhet i sig.

" Jag hittade lite kläder åt dig så att du inte behöver ha sjukhuskläderna. Tog också med din mobiltelefon och mobilladdaren, kan tänka mig att den är urladdad nu så den behöver nog laddas. Jag kan sätta den på laddning åt dig här i uttaget bredvid sängen. Nyckeln till lägenheten ligger också här i påsen och så hittade jag din plånbok i ryggsäcken. Bara så att du vet alltså. Kanske du kan låsa in värdesakerna i något skåp?" Ellinor reser sig och letar reda på telefon och laddare från påsen hon har med sig.

Elin är helt förstummad. I det lilla har Ellinor gjort så mycket mer för henne än hon kan minnas att någon gjort för henne. Någonsin.

"Jag vet inte vad jag ska säga. Tack snälla."

"Det var verkligen så lite, känns bara bra att kunna vara till någon nytta. Jag som bara sitter där i min lägenhet, om jag inte åker ut till torpet då förstås."

"Jaha, har du ett torp? Tänk vad lite jag vet om dig." Elin fortsätter att vara förundrad över denna lilla dam som har bott så nära och som hon inte har vetat någonting om.

"Nja, det är ju ingen sån där tjusig skärgårdsvilla som är så populär nuförtiden utan mer ett litet torp. Men det ligger vid havet ute på Värmdö och vi har precis fått in kommunalt vatten och avlopp så den är mycket mer beboelig än vad den var när jag och min man köpte det." Ellinor skrattar till och verkar minnas tillbaka. Elin kan se skrattgropar skymta.

"Men på den tiden tyckte jag och min man att det var vårt slott, vår borg och vårt underbara hem. Vi hade inte så höga krav mer än att få vara i naturen, närheten till havet och en bra plats för våra framtida barn att växa upp på." Nu suckar Ellinor.

"Fast det blev ju aldrig några barn förstås. Bara jag och min man Robert. Ja, och så Bruno såklart."

"Vem är Bruno?", undrar Elin.

"Det var världens finaste lurvigaste lilla hund, en blandras. Vi fick honom som valp från en av grannarna på Värmdö. Han var mysig vår Bruno."

"Vad hände med honom, lever han?", frågar Elin.

"Tyvärr dog han precis innan Robert gick bort och det har inte blivit av att skaffa en ny hund, jag tänker att jag kanske inte skulle orka med. Men jag får erkänna att det är bra tomt om dagarna. Nu när båda är borta och bara jag kvar." Ellinor ser ledsen ut.

"Jag kan tänka mig det, orkar inte ens tänka tanken på att Lexi kommer att dö. Gustav har alltid hotat med att han ska döda henne och jag som tänkte att om jag stannar så kommer jag skydda henne. Så fel jag hade, hur kunde jag vara så korkad." Elin blir ledsen igen.

"Jag hörde att polisen ska hjälpa dig till ett skyddat boende?"

"Ja, de sa det. Men jag vill inte. Vet inte om det behövs heller, Gustav skulle aldrig våga dyka upp här, tror jag. För övrigt kan jag inte heller har jag kommit på. De har sagt att jag inte kan ta med mig Lexi till ett sådant boende för att det är så många som är allergiska. Jag skulle behöva lämna henne till Hundstallet. Eller, om hon inte återhämtar sig helt, avliva henne. Det är helt otänkbart."

"Men var ska du ta vägen då, inte kan du flytta tillbaka till lägenheten, till honom?" Ellinor låter förskräckt.

"Nej, det kommer jag inte göra, det behöver du inte oroa dig för. Men jag vet inte riktigt, alltid löser det sig. Jag får försöka ta det lite dag för dag, har tänkt att jag skulle kontakta mina vänner som jag har fått genom jobbet på förskolan, kanske jag kan sova över hos någon av dem några nätter. Och sen får vi se, jag får som sagt ta en dag i taget." Elin får en ny bestämdhet i rösten. Hon behöver ta kontroll över sitt eget liv.

Ellinor sjunker ner i fåtöljen igen och ser ut att grubbla över något.

Elin känner sig plötsligt så oerhört trött och grinig på allt i sin hopplösa verklighet och vrider hastigt bort huvudet från Ellinor. Hon behöver tid att tänka över sin situation.

Hon hör att Ellinor har tagit upp sin stickning och stickorna klirrar mot varandra när Ellinors händer vant rör sig i takt. Elin tar telefonen från nattygsbordet och kollar. Gustav har inte hört av sig. Skönt.

Marja, hennes chef, har messat henne och undrat varför hon inte kom till jobbet igår. Hon kan se att Marja har messat henne även i morse. Hon är orolig för henne, skriver hon, undrar vad som har hänt. Linda blir glad av omtanken men orkar inte förklara nu. Hon knappar iväg lite snabbt att hon har fått influensa och ska höra av sig så fort hon är talbar.

Anna har också messat och är orolig för henne. Anna verkar ha fått reda på att Gustav varit hemma hos Alex. De har säkert pratat. De verkar dock inte ha berättat något för Marja vilket Elin är tacksam för även om hon har ett stygn av dåligt samvete över att ha ljugit för sin snälla chef.

Alex skriver att han hoppas att hon snart ska bli bättre och att han gärna vill ses när hon blir bättre. Han är modig, tänker Elin. Hon trodde att Alex skulle vara rädd och vilja hålla sig så långt borta som möjligt från henne för att inte råka illa ut igen. Det vore inte så konstigt, hon hade själv varit lika rädd om det hade varit hon som hade råkat ut för det han råkade ut för. Hon är imponerad, och glad, att han ändå vågar skicka ett till mess.

Anna har skrivit flera meddelanden. Hon frågar om det finns något hon kan göra. Vad bra att Anna skriver det, det betyder att Elin vågar fråga om hon skulle kunna sova någon natt där. Anna skriver också att hon har pratat med Alex så då vet hon förmodligen ganska mycket om vad som har hänt. Även om varken Anna eller Alex vet allt.

Det knackar på dörren. Sjukhusvistelse innebär många dörrknackningar hinner Elin tänka innan hon vänder tillbaka huvudet mot Ellinor och dörren.

"Hej, hej, tänkte höra om du vill ha kyckling med pasta eller köttfärslimpa med gräddsås till lunch?", kommer det glatt från en ung kille som gläntar på dörren och sticker in huvudet.

"Eh, kyckling blir bra. Tack."

När dörren stängs lägger Ellinor ner sin stickning i knät och sitter tyst en kort stund. Sedan är det som att hon samlar kraft och utbrister.

"Jag har en idé."

"Om vad?"

"Ja, alltså det här låter väl helt galet och som att jag är en spritt språngande galen gammal tant men då kan jag säga att så gammal är jag inte och huvudet är fortfarande i behåll." Här pausar Ellinor för att hämta andan. Elin väntar med nyfikenhet på vad Ellinor hade funderat på.

"Jag vill inte att du är i närheten av den där galna människan, någonsin igen. Vem vet vad som skulle kunna hända då. Du har inte berättat något om det men jag vet ju helt säkert att det här inte är första gången. Dessutom kan jag se blåmärkena." Ellinor tittar på Elin med en sträng min.

Kanske Ellinor har varit lärare en gång i tiden?, tänker Elin och kommer på sig själv med att le, Ellinor hade varit en perfekt lärare.

"Som sagt, du ska inte vara i närheten av den där hemska människan och jag gillar inte heller tanken på att du ska behöva hanka dig fram ett par dagar här och där genom vänner. Även om det självklart är bättre än ingenting."

"Nähä, men vad ska jag göra då?"

"jag har funderat på en sak, jag kom på att du skulle kunna bo i torpet. Mitt torp på Värmdö som jag berättade om."

"Öh ok." Elin förstår inte riktigt vad Ellinor pratar om, hon pratar så väldigt fort.

"Vet inte om jag berättade det men det ligger för sig själv vid vattnet och tomten är ganska stor så inga grannar inpå knuten heller. Jag kan bo där ute med dig i början tills du känner dig bättre och sen bestämmer vi nästa steg. Du behöver inte känna dig orolig för att du måste flytta därifrån utan du får bo där så länge du vill. Och Lexi ska självklart vara med. Vad tror du om det? Den där karln du har bott med kan inte ha tillräcklig med intelligens för att förstå att granntanten är inblandad och stugan hittar han inte." Äntligen pausar Ellinor för att andas.

Återigen är Elin helt förstummad. Vem är den här underbara damen, en ängel som har kommit ner från himlen?

"Ja, jag kan förstå om du behöver tänka på det. Jag ska ta och gå hemåt och så kan du ringa mig och berätta hur du vill göra. Jag går ut och ser om de har lite papper så ska jag skriva upp mitt nummer till dig." Ellinor verkar nervös och rusar nästan ut i korridoren.

Det snurrar av tankar i Elins huvud. Hon håller med Ellinor, det är inte riktigt klokt. Inte alls. Men samtidigt så känns det helt logiskt. Det finns någon mening med att Ellinor har kommit in i hennes liv.

När Ellinor försiktigt öppnar dörren igen och kommer in i rummet med en papperslapp i handen så blir Elin ändå osäker, kanske Ellinor har ångrat sig? Självklart har hon det, varför skulle hon bry sig om mig?

"Du måste förlåta mig att jag bara kommer och tränger mig på. Jag förstår verkligen om du tycker att jag verkar vara en prillig granntant."

"Ellinor, menar du verkligen det du sa. Det att jag kunde få bo i ditt torp. Med Lexi?"

"Ja men självklart menade jag det." Nu är det Ellinors tur att se förvirrad ut.

"Då är svaret väldigt enkelt, behöver inte fundera över natten, behöver inte fundera en enda sekund till. Jag tar väldigt gärna emot ditt erbjudande. Vet du Ellinor, du är en mycket unik människa ska du veta."

Nu ler Ellinor. "Det kommer bli bra det här, det kommer det."

Elin och Ellinor - två grannars liv.

TJUGOSJU

"Men åhhh, den här killen är ju värsta hunken." Karin lutar sig närmare telefonskärmen och tittar noga. Hon zoomar med fingrarna in mer och mer så hon till slut bara har killens näsa synlig på skärmen.

Linda, som har sträckt över sin telefon till Karin för att hon ska kunna skärskåda den potentiella superhunken, drar gapskrattande åt sig telefonen igen.

"Kom igen nu, ge dig, du ska väl inte kika in i näsborrarna också? Kanske har han någon snorkråka där?"

Det är torsdag kväll och de sitter hemma i soffan hos Linda. Linda har lagat pasta med scampi och de har delat en flaska vitt vin till maten. Vardagslyx kallar de det, även om det i bakhuvudet på Linda gnager en jobbig känsla av att det kanske kunde bli lite för mycket vardagslyx ibland. Men det orkar hon inte tänka på idag. Hon förvånas också över hur enkelt det gick att äta pasta idag. Hon tyckte till och med att det var gott. Och hon var hungrig. Vissa dagar funkar allt medan andra dagar är helt omöjliga. Men idag är en bra dag och då ska inget annat ta sig in i hennes hjärna.

Mätta och lite småtrötta sitter de i soffan och ägnar sig åt Karins favorithobby och Lindas stora ångest, att hitta en kille till Linda.

"Den där killen ser ut att ha värsta tvättbrädan, tänk att få lägga händerna på den." Karin sträcker ut händerna framför sig, spelar piano med fingrarna framför sig mot en imaginär bringa, samtidigt som hon ler vällustigt.

"Du är inte klok, vill du att jag ska få megakomplex av min nya pojkvän? Det räcker väl med att jag nojar över min egen kropp, vill inte ha en kille som en massa andra tjejer går och dreglar över. Lite lagom snygg och med en hjärna, det är allt jag kräver." Linda svajpar snabbt vänster i dejtingappen, hon är inte intresserad av den här killen.

Det går med en rasande fart att bestämma ödet för potentiella kandidater.

"Vänta, du hinner ju inte ens se killarna som svischar förbi. Jag får kolla istället." Karin sträcker ut handen efter telefonen.

"Ok då. Men nåde dig om du svajpar höger på någon knäppis utan att jag har sagt ok."

"Du måste lita på mig någon gång, jag känner dig bättre än du känner dig själv. Vänta så ska jag kolla." Karin fokuserar på männen som sakta glider förbi på skärmen inför Karins granskande blick.

Det går några minuter och rynkan mellan Karins ögonbryn blir djupare, och så slätas den ut, för att därav rynkas igen, och sen, triumferande.

"Kalla in hästarna, vi har en vinnare."

"Vaaa, får jag se?" Linda blir galet nyfiken och sliter åt sig telefonen från Karin igen.

Linda finner sig titta rakt in i ett varmt leende ansikte, där antydan till skäggstubb skapar ett robust utseende och ett rufsigt brunt hår som verkar leva sitt eget liv i vinden. Killen står och styr en segelbåt och håller i ratten med vad som ser ut att vara ett vant grepp. Bakom killen ser man en klarblå sommarhimmel och en enorm sol som glittrar i vattnet.

Linda älskar segling. Hon älskar känslan av frihet när hon är där ute på vattnet. Långt ute på en solglittrande fjärd. Nåja, kanske inte alltid är sol men det är så hon vill tänka.

Vinden drar i seglen, fallen knakar av anspänningen av att vara hårt vinschade och hon får använda all muskelkraft hon kan uppbåda i armarna för att hålla båten i schack. Det pirrar i magen av utmaningen och spänningen i att parera båtens lutning och naturens krafter i form av eventuella kastvindar. Undvikande av kollision med kryssande segelbåtar eller alldeles för snabbt körda motorbåtar. Känslan av att utsätta sig för detta och samtidigt bemästra situationen är en adrenalinkick utan dess like.

Hon drömmer sig bort, sommaren hägrar. Vad härligt det skulle vara att få möjlighet att segla i sommar. Vem vet, ödet kanske är på hennes sida.

Det här kan nog minsann vara en vinnare, precis som Karin säger. Bestämt svajpar hon höger, den här killen ska hon ha.

Det är olidligt tålamodsprövande och nervöst att gå och vänta på svar så Linda går till köket och gör lite te för att fördriva tiden. Hon lämnar Karin kvar i soffan, bekvämt halvliggande mot ett par kuddar och med ena foten bekvämt vilande uppe på ryggstödet.

Karin har berättat för Linda att hon har ett till mission som hon måste fixa ikväll. Ett som snart kommer bli ganska akut. Hon skannar internet både inom och utom Sverige efter en ny bikini till deras sommaräventyr.

"Jag blir galen, jag hittar verkligen ingen bikini", ropar Karin frustrerat ut mot köket.

"Vi får åka någonstans där de har nudistbad, det är enda lösningen. Nu har jag gått igenom hela internet och halva Stockholms butiksutbud också."

"Nudistbad kanske är lösningen för dig men verkligen inte för mig. Tänk att gå där på en vacker strand och se gamla gubbars kulor hänga vid knävecken och tanter som dräglar över det. Ja, kanske jag är taskig och så länge de är lyckliga så ska väl inte jag lägga mig i men det är inte för mig. Nej tack. Om du hjälper mig att hitta kille så ska jag hjälpa dig att hitta en snygg bikini, jag lovar." Linda ropar tillbaka samtidigt som hon håller koll på att tevattnet ska börja koka.

Hon blir nästan full i skratt när hon tänker på det omöjliga i att hon, med sin kropp, skulle gå naken på en nudiststrand. Vilket skämt!

"Det är synd att den där polisen inte har hört av sig, han är i alla fall minst en åtta." Karin funderar högt.

"Alltså, vi skulle ju inte prata mer om David, han är parkerad, finito och borta, punkt."

"Ja, ja, jag tycker det är synd bara. Verkade ju ändå som att ni hade ganska trevligt där ni satt och kuckelurade i soffan hemma hos Marcus och Emelie."

"Nämen", utropar Karin och blir därefter tyst medan hon läser på skärmen. "Wow, killen är snabb, han gillar dig också." Karin ropar högt från vardagsrummet efter att hon har läst ett meddelande som kommit upp på Lindas telefon om att hon har en match. Match med segelkillen.

Linda blir glad, och lättad, inombords. Skönt att han svajpade åt rätt håll. Ångestpåslaget de gånger när hon inser att någon har, på ett ögonblick, bestämt sig för att hon inte skulle vara något att ha, är förödande för stressen och leder oundvikligen till att hon tar till maten som ventil.

Men det behövs inte. Inte nu. Nu är allt helt fantastiskt och underbart. Hon och segelkillen. Hon nynnar för sig själv i köket medan hon plockar ut koppar från skåpet, hon har en bra känsla här.

"Vänta, nu skriver han också, vänta så ska vi se vad han skriver." Karin sitter och stirrar ner i telefonen.

"Hallå, lite privatliv kan man väl få ha." Linda springer in i vardagsrummet och snappar åt sig telefonen och springer snabbt tillbaka ut i köket igen för att plocka kastrullen med det kokande vattnet, bort från plattan, innan det kokar över.

Linda kikar i appen, hon kan se den lilla symbolen som rör sig, ett tecken på att killen fortfarande håller på att skriva. Nu stannar markören. Inget händer. Inget händer. Men skicka då. Har han ångrat sig? Han tycker nog att jag är ful ändå. Den där virveln som gör att jag får värsta bebisfrisyren. Och.. där kommer meddelandet.

"Hej!", står det. Kanske inte så innovativt men dialogen är igång.

Den här killen verkar genuint trevlig och dialogen flyter på i chatten.

"Aaaoughh." Karin gäspar högt.

"Är du trött, klockan är inte så mycket" Linda tittar upp på Karin och sedan ner igen på telefonen och klockan.

"Nja, lite sliten är jag, det får jag nog erkänna. Och jag ska ha ett samtal med min chef på kontoret imorgon bitti och diskutera ett nytt uppdrag. Det är nog bra att jag kommer hem och i säng så jag känner mig pigg och fräsch imorgon. Måste vara alert och ha smarta svar på frågorna så att hon fattar att jag är redo för de avancerade uppdragen."

"Du vet vad jag har sagt, du är grym och skulle kunna göra vad som helst på det där företaget, kanske ta över VD-posten om det skulle behövas. Men jag förstår att du vill känna dig pigg och ha en möjlighet att ge rätt intryck. Godnatt vännen, skicka ett mess när du är hemma så jag vet att du är hemma ordentligt." Linda kramar om Karin och vinkar efter henne när hon försvinner nedför trapporna.

När Karin har gått slänger sig Linda i soffan och fortsätter chattandet med Erik. Det är vad killen med det rufsiga håret och segelbåten heter. Efter mycket skrivande fram och tillbaka föreslår Erik att de ska träffas IRL, kanske redan imorgon?

"Gärna." Linda gillar att det inte spills för mycket tid på oväsentligheter online, det är ändå personkemin i verkliga livet som avgör.

"Vad sägs om att träffas på Söder?", frågar Erik.

"Jag gillar Söder, mysigt, har du något förslag om ställe att träffas på?"

"Vad sägs om Sunshine, en liten bar på Hornsgatan? Kanske en öl efter jobbet?"

Linda har inte hört talas om den baren men å andra sidan är hon inte ute så ofta. Erik skickar adressen till henne så att hon ska kunna hitta dit utan problem. De gör upp om tid och sen får Linda en kram-emoji, och en godnatt hälsning. Det här kommer bli bra. Det måste bli bra. Hon orkar inte mer nitlotter. Det här är nog den rätte.

TJUGOÅTTA

Linda vill absolut inte vara först på plats. Löjligt egentligen att det är en så stor grej för henne men hon känner sig utlämnad om hon sitter där själv och väntar. Som att hela världen ska förstå, bara genom att titta på henne, att hon ska på dejt med en okänd. Att hon inte kan träffa någon i verkliga livet utan är desperat och använder dejtingappar. Att det har blivit ett världsfenomen och mer vanligt än ovanligt tänker hon inte på. Självkritiken, rätten att döma sig själv, går före.

Hon funderar också alltid över om hon ska beställa något att dricka eller vänta på sitt sällskap, vilket känns minst konstigt? Tänk om hon beställer ett glas vin och så har killen bil och tar en kopp kaffe, blir ju jättestelt och får henne att känna sig som en alkoholist. Eller tvärtom, om hon tar en cola och killen kommer in och tar en drink, då skulle hon känna sig som en mes.

Förbannade dejtande, varför ska det vara så svårt? Spela spelet på rätt sätt eller bli utknuffad. Precis som Fia med knuff.

Hon går på trottoaren på motsatta sidan baren, sakta sakta för att se om hon kan se honom genom de stora fönstren. Men nej, det är lite mörkt där inne och det är svårt att se några människor. Är det helt öde eller är det bara så att det är svårt att se in. Tänk om det är helt tomt?

Linda suckar, sneglar på klockan och inser att hon inte kan bli så mycket senare utan att vara oförskämd, om han är där förstås? Hon korsar därför bestämt gatan i riktning mot baren. Hon tar ett djupt andetag och öppnar dörren och kliver in.

Linda tittar sig omkring. Det är lite murrigt ljus i lokalen så det tar lite tid att vänja ögonen. Det är redan ganska många i lokalen men det verkar inte som om Erik har kommit än. Linda blir besviken och lite irriterad, helt orättvist såklart, kanske detta är en kille som har samma taktik som hon? Hon går runt lite i lokalen och kikar på dem som sitter där men ingen stämmer in på fotot som Erik har i sin profil.

Hon ställer sig vid baren och väntar. Funderar åter på om hon ska beställa något att dricka. Det här verkar vara en bar som har specialiserat sig på avancerade drinkar. De två bartenders bakom bardisken skakar, hackar och monterar drinkar till dess att de ser ut som fantastiska stilleben, redo att bli avmålade. Ganska fascinerande att stå och titta på dem, de har helt klart gjort en och annan drink.

Men nej, det skulle kanske se pretentiöst ut att beställa en drink, kanske hon ska ta ett glas vitt istället. Ångest. Varför måste livet vara beslut, precis hela tiden. Precis när hon tänkt färdigt den tanken är det någon bakom henne som frågar.

"Ursäkta, är det du som är Linda?"

Linda svänger runt och finner sig titta rakt in i ett för henne helt okänt ansikte.

"Ehh, ja?"

"Det är jag, Erik."

Chocken är total. Det här kan verkligen inte vara samma person som hon har chattat med och som har det härliga rufsiga håret och skäggstubben. Den här personen har hår, ja, överallt. Mycket hår. Det är en rejält grånad vild kalufs på huvudet som någonstans övergår i ett yvigt skägg, oklart var övergången egentligen sker, Linda kan bara se hår, överallt.

Linda får en tragikomisk känsla av att hon ska på dejt med jultomten.

"Ehmm, jaha, nämen hej." I samma ögonblick som Linda stammar fram dessa ord inser hon att detta inte alls är hennes drömman. Första intrycket har totalt fått henne att glömma all eventuell seglingslust. Vem är detta? Argghh, vad ska hon göra nu?

Erik verkar inte det minsta obekväm utan föreslår att han ska beställa något att dricka och att hon ska försöka hitta ett bord så länge. Linda är lättad över att få lite tid att komma över chocken och fundera på nästa steg. Hon har tur och hittar ett fönsterbord där två personer lättar från stolarna i samma ögonblick som hon passerar. Hon tvärstannar, kastar sig över bordet och hänger kappan över stolsryggen och sätter sig ner och pillar stressat på mobilen. Hon skickar iväg ett mess till Karin.

"Hjälp, den här snubben är inte samma som på bilden, vad ska jag göra?!?" I samma sekund som hon har tryckt iväg messet kommer Erik tillbaka från baren, bärandes två öl. Arggh, han kunde kanske frågat vad jag vill ha, jag som inte ens gillar öl, det är ännu ett dåligt tecken, tänker Linda.

Som hon ändå blivit uppfostrad tar hon snällt emot ölen, ler och tackar så mycket. Erik är väldigt tystlåten, kanske han bara är blyg.

"Jaha, brukar du gå hit?" Men alltså, vad är det för jäkla patetisk fråga jag klämmer ur mig, tänker Linda irriterat.

"Jo, ibland."

"Bor du här i närheten?"

"Jo, ganska nära."

"Härligt att ha en lägenhet på Söder, det skulle jag också vilja ha", säger Linda och undrar, samtidigt som hon säger det, varför hon säger så. Hon älskar ju Hammarby Sjöstad och har inte alls någon lust att flytta till Söder.

"Jo, jobbar på Söder också så det är praktiskt", säger Erik.

"Jaha, vad jobbar du med?"

"Jag jobbar som handläggare på ett försäkringsbolag."

"Men det måste vara spännande, många spännande fall, eller?"

"Jo, kanske."

"Vad gör du när du inte jobbar?" Linda försöker febrilt att hitta ett samtalsämne så det inte blir så krystad stämning och stelt. Jäkla kille, han kan väl för fasen också bidra till samtalet?

"Jag dyker", svarar Erik.

"Vad trevligt, jag har aldrig lärt mig att dyka, är nog mer av en snorklare. Var brukar du dyka?"

"I Stockholms skärgård."

"Det är ju väldigt vackert i skärgården. Önskar att badsäsongen ska komma igång snart men det lär väl dröja ett par månader innan det är badbart." Linda huttrar till bara av tanken på att hoppa i vattnet i den än så länge kyliga vattentemperaturen. Hon är en riktig badkruka. En fnysning hörs från Erik.

"Jag dyker varje dag, året runt."

"Ok, det låter ganska tufft. Men kanske inte varje dag väl? Julafton då till exempel?"

"Jo, då också."

Linda börjar känna att det här är för jäkla hopplöst. Varför är det hennes ansvar att hålla igång ett samtal med en jultomte med kommunikationsproblem?

Vad är det för människa som dyker trehundrasextiofem dagar om året? Varför har hon så svårt att bara säga tack, men nej tack? Risken att vara oartig överträffar känslan av att vara på den mest oinspirerande av alla dejters dejter.

Linda tar ett djupt andetag, en sista chans får hon ge det. Hon tittar ut genom fönstret och ser en katt sitta i ett fönster tvärs över gatan.

"Tycker du om djur?"

"Jo, väldigt mycket." Bra där tänkte Linda, vi har något gemensamt.

"Har du kanske något husdjur?"

Nu blir Erik plötsligt mer talför. Linda kan märka på honom att det här är ett ämne som intresserar honom.

"Jo, jag har många."

"Ojdå, många. Spännande, vad är det för husdjur du har?" Hur får du plats med många i en lägenhet?" Linda är förundrad. Hon har svårt att tänka sig att hon skulle kunna ha något husdjur med hennes arbetstider, trots att hon älskar djur. Inte heller vill hon offra sin nya soffa på kattklös eller hundhår, nej hon trivs nog bättre själv när hon tänker efter.

"Jag har byggt om lägenheten för att det ska funka. Halva vardagsrummet har jag byggt om till ett terrarium. Det är jättehäftigt med alla ormar, har flera unika arter. Fast jag måste nog göra om bygget för det händer ganska ofta att de rymmer från terrariet. Senast i morse vaknade jag av att Pysen låg under täcket. Blev lite trångt ha, ha." Erik pratar exalterat om sina husdjur och gestikulerar när han försöker visa hur mycket plats Pysen har tagit under täcket. Och att Pysen bara älskar att gosa med honom.

"Vet du, jag kom precis på att jag har bokat tvättid, jag måste tyvärr gå nu." Linda reser sig hastigt och drar åt sig kappan som hon har hängt över stolsryggen.

"Hej då." Linda hasplar ur sig ett snabbt avsked och rusar genom baren ut genom dörren utan att vända sig om. Hon går snabbt nedför Hornsgatspuckeln mot Medborgarplatsen.

När hon är säker på att hon inte syns från baren stannar hon till. Hon tittar in i skyltfönstret. En hattaffär som verkar ha överlevt från en helt annan tid. Små pillerburkar och herrhattar i olika färger och material. Fan, fan, fan, helvete.

Ångesten kommer rullande som en lavin, den kommer så snabbt att Linda knappt hinner uppfatta den innan hon är uppslukad av den. Besvikelsen är henne övermäktig och hon är tvungen att stålsätta sig för att inte börja storgråta mitt på trottoaren. Det här skulle ju verkligen vara den rätte. Han med stort H. De två skulle ju segla i sommar och ligga på klipporna och mata varandra med jordgubbar. Och skaffa två gulliga barn, en pojke och en flicka. Och...

Besvikelsen, och sorgsenheten över ytterligare ett nederlag i jakten på den rätte, lägger sig som en grå grötig massa i magen på henne. Det molar och klumpar sig av besvikelse. Hon känner att hon är på väg in i den där speciella bubblan, kokongen. Dit ingen annan får komma in.

Hon går som i trans till McDonalds vid Medborgarplatsen och tar sig fram till en av beställningsautomaterna. Fördelen med dagens digitalisering är anonymiteten. Det är väldigt skönt tycker Linda. Ingen som behöver lägga sig vad hon beställer. Hon har lärt sig vad som är ROI, dvs vad som ger mest mat för pengarna.

Hon knappar vant in en beställning och betalar med sitt kreditkort. När kvittot spottas ut ur automaten får hon ångest igen, det går svindlande mycket pengar till mat, För mycket. Ångesten hovrar över henne hela tiden, redo att gripa tag i henne så fort hon tappar ett uns kontroll. Det är som ett oändligt kretslopp av ångest tänker Linda.

Det får bli en taxi hem. Att äta offentligt är inte ett alternativ och det känns som att alla vet vad hon är på väg att göra. Skammen av att åka tunnelbana med den bruna papperspåsen från McDonalds.

Linda tänker att alla i tunnelbanevagnen sneglar på henne och föraktar henne för det hon är på väg att göra. Det har faktiskt hänt, innan digitaliseringen, att Linda konverserat glatt med kassören och låtsats som att hon skulle beställa åt fler än henne själv. Allt för att hålla skenet uppe. Skammen, maten, ångesten, i ett evigt jävla kretslopp.

Tiden går, mitt nya liv återstår.

TJUGONIO

Livet då

"Du mitt liv."

Försiktigt viskade hon dessa orden i mitt öra. Hon, min mamma Mona som inte är min mamma. När ingen annan hörde viskade hon. Rädd att säga högt det som var sant. Att jag var det enda som gjorde livet värt att leva. Men även det lyckades han förstöra.

Axel ville inte att Mona skulle arbeta för då skulle hon inte ha tid att ta hand om hushållet. Med undantag för en kortare period sista året när hon städade i två villor i grannområdet.

De hade fått en vattenläcka i huset och även om försäkringsbolaget stod för stor del så var det ändå en betydande utgift och Axel insåg att de behövde ha in mer pengar. Därför blev det, som alltid, som han ville.

Axel satte upp lappar i området och skötte kontakterna. De två familjerna som hörde av sig och bokade in Mona betalade alltid kontant, direkt till Axel.

Vet inte om de någonsin tänkte på den anonyma människan som städade deras hus, strök deras kläder och gnuggade deras rostfria badrumskranar rena från smutsiga fingeravtryck. De hade aldrig ens frågat henne vad hon hette. Men de hade väl för mycket med sina egna liv, sina egna bekymmer. Orkade inte bry sig om någon annans liv.

Axel ville alltid säkerställa kontrollen över Mona. Var det inte med fysiskt våld så använde han tystnad. Eller som i detta fall med arbetet, ekonomiskt. Genom att säkerställa att hon inte hade några intäkter fanns det heller inte någon möjlighet att lämna. Makt, alltid makt.

Vi fick inte prata med varandra Mona och jag. Men det gjorde ingenting. Vi hade ett eget språk. Med blickar och fingertecken kunde hon skicka meddelanden till mig så att jag visste precis vad hon menade. "Var försiktig", "Han somnar snart", "Jag kommer strax", "Älskar dig".

"Älskar dig" var det bästa tecknet. Jag saknar det så otroligt mycket. Vårt egna teckenspråk. Vi lade handen mot våra hjärtan och tittade varandra djupt in i ögonen. Ibland, om Axel var på dåligt humör, vågade vi inte ta ögonkontakt, men det gick alltid att försiktigt lyfta handen mot hjärtat, det viktigaste var att vi visste. Våra tecken, vår hemlighet.

Det är ändå förunderligt hur en människa kan törsta så otroligt mycket efter bekräftelse, uppmärksamhet och kärlek att jag, trots allt jag blev utsatt för av honom, fortsatte önska och hoppas. Hoppas att något skulle ändra sig. Jag ville inget hellre än att han skulle älska mig.

Trots att jag var rädd för honom. Livrädd för vad han skulle göra med mig och för vad han skulle göra med Mona.

Men, det är klart, jag visste inget annat liv. Ensam och oförstående till varför inget jag gjorde var bra nog för Axel. Jag försökte och försökte. Men Mona fanns där. Tills den där dagen, dagen när allt tog slut. Då när Axel kom på oss.

Ett fint minne jag har från tiden med Mona är en helg, alldeles i början av hösten, när Axel skulle vara borta över helgen. Han skulle ut till någon stuga som en av hans fyllekompisar från Solvalla hade, tror den låg i närheten av Gnesta. Märkligt hur man kan komma ihåg så ovidkommande saker.

Frihetskänslan och lyckan i hjärtat när Mona och jag visste att vi kunde slappna av från fredag kväll till söndag eftermiddag var helt underbar. Axel åkte och vi väntade, länge, länge, för att på riktigt försäkra oss om att han verkligen hade åkt.

Vi satt i soffan och väntade, nära varandra, vågade inte göra något förrän vi kände oss säkra. Efter en lång stund tittade vi på varandra. Ensamma.

Vi gjorde inte så mycket den där helgen och det var väl det som var det bästa, vi ville bara ha värdefull tid med varandra, och det fick vi.

Inte pratade vi så mycket heller men det gjorde inget. Det fanns inga krav, inga måsten, och ingen rädsla. En underbar känsla av att vårt vanliga liv var satt på paus och nu fick vi en liten skärva av hur livet kunde vara.

Mona sov bredvid mig i min säng de nätterna och jag somnade lugnt medan hon smekte mitt hår och viskade vackra ord till mig.

Kommer ihåg att hon sjöng en visa om videung och så berättade hon sagor. Det fanns inga sagoböcker i vårt hus men Monas fantasi var mycket bättre. Jag älskade att höra om alla äventyr. Jag kanske var sex år, kommer ihåg att jag inte hade börjat första klass än i alla fall.

Mona stekte pannkakor och vi gick på äventyr i skogen och tittade på hur skogens alla träd började få vackra höstfärger. Vi drog djupa andetag, frihetsandetag, och försökte känna efter hur doften hade ändrat sig från sommardoften, liksom mer blöt mossa och jord.

Jag kommer ihåg att Mona någon av dagarna hade en överraskning med sig i sin ryggsäck. Ritblock och ett helt nytt paket kritor, vilken lycka. Vi satt länge på en omkullblåst trädstam och ritade träden som vi såg omkring oss. Mona kunde många namn på träd och växter och visade mig skillnaden i hur de olika bladen såg ut. Hon berättade också vad en rotvälta var och jag kommer ihåg att jag var fascinerad över hur mycket rötter som fanns på ett träd och som gömde sig under marken.

Jag har fortfarande kvar ett par teckningar som vi ritade den där helgen. Min teckning är en bild av en ek och Monas teckning föreställer en fågel som pickade precis i närheten av där vi satt. Ingen av oss var några mästare på att rita men det var liksom inte det som var grejen. De två teckningarna är än idag några av mina käraste ägodelar. De väcker vackra minnen, något som vi hade sparsamt av på den tiden.

Mona aktade sig för att göra några ekonomiska utsvävningar som skulle märkas. Hon ville inte att Axel skulle tycka att hon slösade. Hon fick kontanter i handen av Axel när hon behövde handla något, om det finns pengar kvar på lönen vill säga. Eller om Axel inte hade haft en dålig dag på Solvalla. Axel krävde alltid att få se kvittot och ville ha pengarna som blev över när Mona hade varit i affären. Det var svårt att stoppa undan något.

Men Mona berättade en gång för mig hur hon gjorde för att ändå stoppa undan lite pengar. Tror att hon tvekade länge att berätta för mig eftersom hon inte ville riskera att Axel skulle få reda på det. Eftersom Axel även skickade mig till affären ibland så var det bättre om vi kunde hjälpas åt, som ett team. Tror i alla fall att det är därför hon berättade, hon avslöjade i alla fall aldrig för mig varför. Men jag gillade tanken av att vi var ett team. Ett hemligt team. Tror jag bara förstod när hon berättade den där dagen. Att det här fick man inte avslöja, då kunde det värsta hända.

Knepet gick ut på att Axel glömde bort kvittot så fort han hade kontrollerat summan och fått växeln tillbaka. Då hämtade Mona kvittot på bordet eller i soporna och sedan smugglade hon med någon matvara tillbaka till affären, något som inte skulle märkas, och fick pengar kontant för det. Det var inga dyra saker, det hade Axel upptäckt direkt. Men många bäckar små.

Pengarna gömde hon där hon visste att Axel aldrig skulle hitta dem, i tvättstugan bakom mangeln. Jag hjälpte också till att lägga pengar där och det blev en rejäl hög. Mycket pengar, i alla fall i vår värld. Mona tog med sig alla småmynt och bytte mot större sedlar för att det inte skulle ta så stor plats.

Högen växte och vi väntade och tecknade i smyg våra drömmar om vad vi skulle göra med pengarna. Hur vi skulle ha något alldeles eget, kanske skaffa en katt.

Men den olycksaliga dagen kom som ändrade allt, förstörde allt.

Axel upptäckte mig en dag när jag stod och försökte göra kärlekstecknet till Mona. Jag var ledsen för en händelse i skolan och jag sökte hennes stöd. Mona hade insett faran och låtsades inte se mina ansträngningar för att få henne att se mina tecken. Jag förstod inte hennes ignorans utan jag tecknade kärlekstecknet om och om igen tills jag för sent upptäckte att Axel stod och tittade på mig.

Han tvingade ur mig sanningen om vad jag höll på med. Det svarta i hans ögon när han förstod att vi, så som han valde att tolka det, hade förrått honom och skapat en egen värld av samhörighet. En värld som han ansåg att vi inte var berättigade till.

Mona förändrades efter den händelsen. Hon gick in i sig själv och pratade inte med mig längre. Inga mer hemliga tecken. Hon fick så mycket stryk av Axel den dagen att jag trodde att hon var död när jag hittade henne på golvet i sovrummet, efter att Axel hade lämnat huset i ursinne. På något sätt lyckades hon ta sig upp i sängen, kanske med min hjälp, jag kommer inte ihåg. Hon låg där sen, och blundade, och ibland tittade hon bara upp i taket.

Varje dag när Axel hade gått till jobbet, och innan jag gick till skolan, matade jag henne med min gamla nappflaska som jag hittade, bortglömd i ett köksskåp. Jag gjorde ett större hål i flaskan och fyllde den med mjölk. Men det var svårt att ta så mycket mjölk som behövdes till Mona utan att det märktes i kylskåpet och jag var rädd för att Axel skulle bli arg. Jag tog därför i smyg en sedel från vår hemliga gömma och gick till affären och köpte nyponsoppa som jag gömde på rummet. Mona kunde inte öppna munnen ordentligt så hon kunde inte dricka ur ett glas och sugrör hittade jag inga i lådan men nappflaskan fungerade tack och lov. Mona blev långsamt bättre och drycken gjorde att hon överlevde den händelsen.

Blåmärkena bleknade lite varje dag och kroppen verkade återhämta sig hjälpligt för en dag låg hon inte kvar i sängen när jag kom hem från skolan. Hon stod i köket och lagade mat. Precis som om inget har hänt.

Käken blev aldrig mer sig lik och hängde snett på ena sidan vilket ofta ledde till att människor viskade och tittade. Jag tror att hon hade fruktansvärt ont men hon sa aldrig någonting eller visade att hon hade ont. Och att gå till läkaren var otänkbart.

Jag hade sådan fruktansvärd ångest över att ha varit så otroligt dum och avslöjat oss inför Axel den dagen. Jag grät mig till sömns på kvällarna för jag visste att det var mitt fel att Mona hade fått så mycket stryk och att hon blev trasig. Jag försökte allt vad jag kunde för att komma i kontakt med Mona och la handen på hjärtat och tittade på henne men det var som att hon inte såg mig längre utan bara tittade rakt igenom mig.

Nu vet jag att hennes livsgnista måste ha tagit slut där och då. Inte ens min existens hjälpte. De sista månaderna var det så. Till den dagen hon försvann.

Jag trodde länge att Mona var arg på mig. Hemligheten jag hade lovat att hålla och som jag inte kunnat hålla. Att det var därför hon inte talade med mig och att det också var därför hon hade lämnat mig ensam med honom. Först långt senare förstod jag att det inte alls hade med mig att göra.

Åren efter Monas försvinnande handlade bara om överlevnad. Ren fysisk överlevnad. Överleva övergreppen men också den ständiga hungern. Jag började växa på riktigt, så som man gör i den åldern. Kroppen skrek efter mat och mycket av min fritid gick åt till att försöka stilla hungern.

I skolan åt jag enorma portioner och mina klasskompisar stirrade förskräckt på mig och fnissade åt mig för att jag åt den äckliga skolmaten. Jag såg att de pratade och pekade på mig. De tyckte att jag var konstig. Jag fick sitta själv. Men det gjorde mig inget att vara själv med mina tankar. Och njuta av att få äta mat. Själva bara petade de i maten och gick ner till affären och handlade godis. En lyx som inte var mig förunnat, eventuella utgifter kunde bara användas till mat som höll mig mätt länge.

Någon gång vid den här tidpunkten började också den stora förändringen i mitt huvud. Min tidigare ständiga önskan att vara älskad och omtyckt av Axel, oavsett vad han utsatte mig för, förvandlades nu till ett hat jag inte visste att jag kunde ha inom mig. Kolsvart hat fyllde hela mig som en tjock oljig sörja. Hat över alla år av skräck och rädsla och en familjebild jag med åren insåg var så fruktansvärt galen och skev. Det som började med en förvirrad känsla av att det som hände hemma kanske inte var riktigt rätt. Men hur skulle jag kunna veta?

Jag var aldrig hemma hos någon, jag hade inga vänner i skolan, så jag visste inte hur en normal familj fungerade.

Skolan gav mig till slut kunskapen om att det jag utsattes för inte alls var rätt. Det var helt fel.

Jag fick en dag lära mig att det hade kommit en ny lag som sa att man inte fick slå barn och jag insåg att Axel kunde hamna i fängelse för det han gjorde mot mig. I skolan berättade min lärare i samhällskunskap om organisationen BRIS, Barnens rätt i samhället, och att man kunde ringa dit anonymt och utan att det syntes på telefonräkningen. Vi fick också med oss en broschyr därifrån, en broschyr jag läste och slängde i en papperskorg på vägen hem. Ingen broschyr jag vågade ha liggande hemma.

Jag ringde dit ibland, till BRIS alltså. Anonymt. Ibland satt jag tyst, jag ringde bara för att jag ville höra en snäll röst och ibland pratade jag med den snälla personen i andra änden av telefonlinjen, oftast en kvinna som hette Monica, Birgitta eller något liknande, och berättade om saker som hände hemma. Om Axels bestraffningar och belöningar och hur han namngett alla med olika nummer. Om Monas tystnad efter den hemska dagen och sedan hennes försvinnande. Jag berättade också om Axels drickande som vi inte hade råd med och att jag var orolig för att vi inte skulle kunna bo kvar.

Aldrig berättade jag vem jag var. De bönade och bad mig varje gång jag berättade något, bad att jag skulle ta kontakt med någon i skolan och se till att få slut på det jag utsattes för men jag visste att då skulle jag hamna i en fosterfamilj och det ville jag absolut inte.

På något märkligt sätt var det också lite roligt att berätta. Att stå i centrum. Det var både roligt och lite skrämmande att höra reaktionen från personen i telefonen. En gång var det en av Monicorna som frågade om det verkligen var sant det jag berättade? Hon sa till mig att det var fult att ljuga och att om jag bara satt och tog upp hennes tid med massa lögner så tog jag tid från barn som verkligen behövde hjälp.

Märklig kommentar från någon som hade i uppgift att prata med barn kan jag tycka nu. Men de blev mitt sällskap, de där Monicorna och Birgittorna på BRIS, och jag fortsatte ringa. Och jag njöt av att bestämma själv vad jag skulle berätta och vad jag ville hålla hemligt.

Tillfällig makt. Mitt tonårsliv.

TRETTIO

Helvete vad varmt det är. Svetten rinner konstant ner i ögonen på henne och hon ångrar att hon inte satt upp håret med ett svettband. Det är riktigt jobbigt att springa idag. Linda är ute på sin vanliga sjukilometersslinga. Den har hon inlagd i kalendern. Varannan dag ligger den där som en återkommande påminnelse. Inget kan ändra det. Inte ens den intensiva vårvärmen som ligger kvar. Om något kommer emellan så blir det inte bra. Inte alls bra om hon ska vara ärlig, hon får närmast panik. Därför fortsätter hon.

Man hinner i alla fall fundera mycket när man är ute. Hon kommer på sig med att fundera vidare över värmen där hon joggar fram längs kajen i Hammarby Sjöstad. Nu när värmen har legat kvar konstant ett par veckor börjar människor ta den för given. Uteserveringarna är fulla med människor som äter middag i solen. Hon kan se att den klassiska sommardrinken Aperol Spritz avnjuts på flera av borden. Det glittrar fint i solen med isen och den orangeröda drycken.

Har det alltid varit så varmt på våren? Hon har inget minne av liknande värme. Hur var det när hon var barn? Hon letar och letar i minnesbanken men det är svårt att komma ihåg så mycket från barndomen. Hennes minne sträcker sig mer från tonåren och framåt, då börjar minnena bli fler, och tydligare. Kanske är det så för alla? Hon har lagt några extra speciella minnen från barndomen i minnesbanken. Tillfällen eller platser som har känts extra viktiga, de bästa minnena, de kommer hon ihåg.

Hon kommer ihåg hammocken i trädgården hemma hos föräldrarna i Storängen. Den rejäla trähammocken med randiga dynor och ett litet randigt tygtak med fransar på. Dit hon brukade ta sin tillflykt varma dagar. Ofta kunde hon ligga där och sysselsätta sig med att räkna fransarna på taket. Hon kom alltid fram till olika resultat, varje gång.

Hon hade en lång tjock gren som hon använde för att knuffa fart på hammocken. Den hade blåst ner från en av de stora lummiga ekarna som stod i trädgården Sen låg hon där och vaggades till sömns medan hon tittade upp mot den blå himlen, såg grönskan från de mäktiga ekarna och lyssnade på fåglarna som drillade och kvittrade i träd och buskage. Hon kom ihåg att hon visste vad en näktergal var. Ja, att det var just en näktergal hade hon inte så bra koll på men det hade mamma berättat.

Mamma var ofta ute i trädgården och röjde och planterade, hon älskade trädgårdsarbete, och jag älskade att vara där ute med henne.

Hon blev alltid så glad av näktergalens sång. Mamma Carina är inte en person som visar så mycket känslor och känslorna har blivit mindre framträdande med åren, mer polerade, så därför kan Linda än idag minnas hennes porlande skratt när näktergalen sjöng i busken med sina flöjtande toner. Då pekade hon lyckligt på den och sa att nu är det vår på riktigt, nu kommer livet tillbaka.

Jag förstod aldrig det där med att livet kommer tillbaka, inte då, för mig var ju livet hela tiden. Nu i vuxen ålder har jag märkt att för mamma är det som att hon lever ett annat liv under vinterhalvåret, och sedan, med ljuset, värmen och fåglarna så är hon i sitt rätta element. Då kan jag se på henne att hon är lycklig, genuint lycklig.

Resten av året känns det mer som att hon står ut. Det nordiska kylslagna vinterklimatet är verkligen inte hennes favorit, kanske äger hon en stilla dröm om att köpa ett hus med trädgård, någonstans söderut, och bo där på vinterhalvåret. Men det skulle såklart inte pappa gå med på.

Apropå minnesbank, nu på löparrundan bestämmer sig Linda för att lägga alla färger och dofter hon ser och känner omkring sig i sin minnesbank. Körsbärsträden har tyvärr blommat ut för länge sedan men alla buskar och träd börjar få mängder av gröna blad och nya planteringar med röda och rosa tulpaner har ersatt de gula påskliljorna.

Hon kan se att Magnoliaträden, de som står planterade i parken, har fått svulstiga knoppar, på väg att slå ut. Magnoliablomman är den vackraste blomman. Och också den sorgligaste.

Tänk att en sådan skönhet bara finns under en mycket kort tid på året för att sedan vissna bort. Oftast blommar de bara en gång om året och det känns bara för sorgligt. Under speciellt varma somrar har Linda sett att träden har blommat igen, under sensommaren. De får en andra chans, men bara om det är en riktigt varm sommar.

Linda joggar framåt mot Skanstullsbron. På motsatta sidan kanalen ligger det en del större båtar i vattnet längs kajen. De flesta ligger där året runt men hon tycker aldrig att hon ser några människor på dessa båtar. Hon undrar om de används överhuvudtaget. En del ser ganska slitna ut tycker hon sig se.

En båt som ligger där på andra sidan, och som däremot inte alls är sliten, är den under sommarhalvåret så väldigt populära Thaibåten. Det stora bruna träfartyget, på sommarhalvåret dekorerat med palmer, vit sandstrand och hundratals kulörta lyktor. I högtalarna är det härlig strandhängsmusik. Stället har funnits i evigheter vad Linda kan minnas och brukar vara proppat med folk. De serverar glada färgglada drinkar och, kanske alkoholen hjälper till, spontandans brukar uppstå på helgerna. Ett riktigt schysst hänga-ute-ställe tycker Linda.

Hon är inte ensam om att vara ute och jogga den här torsdagskvällen i maj. Det är som ett pärlband av joggare längs kajen, nästan alla springer åt samma håll som hon. Det är ju något av en klassiker varje år när värmen kommer att insikten av att badkläderna ska på inom kort och stranden intagas får folk att få fart på fötterna.

Hon bestämmer sig för att hon ska köra lite ruscher sista biten mot bron. Hon sätter därför fart och kommer ifatt nästa joggare med rejäl fart. Hon gör en ansats att springa om honom på insidan när hon plötsligt tittar närmare på personen snett framför henne. Men, är det? Nej, det kan det väl inte vara? Eller jo, kanske? Nej men gud vad pinsamt, vad ska jag göra nu?

Det visar sig att hon inte behöver göra så mycket alls för personen hon håller på att passera vänder sig hastigt om, skrämd av Linda som dyker upp så nära, ljudlöst, då han har hörlurar i öronen och inte har hört hennes steg.

"Men hej!" David ser väldigt förvånad, men glad ut.

"Eh, hej." Hon inser att hon låter väldigt konstig på rösten.

David stannar upp sina steg och börjar ta ut hörlurarna ur öronen. Han verkar vilja avbryta sin joggingtur och stanna och prata med henne. Hon stannar också.

"Vad kul att träffa på dig här, brukar du jogga runt Sjöstan?"

"Ja, jag bor här så det är ju ganska naturligt." Åhh vilket drygt svar hon kläcker ur sig.

"Ha, ha, jamen såklart. Ja, jag bor ju nästan här också. I Hammarbyhöjden, vet inte om du kommer ihåg det? Gillar verkligen närheten till vattnet så jag brukar ta en runda här i Sjöstan ibland."

"Jo, speciellt nu på våren är det vackert här när allt börjar slå ut. Jag sprang precis förbi ett Magnoliaträd som har fått knoppar."

"Åh, trädet borta i parken? Jag såg det också. Ser ut som att knopparna ska explodera vilken sekund som helst."

Hon blir för ett ögonblick så otroligt glad. David har också uppmärksammat Magnoliaträdet. Det spränger plötsligt av lycka i bröstet. Hon kommer på sig med att likna sig själv med en Magnoliaknopp och börjar skratta utan att tänka på det.

"Va, är det så roligt med Magnoliaträd?", undrar David lite förvånat.

"Nej men förlåt, jag blev bara så glad att du också har uppmärksammat Magnoliaträdet. Det är min favoritblomma, Magnolia alltså."

"Jaha, vad bra, jag trodde att jag hade sagt något dumt."

"Absolut inte."

David verkar fundera på något och sen kommer det.

"Du kanske har helt andra planer så det är en chansning, men har du lust att skippa resten av joggingrundan och gå och ta en bit mat? Alternativt om vi joggar förbi och plockar med oss något och sätter oss någonstans? Jag har inte hunnit få i mig någon middag än och den här joggingrundan blev ju lite avbruten, alltså på ett positivt sätt."

Hon vill ju så gärna, men hennes inre röst säger att hon inte har tagit sina tiotusen steg idag och att hon måste fortsätta sin sjukilometersslinga och inte gå och slänga i sig ännu fler kalorier. Det är en kort kamp mot den inre rösten och hon svarar det för henne mest logiska.

"Tyvärr, måste få med hela rundan i statistiken."

"Åh, jaha, men förlåt, då ska jag inte störa, fortsätt du rundan. Jag är ledsen om jag var för framfusig, det var inte alls min mening." David ser besviken ut.

"Nä, ingen fara, det är bara att jag för statistik över mina rundor."

"Ok, men då ses vi kanske en annan gång." David vinkar hej då när Linda börjar småjogga på stället.

"Absolut, det gör vi." Hon vinkar och fortsätter jogga framåt längs kajen.

Din jävla idiot, hur kan du vara så dum. Du vill ju träffa honom, du går och tänker på honom mer än du vill erkänna och när du väl får chansen så dissar du honom. Han kommer aldrig mer vilja ha med henne att göra. Linda är så arg och besviken på sig själv att hon känner att ögonen börjar suddas av tårar. Varför ska hon alltid sabotera de få chanser hon får. Framförallt när det är något hon väldigt gärna vill. Varför kan hon inte fatta ett beslut som är rätt för henne?

När hon kommer hem efter löparturen är hon inte lika full av endorfiner som hon brukar vara. Hon har sprungit förbi Coop'en på vägen tillbaka och handlat nödvändigheterna. Efter en snabb hetsätningssession är hjärnan blank, kroppen trött och inget, absolut inget, har blivit bättre.

Hon ställer sig i duschen och låter vattnet stå på, länge. Rinnande över huvudet som om det skulle kunna skölja bort allt obehag och ångest, skam och vanmakt. Vanmakt över att inte ha kontroll över sina egna tankar och känslor. När hon vrider av duschvredet och sträcker sig efter handduken kommer hon plötsligt på något. Hon kan svära på att David inte längre hade en glimrande guldring på sitt ringfinger.

Och med en ledsen ångestklump kryper hon ner i sängen, med knorrande mage och ledset hjärta. Klockan är bara lite över åtta men hon orkar inte med mer av denna dag.

Ett liv som misslyckad. Ej Miss Lyckad.

TRETTIOETT

2009

Jag har väl haft tur tror jag. Tur så som jag ser det. Axels ökande öldrickande gör de följande åren ganska lugna för min del. Han ligger allt oftare utslagen på soffan och han börjar ignorera min existens när han är vaken. Han tappar kontrollen över vilka tider jag går i skolan vilket ger mig en del ökad frihet vilket jag är tacksam för.

Hans fysiska styrka har också blivit svagare med åren medan jag själv har vuxit och blivit starkare. Dominansen hemma förskjuts och de fysiska övergreppen avtar över tid tills jag insåg en dag att de helt har upphört.

Den verbala förmågan är det dock inget fel på, den verkar inte försvagas av ålder eller alkohol. Möjligtvis blir hans språk mer likt sina skräniga Solvalla-kompisar. Han talar konstant om för mig hur värdelös jag är och att han ska sparka ut mig på gatan för att leva i skiten i rännstenen med råttorna.

Han kan sitta i soffan och häva ur sig ändlösa monologer om allt jag är, och inte är. Märkligt nog är det som att min mentala styrka växer i samma takt som Axels mentala kapacitet försvagas med alkoholintaget. Jag bestämmer mig för att det bara är meningslösa ord från en meningslös galen gubbe och jag slutar lyssna på honom. Behandlar honom med samma medicin, ignorering. Han blir förbannad och skriker och har sig men han är inte längre fysiskt i form så han orkar inte lång stund.

När jag har hunnit fylla femton år förlorar Axel arbetet. Hans arbetsgivare har väl tröttnat på hans evinnerliga måndagssjuka, vad vet jag. Det gör dock att han alltid är hemma, jag har aldrig något andningshål. Jag funderar mycket över hur jag ska komma därifrån.

Högen med pengar som Mona och jag har gömt i tvättstugan växer inte så mycket längre nu när Axel inte har något arbete. Utan Axels arbete och den extra inkomsten från Monas städjobb börjar det bli knapert och vi har inte längre råd att betala räkningarna. Det är Axel som sköter allt sånt så jag vet såklart inte exakt hur illa det är men jag kan se hur mängden påminnelsebrev ökar när jag hämtar posten i brevlådan på väg hem från skolan.

Han lyckas få en läkare att skriva under på att han ska bli sjukpensionär och det är med denna lilla inkomst som alla utgifter ska täckas. Tyvärr ska de också täcka ölkonsumtion och Solvalla-besök. Det är en omöjlig ekvation.

Nu när jag har fyllt femton och lagligt kan göra det, öppnar jag ett bankkonto där jag sätter in de gömda pengarna från tvättstugan. Det har ändå blivit en hel del med åren även om det fortfarande är småpengar i de flesta ögon. Och trots att det inte har blivit så mycket de senaste åren.

Jag har satt upp lappar i affären om att jag kan hjälpa till med läxläsning och jag har fått några kunder, det ger en del inkomster som jag sparar så gott jag kan. Axel vet självklart inget om mitt extrajobb. Ibland behöver jag lägga lite pengar på att köpa mat för att inte gå hungrig. Jag har ett eget matförråd undangömt i mitt rum.

En utmaning som jag inser att jag står inför i åttonde klass är vikten av att inte sticka ut i skolan. Se till att vara mellanmjölk, stick inte ut uppåt och inte nedåt, då klarar du dig bäst.

Den visdomen har jag fått av en av Axels Solvalla-polare och för ovanlighetens skull tar jag åt mig det någon av Axels polare säger och tycker faktiskt att det är ovanligt kloka ord. Inte de vanliga skräniga föraktfulla kommentarerna om kvinnor, invandrare och andra enligt deras syn lågt stående individer som de vanligtvis brukar strössla omkring sig. Högstadiet var förbannat jobbigt och fullt av osynliga hierarkier och maktdemonstrationer och ju mindre jag syntes och märktes desto bättre tänkte jag. Jag ville inte att någon skulle komma på tanken att ringa hem.

Jag köpte därför ett par Levi's jeans vilket innebar ett rejält ingrepp på kontot, jeans som jag gömde längst in i garderoben och smusslade fram och tillbaka till skolan i min skolväska.

Jag kommer ihåg dagen då jag gick in på banken för att sätta in det jag kallade för Monas pengahög. Mannen i kassan gick iväg för att räkna pengarna i en maskin som rasslade igenom sedlarna i ett rasande tempo. Jag kände mig rik och njöt av det rasslande ljudet från sedlarna medan jag väntade. Plötsligt hörde jag ett pipande ljud och såg att mannen stod och mixtrade med maskinen och sedan öppnade en lucka för att undersöka närmare vad som var felet. Det verkade som att något hade fastnat.

Kort därefter kom han tillbaka till mig vid disken. Han berättade för mig att han hade hittat ett hopvikt papper i högen. Ett papper som hade fastnat i maskinen och att pappret måste ha legat dolt mellan ett par av sedlarna. Något jag nog ville behålla. Jag tog emot det hopvikta pappret och stoppade ner i fickan.

När jag kom ut från banken tog jag upp pappret ur fickan, vecklade försiktigt ut det, och läste vad det stod. Det var ett brev från Mona.

Du mitt liv.

När du läser detta finns jag inte längre. Jag tror att du anar att jag inte är din mor. Inte din mor av börd vill säga. Du har alltid varit den kloka av oss. Jag undrar ibland om jag tog rätt beslut den där gången när du föddes. Jag kunde bara inte med att du skulle vara oälskad när jag hade så mycket kärlek att ge. Men min kärlek till dig, du som är mitt liv, räcker inte, det är därför jag är tvungen att lämna dig. Jag hoppas vid min gud att du överlever till vuxen ålder, det kommer bli min sista bön. Jag har också funderat på om det är klokt av mig att avslöja detta, men jag gör det i alla fall. Men jag avråder dig till att ta kontakt, det kommer inte sluta bra. Hon är sin fars dotter, ond.

Farväl mitt älskade barn, mitt liv.

Och där på pappret stod det, min mammas namn.

Att min mor inte är Mona hade jag förstått. Mona måste ha glömt att hon en gång hade berättat en historia om att jag hade en annan mamma men att hon inte kunde ta hand om mig och det var därför jag bodde hos henne och Axel.

Men det var bara en gång. En gång och aldrig mer fick jag höra om min mamma. Det var därför inte konstigt att jag aldrig hört talas om den person som Mona hade skrivit namnet på. Kvinnan som var min mamma.

Jag tänkte ofta på min riktiga mamma genom åren. Och även min pappa. Vilka var de? Mona måste ha vetat vilka de var? Var det några hon kände? Visste Axel?

Konstigt nog kändes det inte lika viktigt att få veta vem min pappa var, tror att jag behövde smälta nyheten av en förälder i taget. Nu hade jag dessutom ett viktigt namn. Namnet på min mamma.

TRETTIOTVÅ

Linda har avsatt tid för telefonuppföljning med några av de patienter som tidigare har varit på besök på vårdcentralen.

Hon har redan hunnit ha ett flertal samtal varav ett med en patient om huruvida den utsatta dosen blodtrycksmedicin har gett önskad effekt, en annan patient som behöver ett sjukintyg och slutligen en återkoppling på positiva labbsvar gällande de prover som tagits i samband med en lunginflammation.

Hon har precis hunnit lägga på luren efter patienten med blodtrycksmedicin, blodtrycket är stabilt och de kommer överens om att följa upp ett år senare.

Linda kalkylerar att hon snabbt kan hinna med ett toalettbesök då hennes fasta telefon på skrivbordet ringer med en skarp signal. Hon kan avläsa ett okänt nollåtta-nummer i displayen. Första tanken är att strunta i det för att hinna iväg på toaletten men Luther tar över och hon beslutar sig för att prioritera samtalet, det är ju ändå hennes direktnummer.

"Ja, det är Linda Ahlberg."

"Hej Linda! Mitt namn är Sermin Vahan och jag ringer från grova brott, polisområde syd. Jag fick ditt namn från er verksamhetschef, Jan Bolin."

"Ehh, ok, hej. Hur kan jag hjälpa dig?"

"Jag ringer i ett ärende gällande en kvinna som har blivit utsatt för ett grovt brott. Brottet som hon misstänks ha utsatts för är misshandel, det har skett i hennes hem. Vi har en ganska klar bild över det senaste aktuella fallet men vi följer nu också upp på tidigare misstänkta brott som kvinnan har berättat för oss om, detta för att försöka få fram en helhetsbild."

Linda kan höra hur Sermin pausar för att hämta andan innan hon fortsätter.

"Hon har i samtal med oss uppgett att hon alldeles nyligen besökte dig på vårdcentralen som patient och att hon inte var sanningsenlig om sina skador. Hon har gett sitt medgivande till att vi får insyn i hennes journal och det är därför jag ringer dig. Alltså inte bara för att få journalen utan för din bedömning av skadorna. Jan Bolin tittade i kvinnans journal och såg att du var uppsatt som läkare, och det är därför jag ringer nu."

"Ok, det låter allvarligt, vad heter patienten?"

"Hon heter Elin Larsson och hennes personnummer är 960709-2010."

"Ursäkta, kan du upprepa personnumret, jag hinner inte riktigt med. Nittiosexnollsju...?"

"Förlåt om jag är för snabb, det är alltså nio sex noll sju noll nio till att börja med."

"Ja, nu har jag dem, och vilka är de sista fyra?", frågar Linda när hon knappat in de första siffrorna i systemet.

"Två noll, ett noll, alltså tjugo tio", förtydligar kvinnan i telefonen.

"Ok, nu ska vi se. Ja, jag tänkte väl, det är precis den tjejen som jag tänkte att det skulle kunna vara. Hon kom in med spräckt trumhinna och berättade att hon hade hoppat från tiometerstornet i simhallen. Jag kommer ihåg henne mycket väl."

"Aha, ok. Intressant." Linda hör hur Sermin knattrar ner anteckningar på sin dator.

"Men, det som jag uppfattade som konstigt med

hennes berättelse, och som egentligen var en otrolig slump, är att jag precis hade varit i simhallen helgen innan med min brorsdotter och då var tornet stängt för renovering. Jag blev osäker om de tillfälligt hade öppnat det men det lät så konstigt. Herregud, borde jag ha anmält det?"

"Ja du, det är alltid lätt att vara efterklok och du såg ju inga uppenbara tecken på misshandel. Ja, hon har berättat för oss att hon fick skadan på ett annat sätt och vi behöver få tillgång till de dokumenterade skadorna i journalen."

"Hon hade en sprucken trumhinna på höger öra och hörselgången var rejält infekterad. Hon hade säkert gått med det ett tag innan hon kom till mig. Kanske blev smärtan outhärdlig till slut, kan göra väldigt ont. Stackars tjej." Linda får en sorgsen klump i magen när hon tänker på tjejen som förmodligen har våndats och till slut gett efter för smärtan men ljugit ihop en historia om ett hopptorn.

Det skulle inte förvåna henne om Elin kanske aldrig ens varit uppe i ett hopptorn. Men man får ändå ge henne att det är otroligt kreativt av henne att komma på, hur i hela världen kommer man på just det?

"Något annat?", frågar polisen, Sermin heter hon visst.

"Hon var röd och irriterad i vänster öra också men trumhinnnan var intakt. Just det, precis nedanför örat på vänster sida, kunde jag se ett runt blåmärke. Nu kommer jag ihåg det. Jag tog upp det med några kollegor på lunchen, alltså inte blåmärket utan det där med hopptornet. Det är ju väldigt konstigt att hon säger att hon har hoppat från ett hopptorn om hon inte har det. Och det kan hon ju inte ha, gjort, alltså om det var stängt." Linda pladdrar på och blir avbruten av Sermin.

"Ok, ett blåmärke säger du? Kan du säga hur stort det här blåmärket var? På ett ungefär?", frågar Sermin. Hon verkar vara inriktad på att få avklarat det här samtalet och få med sig fakta. Hon verkar inte lika intresserad av vad Linda diskuterade med sina kollegor på lunchen.

Aarghh, varför ska du babbla så mycket. Kan du inte bara trycka på stoppknappen någon gång. Linda blir arg på sig själv och bestämmer sig för att bli en konkret uppgiftslämnare. Ge ett seriöst intryck.

"Hmm, kanske en till två centimeter i diameter, lite avlångt, lite som storleken av ett fingeravtryck." Direkt när Linda säger det inser hon vad hon har sagt. Det kanske var precis vad det var.

"Hon sa förresten att hon hade fått blåmärket från hopptornets avsats när hon hade halkat till i fallet. Men det var ju ett så litet blåmärke så det verkar inte alls troligt, också att det skulle ha en sådan rund form. Väldigt märkligt, varför sa hon det? Men just det, hon hade redan berättat att skadan inte kom till på det sättet." Så mycket för att hålla sig till det konkreta. Glapptrut. Linda suckar för sig själv och blir tyst.

"Nej, hon har sagt till oss att hon skämdes för att berätta sanningen. Tyvärr är det så otroligt vanligt bland kvinnor som lever i den här typen av destruktiva förhållanden", säger Sermin med en suck.

Det blir tydligt för Linda att det inte är första gången Sermin har denna typ av utredning.

Linda kommer att tänka på något.

"Hur är det med henne? Hon är väl inte allvarligt skadad? Du berättade att ni utreder ett nytt brott men också tittade på historiken. Vad innebär det?"

"Hon lever. Hon hade tur gudskelov och har fått sjukhusvård för sina skador. Nu verkar hon ha bestämt sig för att det var sista gången. Det kan man ju tyvärr inte veta säkert men vi lever på hoppet, kan vi rädda en kvinna så är vi tacksamma.

"Vad skönt att höra att hon ändå lever."

"Ja, så är det onekligen. Hon hade något beslutsamt över sig när jag träffade henne och hon har nu bestämt sig för att inte vara tyst längre. Hon har därför berättat allt som hon tidigare varit med om."

"Vad starkt av henne."

"Det krävs mycket mod. Men det är också därför vi vill utreda detta direkt. Du får gärna kika igenom hennes journal från eventuella tidigare besök och se om du kan hitta något besök med en skada som skulle kunna härleda från misshandel."

"Absolut, det fixar jag."

"Jag kommer skicka ett mail till både dig och er verksamhetschef för en officiell förfrågan om journalutdraget så att ni kan registrera det korrekt. Stort tack för hjälpen och kommer du på någonting kan du ringa mig, numret finns med i min avsändare på mailen. Tacksam om detta samtalet kan hållas mellan oss tills vidare."

"Självklart."

Linda blir sittande en stund efter samtalet, funderar på Elin och mäns våld mot kvinnor.

Hon har läst i en artikel att ungefär var fjärde kvinna någon gång har varit utsatt för våld i nära relation, fysiskt eller psykiskt. Det är inte heller osannolikt att hon har träffat ett flertal av dessa under sin AT-tjänstgöring. Som uppvisade skador som ibland såg misstänkta ut och där förklaringarna var många och ibland osannolika.

En småbarnsmamma i fyrtioårsåldern har kommit på besök och haft rejäla blåtiror båda gångerna, ena gången med hjärnskakning. Hon har berättat en historia om att hon har slagit ett padelrack i huvudet på sig själv under en match. Troligt? Ja, Linda har själv testat padel och drog då till sitt racket rakt ner i smalbenet så visst är det inte omöjligt. Svårt att bevisa motsatsen? Ja, det är ju det som är problemet, det är lätt att gå under radarn för den som verkligen vill. Men hon hoppades för guds skull att det inte skulle bli ett nytt besök med samma scenario för småbarnsmamman.

Hon drar en djup suck och tittar på klockan, fan också, nu är det för sent att hinna ringa de två sista patienterna. Hon har lovat att vara barnvakt åt Clara ikväll. Marcus och Emelie ska på standup på Norra Brunn. Det är dem väl förunnat att komma ut någon gång ibland. Hon brukar faktiskt tjata på dem att komma iväg själva och göra något så det var verkligen på tiden att de har tagit tag i det. Och det är faktiskt bara en bonus att få en kväll själv med Clara. Reality check och tillbaka till livet, hennes liv.

Det är bäst att hon skyndar sig för annars kommer Clara vara vrålhungrig och kanske lite kinkig när hon kommer dit. Kanske ska hon fuska och köpa med sig färdiga pannkakor istället för att steka egna. Steka pannkakor tillsammans var annars deras grej.

Hon stänger datorn och tar sin ryggsäck från skåpet och går bort till omklädningsrummet där hon snabbt byter om. Hon halvspringer genom korridoren bort mot personalentrén. Då hör hon Jannes röst inifrån hans rum.

"Är det du Linda? Tyckte det var dig jag skymtade. Kan du komma in hit är du snäll."

Linda stannar mitt i steget och sticker in huvudet genom dörren.

"Ja, det är jag. Ledsen men jag har lite bråttom, ska vara barnvakt, är det något som kan vänta till på måndag?"

"Hmm, nja, jag skulle nog behöva byta några ord med dig redan nu. Kan du stänga dörren efter dig? Sätt dig ner är du snäll så ska jag försöka hålla mig kort."

Linda stänger dörren och sätter sig på besöksstolen. Hon undrar vad som kan vara så viktigt att hon måste stanna kvar och också stänga dörren. Det är väl knappt någon kvar nu.

"Jag går rakt på sak, det känns lite jobbigt det här."

Nu börjar Linda bli orolig på allvar.

"Som du kanske vet gör vi stickprover ibland för att se att slagningar i journalsystemet har gjorts på ett behörigt sätt?"

"Jo, det känner jag till. Det fick vi lära oss under utbildningen."

"Tyvärr har de senaste stickproverna visat att ditt ID har gjort slagningar utanför din behörighet. Mer specifikt så är det slagningar gjorda på ett antal kända namn från nöjesindustrin i Sverige, ja du vet, de som brukar figurera i kändispressen alltså. Jag är ju inte helt insatt i vilka alla de där människorna är men det är ju som du förstår något som är helt emot alla regler. Det är helt enkelt olagligt. Det är dataintrång och det är straffbart."

Janne verkar inte alls vara en person som har någon som helst koll på kändisar och skvallerpress så han upprepar säkert bara vad IT-avdelningen har sagt till honom, tänker Linda. Men vad i helvete, hon känner stressen komma som en projektil, svetten kommer krypande i handflatorna och kappan känns plötsligt otroligt varm, tung och obekväm.

"Men, jag har inte gjort något! Det måste ha blivit något fel?" Linda är helt förtvivlad.

"Ja, jag måste erkänna att jag också tyckte att det kändes väldigt märkligt när de nämnde ditt namn. Jag blev väldigt förvånad. Och framförallt väldigt onödigt eftersom du inom kort är färdig med AT-tjänsten."

"Precis, vore ju helt sinnessjukt att jag skulle riskera det genom att börja söka upp massa kändisar i systemet. Janne, du måste verkligen tro mig, jag har verkligen inte gjort det."

"Nej, det tror inte jag heller."

Linda blir både lättad och förbryllad, nu fattar hon ingenting.

"Du kom ju till mig när ditt ID-kort var borta och jag godkände ett tillfälligt?"

"Ja?", svarar Linda undrande.

"Den dagen har ditt ursprungliga ID kort använts för fjorton slagningar."

"Vaaa?! Men det är ju helt sjukt. Då måste ju någon ha tagit mitt kort och använt det."

"Ja, det finns ju självklart en annan möjlighet. Men jag tror inte det om dig", funderar Janne

"Öhh, vad kan det vara?"

"Att du anmälde ditt kort försvunnet så att det ska se ut som att det är någon annan."

"Jag vet inte vad jag ska säga, jag svär på allt jag har att jag inte har gjort de slagningarna. Det måste vara någon som har tagit det."

"Precis, och det är det som är det hemska. Jag kan inte heller se någon annan möjlighet än att någon här på vårdcentralen har tagit det och använt det. Men, IT-avdelningen har blivit inkopplad och kommer undersöka detta vidare. De har självklart också anmält det enligt gängse rutiner. Men eftersom jag tror på dig och litar på dig skulle jag vilja be dig om en tjänst."

"Självklart, vad kan jag göra?", undrar Linda.

"Eftersom du och jag vet att det inte är du som har gjort slagningarna ber jag dig hjälpa till att vara uppmärksam på vad som sker här på vårdcentralen. Om någon sitter vid en dator som de inte borde, och så vidare."

"Aha, du menar att jag ska spionera på mina kollegor, känns sådär faktiskt." Linda har absolut ingen lust att agera spion och spana på Mia, Lena, Sara och de andra på avdelningen. Samtidigt är hon rejält förbannad på den som har tagit hennes kort och varit totalt likgiltig för att Linda ska få skulden.

Det är tur att hon har Janne. Stabila Janne, som tror på henne. Hade han inte varit tio år äldre än henne kanske hon hade kunnat gå och bli kär i honom. Nä, nu får du ge dig, han är inte alls din typ.

Att hon var snabb med att gå till Janne och erkänna att hon hade förlagt sitt kort är hon glad för nu. Hon tackar sin lyckliga stjärna att hon inte fegade och väntade längre med att anmäla.

"Jag förstår att det kanske känns lite konstigt och jag menar inte att du ska springa omkring och leka privatdetektiv, som sagt, vi har kontakt med internutredning så bollen är i rullning. Tänkte mest att jag skulle behöva ett par extra ögon från någon som ändå är lite mer utifrån. Det vore liksom bra om du kan vara uppmärksam på om det händer något annorlunda."

"Men just det, Mia har ju också blivit av med sitt ID-kort. Fast det var ju när hon cyklade. Eller var det det?"

"Jo, jag känner till det."

"Mia har betett sig jättekonstigt sista veckorna, borde inte säga det men hon verkar inte alls må bra. Hon kanske inte alls har tappat sitt kort, det kanske är stulet. Eller kan hon ha tagit kortet själv?" Nu börjar tankarna spinna hos Linda samtidigt som hon skäms över att ens tänka något sådant om Mia som är så snäll.

"Nja, jag litar nog på Mia också i det här fallet. Det måste jag ju. Precis som jag litar på dig. Men jaha, så hon verkar sjuk. Ja, det är nog kanske lite vårtrötthet, jag vet att en del kan få det. Jag ska prata med henne", säger Janne och verkar plötsligt ganska trött han också.

"Men jävlar. Åh, förlåt. Jag är jättesen, förlåt, förlåt. Ja, självklart ska jag hålla ögonen öppna. Ledsen men jag måste verkligen springa." Så jäkla typiskt att något sånt här skulle hända, just idag.

"Men herregud, självklart, vi kan prata mer i morgon. Ledsen att behöva dela detta med dig men det är viktigt att vi får ett slut på det. Våra patienter måste kunna förlita sig på vår tystnadsplikt oavsett vilka de är. Nåväl, bra att IT-avdelningen är på bollen så får vi se vad som händer."

"Ha en bra kväll nu barnvakten, och trevlig helg. Tänk inte för mycket på det här i helgen." Janne försöker muntra upp henne men hon hinner knappt höra vad han säger innan hon är ute genom dörren.

TRETTIOTRE

2009

Dörrklockan ringer obönhörligt. Jag vet inte om jag ska öppna eller låta det fortsätta ringa men bestämmer mig till slut för att öppna ändå. Det verkar inte som att personen utanför tänker ge upp. Ringsignalerna bara fortsätter, och fortsätter. Jag måste få ett stopp på signalerna så att inte Axel vaknar och blir arg. Jag öppnar dörren.

"Hej du, jag heter Emil Skogsberg och jag är förrättningsman, kommer från Kronofogdemyndigheten. Jag söker Axel Johansson, är han hemma?" På farstutrappan står en medelålders man i en röd sportjacka och jeans, med en portfölj i vänstra handen och ett papper i sin högra.

"Ehh, jag ska se om han är vaken, du kan komma in i hallen så länge." Jag vänder snabbt om och går in i vardagsrummet där Axel ligger och sover på soffan. Jag ruskar lite försiktigt på honom.

"Men vad i helvete, låt mig sova förbannade ungdjävul. Är du helt jävla dum i huvudet. Tror du att du ska komma undan med det här." Axel vrålar och gormar och sätter sig samtidigt yrvaket upp.

"Ehh, förlåt men det är en man som står där ute i hallen, han säger att han kommer från Kronofogden."

"Va fan är det för en jävla skit, säg att jag inte är hemma." Axel gormar och slänger sig sen ner på soffan igen och vänder sig inåt väggen. Jag går tillbaka ut i hallen där mannen från Kronofogden fortfarande står kvar. Han måste ha varit totaldöv för att inte ha hört Axels utbrott.

"Han är inte hemma", säger jag till mannen precis som jag blivit tillsagd.

"Jag tyckte jag hörde honom, är det ok om jag kommer in?" frågar Emil från Kronofogden.

"Ehh, ja." Nu är jag ganska stressad. Vad kan jag säga? Kunde jag säga nej? Jag vågar i vart fall inte.

Kronofogde-Emil går in i vardagsrummet med pappret fortfarande i handen.

"Herr Johansson", säger han med myndig röst.

"Men det var då fan, kan man aldrig få någon lugn och ro, ens i sitt eget hem?", fräser Axel.

"Jag kommer för att överlämna denna utmätning som ger Kronofogdemyndigheten i Nacka rätt att å fordringsägaren Nordeas vägnar sälja fastigheten 1371:14 Skogalund på exekutiv auktion. Detta efter beslut i Nacka Tingsrätt. Domen är baserad på att betalningarna för lånet är kraftigt försenade och påminnelserna som banken och vi har skickat till er inte har fått gehör."

"Käften."

"Du kan självklart överklaga Tingsrättens dom. Du har tidigare fått dokument med posten, underrättelse om utsatt utmätningsförrättning men vi har inte hört något från dig. Har du läst brevet?"

"Vicken jävla snobb du är. Ta ditt papper och stoppa upp någonstans." Axel spottar av förakt när han föraktfullt fräser åt mannen från Kronofogden.

"Vi kommer att sälja fastigheten på exekutiv auktion och därefter har ni fyra veckor på er att lämna fastigheten.

Eventuella tillhörigheter som finns kvar i fastigheten efter det datumet kommer ingå i kvarlåtenskapen och kan komma att utmätas om det kvarstår en skuld." Nu sneglar mannen på mig.

"Jag förstår att det här är ett tungt besked för er herr Johansson och självklart kan vi boka tid för att gå igenom hur det fungerar och vad du har för möjligheter." Kronofogdemannen verkar vackla mellan att tycka synd om Axel och förfasas över den osympatiska människa som ligger framför honom på soffan.

"Du och dina jävla slips-nissar kan dra åt helvete. Tror du jag bryr mig ett jävla nått om vad du tjatar om. Hoppas kuken ruttnar och trillar av på dig. Nu är jag trött och ska sova, stick." Och med dessa ord vänder sig Axel återigen in mot soffans ryggstöd och morrar oroväckande.

Kronofogde-Emil tittar på mig och så tittar han på Axel och så rycker han lite uppgivet på axlarna.

"Jag lägger pappret här på bordet Axel. Jag behöver en signatur av dig. Jag kommer också behöva ta en tur i huset och dokumentera eventuella inventarier som kan vara av värde. Om det är så att jag hittar något vi kan sälja så kommer jag att ta det med mig redan idag. Jag har en lastbil utanför med ett par killar som kommer hjälpa till och bära, bara så du vet vad det är för personer som kommer in i huset."

"Men vad fan."

"Mina kontaktuppgifter står på delgivningen, alltså det papper som jag lägger här på bordet. Det är bara att du hör av dig om du har funderingar och frågor. Du väljer själv om du vill följa med oss när vi går runt i huset."

Axel ligger kvar och morrar med ansiktet vänt bort från mannen som talar till honom. Eftersom Axel inte visar några tecken på att vilja röra på sig går Kronofogde-Emil åter ut i hallen där han tar på sig sina skor. Han tittar på mig.

"Jag ska bara gå ut och prata med killarna i bilen, jag kommer tillbaka snart. Jag kan förstå att det här med försäljningen av huset är tufft för dig, kanske också hela situationen här hemma?", säger han och tittar menande bortåt vardagsrummet. Jag nickar allvarligt.

"Här kan du läsa om hur hela processen fungerar."

"Tack."

Jag stänger dörren efter honom och går ut i köket, tittar på broschyren, öppnar sopskåpet och slänger broschyren i sophinken. I helvete heller. Sen packar jag en väska.

Livet, nu börjar livet.

TRETTIOFYRA

"Men mamma, det förstår du väl att jag inte kan." Linda lyfter upprört bort en dammig luftmadrass, som ligger intryckt i garderoben ovanpå några lika dammiga par skor, och slänger ut den på golvet så att dammet yr.

Linda är hemma hos föräldrarna i villan i Storängen. Mamma Carina har ringt och bett henne komma och sortera sakerna som hon har lämnat kvar i sitt gamla flickrum.

"Jo men du måste väl förstå att pappa och jag vill kunna ha möjlighet att göra om det här rummet till ett gästrum. Vi har till och med pratat om att bjuda in en utbytesstudent", säger mamma.

Linda stannar upp där hon sitter på huk och rotar, hon vänder sig hastigt om mot sin mamma.

"Va, ska ni ta emot en utbytesstudent? Men hur kommer det sig? När jag pratade om att åka på språkresa tyckte ni inte alls att det var en bra idé. Och nu plötsligt ska ni ta emot en vilt främmande student själva? Kul att ni har så bråttom med att städa ut mig." Nu är Linda sur. Så sur och snarstucken som man bara kan bli när man kommer hem till sitt föräldrahem och på ett märkligt sätt regredierar till sitt tonårsjag.

"Nja, nu tror jag att du kommer ihåg fel", säger mamma försiktigt.

"Nähädå, jag kommer absolut ihåg när vi pratade om den där resan som jag ville göra tillsammans med Karin, då mellan åttan och nian. Du vet till Bornemouth. Har du glömt det?", utbrister Linda triumferande och fortfarande med en aning av den föregående irritationen i rösten.

"Men snälla Linda, det vi sa var att vi inte var helt roade av att du skulle åka på en av de där kommersiella resorna där man egentligen inte lär sig någonting, mer än hur man festar", säger mamma med uppgiven blick.

"Hur kan du veta det så säkert?", utmanar Linda.

"Ja du, jag har väl också varit femton. Du ska veta att riktigt så gammal är jag inte, språkresor fanns redan på min tid ska du veta", säger mamma ironiskt.

"Och förresten, din morfar var också emot det, gud ska veta att det krävdes än enorm dos av övertalning för att jag skulle få åka."

"Ja, ja, men jag fick i alla fall inte", svarar Linda med dämpande irritation samtidigt som hon undrar hur den här diskussionen hade landat i språkresor, det var ju egentligen hennes rum hon var här för. Mamma ser ut att tänka samma sak och verkar tycka att det är läge att byta ämne. Hon lutar sig fram och plockar upp något från garderobsgolvet.

"Nej men titta, kommer du ihåg när du lekte med de här?"

Mamma håller upp en luggsliten Monchichi docka. Linda kan inte motstå impulsen att stoppa in apans slitna tumme i den hålformade munnen, så som hon gjort så många gånger tidigare.

"Åh, det var länge sen. Jag kommer ihåg när jag och Marcus hade med oss en hel väska till båten med sådana här. Och med massor av kläder till. Jag virkade och sydde en hel del när jag var hos dagmamman kommer jag ihåg. Sen lekte vi mamma, pappa, barn och Marcus gick till kontoret. Kontoret var förpiken så det var inte så långt." Minnet av de roliga lekarna under de ibland ganska långtråkiga segelsträckorna fick henne att le stort.

"Det var så roligt när vi var ute med båten i skärgården, tyckte in du det också Linda?", undrar mamma.

"Ja, det har alltid varit några av mina lyckligaste minnen. Familjeminnen. Tillsammans", svarar Linda samtidigt som hon letar sig tillbaka i minnet till de solvarma släta klipporna, det ständigt omdiskuterade, tålamodsprövande fisket, som aldrig gav napp. Mamma och pappa som tog en hoppilanddrink efter det sedvanliga lägga till-bråket med tampar och ankare. Hon och Marcus som hoppade från badbryggan baktill på båten och gjorde bomben för att skrämma bort läskiga fiskar som skulle kunna bita dem i tårna när de badade. Vilket var helt ologiskt egentligen för de ville ju ha napp när de fiskade. Linda ruskar på huvudet för sig själv med ett leende.

"Vill du stanna kvar på lunch?", frågar mamma plötsligt från någonstans långt borta.

"Ehrmm, ursäkta vad sa du?" Linda släpper förvirrat tankarna på barndomens seglatser och försöker komma på vad mamma precis frågade.

"Jo, jag undrade om du ville stanna kvar på lunch? Pappa och jag tänkte äta lite rester, vi har pannbiff med potatismos kvar från middagen igår."

Linda funderar ett kort ögonblick på vad hon ska svara. Det kurrar i magen.

"Vad gullig du är mamma men jag åt en jättestor frukost och ska ut och äta ikväll så jag tar nog bara något litet när jag kommer hem."

Men lägg av, vad håller jag på med. Sluta nu.

"Nej men det är klart, jag ångrar mig. Stannar gärna kvar på lunch", säger Linda snabbt innan hon hinner ångra sig igen.

"Vad roligt att du vill stanna, jag går ner och värmer på maten så kan väl du komma ner när du har kikat igenom garderoben. Det tar nog en kvart i alla fall." Mamma låter verkligen glad över Lindas beslut att stanna och nu är hon stolt och glad över sitt beslut. Mamma vet ju inte hur mycket som krävs av henne för ett sådant beslut.

När Linda kommer ner i köket så har mamma dukat och pappa sitter vid köksbordet med en öppen skokartong framför sig.

"Hej pappa, hur är det med dig? Vad gör du för något?", frågar Linda och sätter sig på stolen bredvid pappa.

"Nej men hej, vad kul att se dig. Jo, jag fick inspiration när jag hörde att du skulle komma och titta igenom sakerna på ditt rum så jag gick ut i förrådet och hittade den här lådan", säger pappa och kikar ner på lådans innehåll.

"Vad är det i lådan?", undrar Linda nyfiket.

"Det är brev från mamma till mig", svarar pappa.

"Va, när skrev hon dem?"

"Visst har jag väl berättat för dig om när jag åkte till Washington efter studenten för att läsa internationell ekonomi ett halvår?"

"Hmm, vet inte, tycker jag känner igen det men inte säker. Jaha, och då hade ju du och mamma träffats redan. Att hon vågade släppa i väg dig ett helt halvår? Men hon kanske hade full rulle här hemma?", frågar Linda med en glimt i ögat.

"Ja du Carina, tänk om du visste hur mycket jag såg fram emot dina brev. Frågade värdfamiljen varje dag. Men du var duktig på att skriva, det var du. Men det var jag också. Nej du Linda, det fanns inget som kunde komma emellan oss, varken då eller nu." Pappa får något sällsynt ömt i blicken.

"Ja, det var tider det. Jag tyckte dina brev var så imponerande med de amerikanska frimärkena med gamla presidenter på och de vackra vågiga stämplarna på kuvertet. Och trots att jag var så nyfiken på innehållet så tog jag mig tid att gå och hämta en kniv och försiktigt, försiktigt sprätta upp kuvertet för att inte förstöra det." Mamma drömmer sig tillbaka.

Det är en härlig känsla att höra föräldrarna prata med sådan värme i rösten.

Ugnsklockan börjar ilsket pipa och avbryter abrupt föräldrarnas kärleksfulla tillbakablick.

"Nej men hör ni, nu är maten färdig, jag ska ta ut den från ugnen. Linda, kan du hjälpa mig att ta fram grytunderlägget från lådan? Sören, sätt undan kartongen nu."

Föräldrars liv, kärleksliv.

TRETTIOFEM

Det är en vanlig torsdag och det är den första dagen i juni. En dag i livet. Mitt liv. Alla människors liv.

Värmen har slagit till på riktigt. Det har kommit en sån där värmetopp som kommer ibland på senvåren, den där värmen hinner komma innan den riktiga sommaren drar igång på riktigt. En sån där ljuvlig dallrande överraskande värme som gör människor lyckliga och får dem att le och hälsa på varandra på bussen.

Ställa sig i kön till ett av de få glasstånd som har hunnit öppna och kasta sig ut från bryggorna trots att vattentemperaturen inte har hunnit med i värmeväxlingen.

Tron på livet, kärleken och ljuset kommer tillbaka efter en lång vinter och de tjocka ytterkläderna förpassas långt in i garderoben. Just en sådan dag är det.

Jag står i skuggan av en tall, lite vid sidan av besöksparkeringen på sjukhuset. Iakttar människorna som kommer körande i sina bilar, betalar parkeringen och skyndar sig in.

Jag ser hur de kommer tillbaka ut genom huvudentrén. Jag kan nästan se på dem om de har fått bra eller dåliga besked. Jag kan se det på stegen och kroppsspråket. Hur deras ansiktsuttryck ser ut. Iakttar hur livet stilla flyter på med människors vardagliga aktiviteter.

Ur en liten röd Fiat kliver en äldre man försiktigt ut. Vecklar ut sin fortfarande långa och ståtliga kropp från det trånga utrymmet i förarsätet, ingen krokrygg där. Han tittar sig omkring, kisar mot solen. Därefter går han till bakluckan och lyfter mödosamt ut en rollator. Han ser till att den är hopsatt ordentligt innan han rullar den framför sig, går runt bilen och öppnar passagerardörren. Jag kan inte se in i bilen men jag inser att det måste vara någon han står nära, kanske är det hans fru han försöker hjälpa ut.

Min blick fortsätter över parkeringen mot infarten. Där kommer sjukhusparkeringens mest frekventa gäst körande, parkeringsbolagets bil. Den har företagsnamnet NimboPark skrivet med stora gula neonbokstäver på båda sidorna av bilen.

Bilen parkerar på en av trettiominutersplatserna och ut ur bilen kliver en man med en sån där arbetsväst, också den i neongult, över en svart arbetsoverall. Det måste vara outhärdligt i den här värmen.

Mannen går sin vanliga runda på parkeringen och kontrollerar registreringsnumren mot något i sin mobil. Då och då skriver han ut en gul parkeringsbot, återigen i samma neongula färg, och sätter under vindrutetorkaren innan han går vidare till nästa bil.

I ena änden av parkeringen står en bil som redan har fått två parkeringsböter. Jag kan från min plats se att mannen ringer någon och pratar kort innan han sätter en ny gul parkeringsbot under vindrutetorkaren och går vidare.

Vänder blicken tillbaka mot den röda Fiaten och ser att den ståtlige mannen nu ledsagar en spröd liten dam över parkeringen. Hon ser mycket äldre ut än honom, kan det vara hans mamma? Eller en äldre fru? Eller en sjuk syster? Svårt att veta.

Framför huvudentrén på en av de breda solvarma stenbänkarna sitter några kvinnor med vita sjukhuskläder, de ser ut att ha paus. De skrattar åt något. En av kvinnorna pillar förstrött på en liten medaljong, klocka eller vad det nu är för något som hänger i hennes skjortficka, svårt att se härifrån.

Jag fascineras av tanken på att det är så många människor som rör sig till och från ett sjukhus under en dag. Alla med sina bekymmer och eventuell oro för en stundande undersökning, operation eller läkarbesök. För de allra flesta av dessa människor kommer dagarna fortsätta i många år till innan de drar sitt sista andetag efter ett långt, och förhoppningsvis lyckligt, liv. Men för en av alla dessa människor håller tiden på att rinna ut. Personen har inte lång tid kvar och jag njuter av känslan av makt genom att vara den enda som vet.

Nu måste jag iväg. Men jag är snart tillbaka.

TRETTIOSEX

En skramlande skrällig ringsignal ekar ilsket inne i lägenheten. Ringklockan måste vara lika gammal som huset. Fastighetsägaren sitter säkert och kammar in pengar från sin fina villa och bryr sig inte ett dugg om att stoppa in några onödiga renoveringspengar i de lägenheter han hyr ut.

Dina grannar verkar inte så nogräknade med vem de släpper in. Det var inga som helst problem att smita in samtidigt som killen som kom hem, efter vad det såg ut som, en slitig dag på kontoret. Som balanserade en pizzakartong och en datorväska, och därför bara tacksamt tog emot en hjälpande hand för att hålla upp dörren.

Jag kan faktiskt inte förklara varför jag står här och ringer på ringklockan. Varför är jag här? Jo förresten, det är klart att jag vet. Någonstans inom mig känns det helt rätt att ringa på ringklockan till lägenheten där du befinner dig.

Jag har tänkt länge på dig, Du har aldrig tänkt på mig. Varför skulle du? Vet du vem jag är?

Självklart kommer du inte öppna, varför skulle du det? Den ljusskygga varelse som du är. Har blivit. Trivs i mörkret, utan dagsljus. En råtta, en gråsugga, ett skadedjur. Du kikar säkert ut genom fönstret nu, gömd bakom gardinerna och undrar stressat vem det är som ringer på. Nu undrar du va? Jag låter dig fundera ordentligt. Svettas.

Jag går sakta tillbaka ned för spiraltrappan, ner till entrén och vidare ut på den knastrande grusgången som leder fram till fastigheten. Fullt medveten om att det går tydligt att se mig från alla de fönster som vetter ut mot gatan. Ser du mig nu? Tänker du så hjärnan blixtrar? Jag kan nästan känna och höra din ökade puls, dina hjärtslag. Dunk... dunk, dunkedidunk. Snabbt och oregelbundet. Stressad rytm. Vem är jag och vad är mitt ärende?

Du har ingen aning om att din tid snart är ute. Ingen kommer sakna dig. Förutom en. En person som älskar där jag hatar. Som är skyldig till allt som nu händer.

Det gör det hela så mycket bättre, det ger mig energi. Lidandet. Jag vill se skräcken i dina ögon när du förstår. Förstår att jag förstår. När du inser att det inte blir mycket jävligare än så här.

Jag går ut på gatan, låser upp och sätter mig i den svarta hyrbilen, en Audi av nyare modell, kände att jag kunde kosta på mig det. Slår på AC'n och njuter av den svalkande kylan som strömmar mot mig. Jag tittar upp mot lägenheten en sista gång.

Ikväll.

TRETTIOSJU

Den andra

Det är ett fint hus jag har hyrt. Eller kanske man snarare kan kalla det en stuga. Vad vet jag, litet är det i alla fall. Med tunna ytterväggar och gamla otäta tvåglasfönster. Jag sov hela vintern med dubbla strumpor och stickad mössa.

Stugan ligger i ett vackert område som tidigare enbart bestått av sommarstugor men som nu har drabbats av en explosionsartad byggboom. Det är ledsamt att allt det gröna försvinner. Skogen som jag älskar. Istället exploateras området av nybyggda stora moderna betongvillor med pooler och välanlagda stenbeläggningar. Men vem är jag att tycka till om det. Det här är inte mitt hem. Och jag kommer inte bo här länge till.

Kvinnan som hyr ut stugan till mig bor i Göteborg. Det är hennes mammas gamla stuga. Nu har mamman gått bort och dottern som ärvt den har varken tid eller intresse att lägga ner. Då hon inte tycker att det ekonomiska läget är tillräckligt attraktivt för husförsäljning så vill hon nu istället hyra ut huset mot att man håller ordning och städar samt tar hand om trädgården.

Det är inte så värst mycket trädgård, mest ett par brunbarriga buskar. Jag köpte en häcksax och gjorde processen kort med buskarna i höstas så sedan dess har det inte varit så mycket jobb. Den så kallade gräsmattan består mest av mossa och några enstaka grässtrån däremellan så den klipper jag lite när andan faller på.

Kvinnan från Göteborg hade haft potentiella hyresgäster, ett så ungt och trevligt par, som hon berättade för mig. Det unga och trevliga paret hade dock inte visat sig vara så pålitliga och hoppade av i sista sekunden innan kontraktsskrivning.

Ibland har man tur. Jag råkade kontakta henne samma dag och nu blev hon lättad när vi väl kunde skriva kontrakt så hon slapp tänka mer på stugan. Hon är så glad att även den nya hyresgästen verkar skötsam och ärlig. Självklart har hon ingen aning om att personen hon har skrivit hyreskontrakt med är död sedan femton år.

Men stugan passar mig och mina syften. Jag kände det direkt när jag första gången besökte stugan. Den ligger ganska ensligt till, en avstickare från den nya huvudgatan. Hit har inte nybyggarna hittat än och de enstaka stugor som ligger här är sommarboenden och jag kan därför sköta mig själv mestadels utan ovälkomna grannar.

Ett år har jag bott här nu. Det har blivit min vardag att bo här. Det är inget hem. Jag har inget hem. Men jag har en stuga.

Jag kan höra din bil redan på långt håll när den närmar sig den här ovanligt tysta försommarkvällen. Fåglarnas sjungande är det enda som konkurrerar med bilens brummande motor och grusets knastrande. Lite försiktigt kommer du körande längs den smala grusvägen. Precis som jag själv brukade göra i början, då innan jag hade lärt känna varje kurva och dike.

Nu är du nära, jag hör det. Och nu ser jag bilen nere på vägen. Och jag ser dig. Jag känner att adrenalinet börjar pumpas ut i blodet. Jag fuktar läpparna med tungan. Nu är det verklighet.

Du svänger in framför huset och stänger av motorn. Du sitter kvar i bilen. Vad tänker du på? Svalorna cirkulerar högt över gårdsplanen, det blir fint väder, även i morgon.

Du öppnar äntligen bildörren. Den knarrar oroväckande, bilen är gammal. Du kliver ut på gårdsplanen och tittar upp mot stugan. Klart du skulle komma. Det visste jag ju.

Allt jag behövde göra var att hänga lite lockbete framför näsan på dig och så kommer du sättande som en lycklig hundvalp. Patetiskt.

Tänk vad livet nu har blivit mycket enklare med sociala medier. Det enda jag behövde göra var att skicka en vänskapsförfrågan till dig på Facebook, självklart med en för dig intressant bild. En bild på en person som sitter och spelar just det datorspel jag sett att du sitter och spelar på en av bilderna du själv har lagt ut. En personbild jag har hittat ett par googlingar bort. Får napp direkt, ingen kritisk källgranskning från din sida, naiv och narcissistisk, precis som jag vet att du är. Och på ett ögonblick får jag inträde till din värld.

Jag kan se att du är intresserad av TV-spel, gärna äldre sådana. Du lägger ut bilder på spel som du verkar ha köpt, rariteter, vad det verkar som. Ett foto av dig själv framför en datorskärm där du verkar ha slagit rekord och vill skryta genom att göra v-tecknet framför resultattabellen på datorn.

Ett annat foto där du är taggad i ett gruppfoto. Ni är på någon form av spelevent. Jag kan ana dig i bakgrunden. Flera på fotot är utklädda till vad jag kan gissa är karaktärer i datorspel. Jag har läst om det. Cosplay tror jag minsann att det heter, någon japansk företeelse om jag minns rätt från artikeln.

"Man kan alltid drömma", står det i ett av inläggen. Bilden föreställer ett sådant där datorspel från åttiotalet, ett sådant litet man håller i händerna och spelar på. Det spelet heter Game & Watch och just detta verkar vara Donkey Kong.

Jag kommer ihåg de där spelen från åttiotalet och hur high tech det verkade då med elektroniken men jag hade inte i min vildaste fantasi kunnat förstå där och då att samlarvärdet i detta spel skulle bli så enormt. Men utifrån ditt inlägg så är just detta, ett spel från, vad jag kan läsa på nätet, är den inledande silverserien, din våta dröm. Och det är väl klart att jag inte kan motstå att hjälpa dig med din våta dröm, och därmed komma närmare min.

Efter en kort inledande konversation på Messenger berättar jag för dig att jag har ärvt min mormors stuga och att jag på vinden har hittat ett gammalt spel i en kartong.

Jag låtsas helt ovetande om dess värde men skriver att jag har sett att du är intresserad av att köpa spel och frågar om du är intresserad av att köpa mitt spel för en femhundring. Plockar en bild från nätet och sen är det klart. Det är nästan för enkelt.

Du börjar gå upp mot huset. Jag följer varje steg med blicken där jag står gömd bakom gardinerna. När du rör dig mot huset, tar de få stegen uppför trappan och knackar på dörren. Det är dags nu.

Jag drar ett djupt andetag och öppnar. Där står du. Personen jag varit så nyfiken på, blivit så besviken på och slutligen så äcklad av.

"Hej, det är jag som skulle komma och köpa spelet."

"Hej, välkommen in. Vill du ha lite kaffe?" Jag ryser inombords när jag hör ljudet av den insmickrande vänliga rösten som kommer ur min strupe.

"Jamen det vore inte så dumt. Du har möjligtvis inte en smörgås, så jäkla hungrig efter jobbet."

Räkna till tio, räkna till tio. Djupt andetag.

"Men självklart, jag ska se vad jag kan skaka fram ur kylskåpet. Häng med till köket vet jag."

Jag kan se i ögonvrån hur du kliver ur dina slitna gympaskor och hänger jackan på en av mässingskrokarna i hallen under tiden jag svänger runt hörnet, in i det lilla köket.

Jag har i förväg kokat kaffe. Som en liten smakförhöjare har jag tillsatt en rejäl dos bedövningsmedel.

Bedövningsmedlet fick jag tag i förra hösten. Hemma hos en veterinär som jag lärde känna genom en bekant som jag inte umgås med längre. Det gör jag inte med veterinären heller. Det brukar bli så. Det är bäst så. Ensam är bäst i längden.

I vilket fall, vid ett tillfälle då veterinären bjöd på middag hemma hos sig, visade hon oss sin mottagning som ligger i anslutning till huset. Hon berättade att hon arbetade mycket med hästar och hur glad hon var att få förmånen att arbeta med dessa kloka och vackra djur.

En av gästerna frågade om det inte var farligt att arbeta med hästar, kunde de inte sparka henne och göra henne illa. Hon gick då fram till ett vitrinskåp i trä som stod längs väggen, öppnade dörren och visade en flaska som hon beskrev som ett bedövningsmedel. Hon berättade mycket utförligt om effekterna av läkemedlet samt att det som var så smart med just detta bedövningsmedlet var att hästen hade kvar en viss medvetenhet och kunde stå upp själv men var så sömnig och bedövad att behandling kan göras utan risk för henne som veterinär.

Det skapade en tanke i mitt huvud. En flyktig tanke först. Just där och då visste jag inte exakt när och hur jag skulle få användning för medlet utan såg det bara som ett utmärkt tillfälle att tillskansa mig något som möjligen skulle komma till användning för mina framtida planer.

Senare på kvällen när min tillfälliga vän veterinären gick ner i vinkällaren för att hämta upp ytterligare vin till de törstiga middagsgästerna, ursäktade jag mig till de övriga med att jag behövde gå till badrummet. Ingen tog någon större notis om det då de var inne i ett engagerande samtal om existentialism, ett ämne jag kunde avvara.

Jag smet, som jag hoppades obemärkt, in på mottagningen, öppnade ljudlöst skåpet och lät flaskan snabbt glida ner i fickan. Jag flyttade om lite i skåpet och sköt fram en annan flaska med samma märkning, i förhoppning om att det inte skulle märkas att jag tagit en av dem. Veterinären återkom aldrig om förlusten och då vänskapen snabbt ebbade ut blev det tyst. Jag drog slutsatsen att hon antingen inte hade märkt något eller märkt det men skyllt på sin egen glömska.

Och precis just här och nu, denna vackra försommarkväll, har det perfekta tillfället kommit.

Du slår dig ner vid köksbordet, utan att fråga om du kan hjälpa till, men varför skulle du? Jag tar fram en kaffemugg till dig och häller upp kaffet. Jag har läst på om preparatet och vet att får du bara i dig en deciliter kaffe så kommer du vara oförmögen och till mitt förfogande.

"Vill du ha mjölk i kaffet?", frågar jag.

"Nej tack", svarar du artigt medan du girigt sörplar i dig kaffet.

"Väldigt gott kaffe det här", säger du sen och nickar med huvudet som för att förtydliga.

Ja, du skulle bara veta, tänker jag.

"Vill du ha ost eller skinka på mackan? Jag kan ta fram både och. Ta du lite mer kaffe, det finns mer i kannan. Tycker du om prästost? Jag har både prästost och hushållsost. Eller du kanske är sån som hellre äter korv på mackorna? Fast det har jag nog inte. Hur går det med kaffet, ska jag fylla på lite till?" Jag har läst på noggrant och vet att preparatet är mycket snabbverkande.

Eftersom jag inte har lust att ödsla några mackor på dig så blir jag ovanligt omständlig i min aktivitet och försöker dra ut på tiden med lite oväsentligt prat.

"Vad häftigt att din mormor hade spelet bara liggande på vinden, ett så exkl...jag menar, ett så gammalt spel." Du tar en till klunk kaffe. Kan du verkligen på riktigt tro att jag går på det där. Tror du att jag är en idiot? Ja, självklart, det är klart du tror.

"Verkligen", säger jag och sneglar mot dig från min position vid köksbänken. Ditt bruna hår faller i testar runt öronen, lite slitet, du borde gå till frisören. Men det vore ju meningslöst förstås.

"Schittt, känner mig konstig." Du börjar sjunka ihop i din stol, som om luften har gått ur dig.

"Mmm."

"Ja måschte nog åka. Schpelet?" Du sluddrar redan, vilken jäkla flugviktare du är, bedövningen tog fortare än jag trodde.

"Har det i fickan här." Jag klappar mig själv på jackfickan.

"Jag hjälper dig ut till bilen." Det är svårare än jag kunde tro att få dig på benen, halvt lealös, även om jag är stark. Jag lägger din arm om mina axlar och halvt bär och halvt släpar ut dig från huset, ner mot bilen.

"Schnäll, du, nä." Nu dreglar du också, en lång salivsträng hänger gungande ut genom ena mungipan och det är svårt att höra vad du säger. Det är tillräckligt obehagligt att behöva ha närkontakt med dig men dreglet blir bara för mycket. Jag föraktar dig.

"Håll käften ditt äckel." Orden kommer ut som ett väsande. Jag tappar tillfälligt kontrollen och kan inte hejda mig. Jag kan se att trots bedövningen så är du, under det luddiga bedövningstäcket, helt förvirrad och förstår inte vad som är på väg att hända.

Väl nere vid din bil går vi mot bakluckan och där släpper jag bara taget om dig. Du dråsar ner i marken som en säck potatis och blir liggande på sidan. Oförmögen att röra dig.

Jag känner efter i dina fickor och hittar bilnycklarna, plockar upp dem och öppnar bakluckan. Utrymmet är inte jättestort men det ska nog gå, du är ju som sagt en flugviktare.

Jag ser skräcken i dina ögon när jag kommer åter till dig. Bedövningen som ligger som ett fluffigt skyddande täcke över det yttersta lagret av medvetande men med en fruktan som ligger latent därunder, där medvetandet fortfarande existerar.

Ur jackfickan tar jag fram en fällkniv och sätter mig på knä bredvid dig. Knuffar över dig på rygg så att jag kan se dig rätt in i ögonen. Närmar mig ditt uppspärrade vänstra öga med kniven. Ditt ansikte är blankt av svett. Sätter knivspetsen i ögonvrån och rispar försiktigt med knivspetsen. Inte mycket, bara tillräckligt för att det ska bli ett rivsår och komma några droppar blod. Du blinkar panikartat när blodet träffar ögongloben. Sen kissar du på dig. En mörk fläck som sprider sig framtill på dina jeans. Ynkligt. Njuter av det jag är på väg att göra.

Skrider till verket. Fällkniven använder jag nu för att sprätta upp dina byxor. Noga med att inte besudla mig med den stinkande urinfläcken. Jag river bort tygbit efter tygbit tills varken byxor eller underkläder finns kvar på kroppen.

Går vidare till tröjan. River sönder den vita trikån i T-shirten. Skär vidare och sliter bort remsor tills inte en tråd heller finns kvar på överkroppen. Nakenheten är påtaglig. Blottlagd och oattraktiv. Den bleka torra nordiska vinterhuden har ännu inte utsatts för sol, kommer inte heller att bli det.

Jag drar ut armar och ben från kroppen så att du ligger som en sprattelgubbe. Fortfarande tungt bedövad.

En rännil saliv rinner från din mungipa när du försöker säga något. Munnen vill inte lyda dig, så ej talet. Fy fan vilket äckel. Ur fickan tar jag fram buntbanden och använder det första för att dra ihop händerna framför kroppen. Nästa använder jag runt fötterna. Därefter tar jag ett rep och drar ihop händer och fötter och drar åt. Det behövs för att det ska ta mindre plats i bilen.

Nu får du panik. Panik över att förstå att något hemskt är på väg att hända. Panik över att sitta fast. Panik över att vara bedövad och inte kunna göra något åt det.

Naken, plågad, rädd, och patetisk, ligger du där.

Det infinner sig en känsla av lugn hos mig. Och brinnande hat. Och den djupaste sorg. Och slutligen en tillfredsställande känsla av rättvisa. Som jag har väntat och fantiserat om detta. Funderat på hur jag skulle utjämna orättvisan. Och som blev så mycket bättre när jag fick veta vem du är. Vad du är.

Din ryggrad knakar illavarslande när jag med hjälp av lyftvagnen jag införskaffat för tillfället, lyfter upp dig i bilen, in i bagageluckan, Behöver jag lossa lite på repet? Jag vill inte att döden ska komma för fort. Nej, när jag tänker efter är det lagom. Knän som trycks uppåt, farligt nära huvudet är dem. Närmare fosterställning går inte att uppnå. Det passar bra. Perfekt.

En rejäl munkavle av silvertejp drar jag till, hårt om huvudet, för att du ska hålla käften när bedövningen släpper. Lite jävlar anamma och en dos råstyrka och så befinner du dig liggande på sidan i bakluckan. I din egen bil. Stänger försiktigt luckan och testar, perfekt, den går igen.

Jag vänder tillbaka in i huset och hämtar det sista, går ut, stänger dörren och låser, stoppar nyckeln i fickan. Öppnar bakluckan igen. Jag tar en bit av silvertejpen och tejpar fast mitt meddelande.

Din nu förvirrade glasartade blick är det sista jag ser. Jag motstår viljan att spotta på din ömkliga hopkurade kropp.

Istället stänger jag bara igen luckan och släpper därmed alla tankar på dig.

Jag sätter mig i förarsätet, rättar till stolsinställningen och riktar in backspegeln. Vrider om nyckeln i det gammalmodiga tändningslåset och bilen rullar sakta nedför gårdsplanen när jag släpper handbromsen. Jag svänger ut på grusvägen. Sätter på radion, inställd på den i närområdet så populära kanalen Skärgårdsradion. Den får mig på bra humör, anspänningen lossar greppet om mina axlar och jag sjunker avslappnat lite djupare ner i sätet och skruvar upp volymen på radion. Sommaren är i antågande. "I Maaagaluf, där måsarna skrattar sig hesa..." nynnar jag nöjt för mig själv medan bilen knastrande tar sig fram på grusvägen i den ljumma försommarkvällen.

Liv, ett liv i taget.

TRETTIOÅTTA

Det är en märklig stämning på vårdcentralen den här måndagen. När Linda kommer till lunchrummet för den vanliga morgonsamlingen så är varken Mia eller Lena på plats. Sara är redan här men är sig inte lik, hon sitter för sig själv vid ett av borden, frenetiskt knappande på sin mobil med en koncentrerad blick på skärmen. Märkligt, Sara som brukar vara så social och som brukar tycka att genomgången på måndagar är ett alldeles underbart tillfälle att mingla och prata med kollegorna om vad de har gjort i helgen. Men nu sitter hon som sagt för sig själv. Och verkar helt inne i sig själv och det hon kollar på telefonen.

Linda undrar var Mia håller hus? Kan hon vara sjuk? Igen? Trots att alla vårinfluensorna borde ha passerats tidsmässigt med råge. Kanske hon är allergisk? Det är ett rejält manfall idag, märker Linda, det blir en tuff dag.

Linda hinner inte tänka längre innan hon ser Mia som försiktigt öppnar dörren in till personalrummet och glider in längs väggen. Hon gör allt för att inte väcka uppmärksamhet. Hon ser inte alls ut att må bra. Helt blek i ansiktet och svettblank panna. Linda försöker fånga hennes blick och ler uppmuntrande mot henne men Mia riktar sin blick ner mot golvet och verkar undvika ögonkontakt.

Ja, ja, tänker Linda, det kanske bara är något tillfälligt. Eller hon kanske har drabbats av den där allmänna stressen som brukar infinna sig vid den här årstiden. Den där intensiva känslan av otillräcklighet, att inte räcka till för alla vårens och försommarens krav med studenter, skolavslutningar, presentinsamlingar, picknickar och annat som fyller kalendern. När allt känns som en enda lång upploppssträcka inför sommaren. Så många måsten.

Linda kan inte förstå hur hon skulle få ihop livet om hon hade haft egna barn. Hon får knappt ihop livet med bara sig själv att tänka på. Hon lägger på minnet att hon ska försöka prata med Mia och Sara på lunchen och höra hur det är med dem.

Janne går igenom det vanliga och han är på ovanligt bra humör. Skrattet bullrar ända nerifrån magen på honom när sjuksköterskan Astrid återberättar en historia om hur hon skulle ta bort stygnen på knät på en tuff kille i treårsåldern. Han hade trillat på lekplatsen och nu var det alltså dags att ta bort stygnen.

Med sammanbiten min hade han suttit där på britsen och inte fällt en tår trots att det måste ha nypt till lite grann. Astrid hade berömt honom och då hade killen frågat Astrid om han inte kunde få med nål och tråd hem för att träna på lillasyster för han tänkte bli doktor när han blev stor.

Linda ler när hon hör vad Astrid berättar och tänker för sig själv att det där är något Clara lätt hade kunnat säga. Riktig tuffing är hon Clara, hennes underbara brorsdotter. Hon får en härligt varm känsla när hon tänker på Clara. Åh vad hon älskar den där ungen.

Undrar om det inte är dags för ett syskon snart. Hon funderar på om Emelie drack vin när de sågs sist hemma hos Lindas föräldrar men hur hon än tänker efter så kommer hon inte ihåg. Nåväl, det lär ju visa sig oavsett.

Linda börjar känna att de här genomgångarna i lunchrummet sitter som rutin nu för henne. Vore ju tusan annars i och för sig tänker hon då hon bara har fem veckor kvar på AT-tjänsten här på vårdcentralen.

Mitt under Jannes genomgång ser hon hur Mia glider ut genom dörren igen. Hon ser verkligen inte ut att må bra och Linda börjar känna att det är oansvarigt av Mia att komma till jobbet om hon mår så dåligt. Linda ser att Janne också ser och hon märker att han får en bekymrad rynka mellan ögonen.

Snälla gulliga Janne som bryr sig så mycket om alla och vill alla så väl. Vad skulle de göra utan Janne, han är ett tryggt nav på vårdcentralen. Lika trygg i sin roll som Sara i rollen som glädjespridare och Lena som kunskapsbank och rutinerad kollega. Hon funderar, vad har hon själv iklätt sig för roll här på vårdcentralen? Vad tänker de andra om henne?

Hon börjar fundera på samtalet hon och Janne hade förra veckan. Vem kan det vara som har tagit hennes id-bricka och gjort slagningar. Hon tittar sig omkring i lunchrummet. Det är så oerhört svårt att tänka sig att någon av dem som hon ser som sina vänner och kollegor skulle kunna göra något sådant mot henne. Men hon förstår också rent logiskt att det är i princip en omöjlighet att kunna gå in i hennes rum, inte en gång, utan två, utan att någon på avdelningen hade lagt märke till denna okända person.

Så, vem kan det vara?

Hon börjar med att räkna bort sin handledare, Lena. Lena har arbetat så länge på vårdcentralen och känns helt enkelt för stabil för att göra något sådant. Och varför skulle hon i så fall börja just nu?

Sara känns helt osannolik. En glad och trygg skånska med ett fantastiskt perfekt förhållande. Vad i hela världen skulle få henne att göra något sådant? Fast idag verkar hon ju i och för sig frånvarande och inte alls sig själv. Undrar om hon fortfarande är bekymrad för att hennes gulliga sambo ägnar mindre tid åt henne och mer åt datorn? Kan det vara Saras sambo? Om han nu är så insnöad på sin dator?

Nej, det är lite väl långsökt, hur skulle han kunna ta sig in på Lindas rum och ta kortet och sen lämna tillbaka det? Kanske Sara kunde ha hämtat kortet åt honom? Men varför? Och hur skulle hon hinna hem och ge det till honom och sen tillbaka.

Men usch, Linda skäms så att hon håller på att krypa ur sitt eget skinn över att hon ens kan tänka tanken att Sara skulle kunna göra något sådant mot henne. De som har blivit så goda vänner, har varit ute efter jobbet, druckit vin och pratat om allt och ingenting. Sara som kändes som hennes nyblivna bästa vän, efter Karin förstås.

Nej men sluta nu. Sluta NU. Linda skakar på huvudet i ett lönlöst försök att skaka bort sina skenande tankar.

Mia då? Hon ser ju i och för sig ganska slokig ut just nu men Linda kan inte i sin vildaste fantasi tro något sådant om Mia heller, hon ser henne som sin vän. Inte så nära som Sara men ändock en vän som hon känner sig bekväm och avslappnad med.

Linda har lärt sig att uppskatta Mia mer och mer ju längre hon har varit på vårdcentralen. Mia är inte den som tar plats, såsom Sara. Inte den som skrattar högst och som är den mest sociala. Men Linda har märkt att Mia är världens bästa bollplank att diskutera med. Och hon kan mycket. När man väl har kommit under skalet på Mia så är det som Pandoras ask, man blir överraskad av allt som fanns där under.

Men Janne då? Herregud, den tanken känns så abstrakt, så galen att hon ger upp den i samma ögonblick som hon får den. Det är ju dessutom Janne som har berättat för henne om slagningarna och varför skulle han göra det i så fall. Om det är han som har gjort det. Nej, det verkar fullständigt ologiskt. Linda suckar.

Efter att ha gått igenom sina närmaste kollegor så funderar hon närmare på de övriga kollegorna, en i taget, och landar i att hon ska hålla ett vakande öga på Astrid. Hon kan inte sätta fingret på vad det är men det är något annorlunda med Astrid och det att hon alltid vill vara i centrum. Kan det vara anledningen till slagningarna? Att kunna ha något att berätta om för sina vänner? Något smaskigt, något sensationellt?

Linda blir full i skratt, vad det nu skulle vara för sensationellt med en kändis med nageltrång eller halsfluss. Det är ju ändå en vårdcentral det handlar om och inget rehabiliteringscenter. Hon har i alla fall inte bilden av att det kommer in människor med så värst sensationella sjukdomar på en vårdcentral. Inget som andra människor skulle vara intresserade av att höra smaskiga detaljer om i alla fall.

Kanske hade det varit bättre att jobba på akuten, eller på gyn? Linda börjar spinna loss i tankarna kring intresseväckande sjukdomar som kändisar skulle kunna komma in med på en akutmottagning och inser plötsligt att Janne har slutat prata och att folk börjar försvinna ut i korridoren, på väg mot dagens patienter, Janne likaså.

Linda skäms och hoppas att hon inte har missat något viktigt. Hon ska oavsett hålla ögonen på Astrid. Och framförallt ska hon hålla ögonen på sin ID-bricka så den inte kan försvinna igen.

Linda reser sig för att gå till sitt mottagningsrum. I dörren på väg ut möter hon Mia och Janne på väg in. Linda ställer sig snabbt vid sidan av dörren. Både för att låta Mia och Janne gå in först men också för att hålla sig på avstånd från Mia. Hon vill inte bli sjuk.

"Hej Mia", säger Linda och ler mot Mia

"Hej", svarar Mia med ett svagt leende.

Stackarn. Linda tycker verkligen synd om Mia. Hon ser ut som att hon har ätit något ruttet eller fått influensan igen.

Ögonen ser helt insjunkna ut och hon har nu gått från en väldigt blek hudfärg till en mer grågrön ton i ansiktet. Otroligt vad hennes ansiktsfärg skiftar. Detta trots att Linda vet att Mias normala hudton egentligen aldrig är riktigt blek, eller grågrön heller för den delen. Hon fullkomligt älskar att sitta med ansiktet i solen så hon har för det mesta mer en ansiktsfärg som påminner om gräddad pepparkaka.

När Linda stänger dörren efter sig ser hon att Janne och Mia är på väg att sätta sig vid ett av borden, gissningsvis undrar Janne också vad det är med Mia. Hon hoppas att Janne ska skicka hem Mia så att de inte behöver gå igenom en ny omgång av influensan och utslagen personalstyrka. Fast finns det influensor på sommaren? Kommer inte ihåg att jag har läst om någon? Har jag Mias telefonnummer? funderar Linda vidare. Kanske ska jag slå en signal i kväll och fråga om jag kan göra något för henne.

Nu med värmen och de snabbt grönskande buskarna, träden och gräsmattorna har allergierna kommit som ett brev på posten.

Varje dag har hon patienter med olika allergiska besvär. Hon tycker så otroligt synd om alla gräs- och pollenallergiker som har så jobbigt under vår och sommar och tackar gudarna att hon själv är förskonad.

Idag är inget undantag och hon har ett förstagångsbesök som berättar att han, varje år under maj till och med juli, tillbringar i princip all tid inomhus. Han är trött och sover mest bort tiden. Sover, snörvlar och kollar på TV. Plöjt igenom hela utbudet på streamingtjänsterna. Tillbringandes sin tid instängd i sitt hem, på soffan, med stängda fönster och en fläkt. Svårt att andas. Vemodigt.

När naturen är som vackrast, himlen som blåast och människorna som lyckligast finns det alltid ett mörker som väntar. Väntar på vissa. De olyckliga.

TRETTIONIO

Det tysta surrandet av små, små, svarta flugor. De kryper på den tidigare blanka polerade ytan. Klättrar på varandra i iver att komma först. Ytan som nu har blivit anfrätt av rost och där det har bildats ett stort ojämnt hål med hotfullt vassa ojämna kanter. Vad finns där bakom?

Flugor som envist kretsar i förhoppning att hitta in. Runt, runt. De är överallt.

FYRTIO

Bara några veckor kvar på AT-tjänsten. Sen ska hon ha en välförtjänt semester. Det enda som kvarstår mellan henne och den efterlängtade legitimationen är det skriftliga provet. Det som alla som gör AT-tjänstgöring behöver göra. Det förbannade eAT-provet.

Linda har gjort det en gång tidigare och fick precis under gränsen för vad som krävs för att bli godkänd. Det är ingen som vet. Förutom Karin förstås. Tur att hon tog det smarta beslutet att inte berätta för någon att hon skulle skriva prov.

Aldrig att hon skulle berätta det för pappa, hon vet precis vad han skulle mästra om. Det skulle bli förebråelser om fel prioriteringar och dålig studieteknik. Ha, ha, dålig studieteknik, hon som har pluggat extremt många och komplicerade ämnen på läkarlinjen för att nå så här långt. Och hon har ju faktiskt lyckats med tentorna, riktigt bra också.

Hon har dessutom en riktig fjäder i hatten med en attraktiv AT-tjänst i storstaden, det är det minsann inte många som har fått. Fast det förstår inte pappa. Eller vill han bara inte förstå? För honom är det självklart att hans dotter ska tjänstgöra på de bästa ställena. Det finns inget annat.

Linda suckar ljudligt. Förbannade förväntningar. De gör henne galen. Självklart kommer ångestklumpen och knyter ihop magen och får hjärtmuskeln att krampa. Hon lägger sig ner på britsen i mottagningsrummet och tvingar sig att andas som hon lärt sig, med handen på magen. Ett, två, tre, fyra. Det vore ju helvete om hon skulle falla på målsnöret när det är så nära. Det. Får. Inte. Hända.

Nu ska hon göra om provet nästa vecka. Hon har använt samma taktik fortsättningsvis, inte berätta för någon.

Förutom förstås Lena. Hon måste vara världens bästa handledare, tänker Linda. Lena har lovat att hjälpa henne med förberedelser, och en del peppning ingår också gissar Linda. Inte henne emot, hon tar emot alla tips, trix och peppningar som kan hjälpa henne att nå målet. Lena är så himla snäll. Hon har gjort sig fri i sin kalender så att de har gott om tid nu i eftermiddag. De ska gå igenom alla delar av provet och testa Lindas kunskaper inom de olika områdena för att se om det är något hon behöver läsa på, in i det sista.

Egentligen känner sig Linda ganska trygg i sin yrkesroll. Det är sällan hon känner sig rådlös eller osäker. Men när det ska skrivas prov spänner hon sig och hjärnan låser sig.

"Hej Lena." Linda öppnar Lenas dörr efter att ha knackat och hört Lena ropa att hon ska komma in.

"Oj vad tiden går fort, är klockan redan tre. Jag trodde att det var Astrid som skulle komma in och hämta instrumenten för tvätt."

"Nej du, det är jag som ivrigt väntar på att komma igång. Eller not. Men jag vet att jag måste." Linda pladdrar på, hon märker att hon alltid är lite nervös i Lenas närvaro. Förmodligen för att Lena har så lång erfarenhet och därför har så många svar på allting.

De närmaste två timmarna pluggar de järnet. Lena förhör Linda och de går minutiöst igenom testproven och gnuggar de olika områdena.

"Nä, nu får det vara nog med korvstoppning för idag, nu är i alla fall jag helt slut. Så in i helsicke varmt här inne." Lena torkar svetten ur pannan, det är varmt i rummet. Sjukhuset har haft problem med ventilationen den senaste veckan och nu på seneftermiddagen när solen ligger på, rakt in genom de stora fönstren, så är värmen obönhörlig.

"Ja, det är nog inte mer som kommer in i min skalle just nu. Snälla Lena, stort tack för hjälpen idag."

Linda byter om i omklädningsrummet och tittar på den stora vita klockan på väggen, hon har ovanligt gott om tid idag. Vilken härlig känsla. Idag ska hon träffa Karin och två andra barndomsvänner. Linda kommer på sig själv med att inse att hon verkligen ser fram emot det, genuin vänskap, så himla härligt. Det är så länge sedan de träffades alla fyra.

De ska ses på en uteservering i stan och planera midsommar. Midsommar som bara är någon dryg vecka bort. Martinas föräldrar har ett mysigt sommarställe utanför Norrtälje och eftersom föräldrarna själva har planerat att besöka vänner på Gotland så står sommarhuset tomt. Hon har världens schysstaste föräldrar så de tycker självklart att Martina ska bjuda in sina vänner på fest.

Martina har därför bjudit in till ett klassiskt midsommarfirande med sill och nubbe, midsommarstång och lekar. Men det är förstås ganska jobbigt att arrangera allt själv så därför har de bestämt att de ska hjälpas åt med förberedelserna, och dela på matinköp. Så nu ska de ses för att gå igenom vem som ska göra vad. Och dricka bubbel, skåla för livet och sommaren och allt som kan hända då.

Linda öppnar den tunga ytterdörren och kliver ut i den ljuvliga försommarluften, utanför det som ibland kan kännas som vårdcentralens fängelsemurar. Underbart! Sommaren gör henne lycklig. Hon har helt glömt att det regnade igår och att hon svor över vattenpölarna på vägen hit. Idag är en ny dag.

Hon bestämmer sig för att snedda över parkeringsplatsen för att promenera sakta genom villakvarteren i Skogalund och kanske hoppa på en buss längre fram. Det är verkligen en vacker eftermiddag. Solen står fortfarande högt på himlen. Ljumma vindar får hennes hår att ostyrigt flyga runt hennes ansikte och hon är på väg att leta upp en tofs i fickan och sätta upp håret men ändrar sig. Låt det flyga, tänker hon och vänder istället upp ansiktet mot den varma solen.

När hon nästan har korsat hela parkeringen hör hon någon som ropar på henne. Fast, det är nog inte till henne ropet gäller ändå, hon måste ha missförstått, tänker hon. Det står en ung kille, kanske i tioårsåldern, i hörnan av parkeringsplatsen, i vars riktning hon är på väg. Han kommer emot henne och viftar med armarna för att få hennes uppmärksamhet. Konstigt, det är nog henne han vill ha tag i ändå.

"Hej!", säger hon till killen. "Är det mig du viftar på?"

"Du måste hjälpa mig", säger killen.

"Öh, ok, självklart. Vad kan jag hjälpa dig med?"

"Det är något konstigt med den där bilen där borta." Killen höjer handen och pekar bortåt hörnet på parkeringsplatsen. Där, i ett lite avlägset hörn av parkeringen, står en grön Volvo. Bilen har ett flertal gula parkeringslappar under vindrutetorkaren. Det ser ut som om någon bara har dumpat bilen där för att slippa betala avgift för att skrota den.

"Oj då, det där lär bli dyrt för den ägaren", slänger Linda ur sig och skrattar.

"Skratta inte åt mig", säger killen med trumpen röst.

"Förlåt, det var inte meningen. Jag skrattar absolut inte åt dig. Bry dig inte om mig."

"Men kom då." Tioåringen drar i hennes väska för att få henne att skynda på stegen. När de kommer kanske tio meter från bilen kan hon också märka det. Det är verkligen påtagligt. Det är något som händer i luften där bilen står.

Runt bilen surrar hundratals, ja kanske tusentals små svarta flugor. Under bilen är det en mörk fläck, kanske olja som runnit ut? Och sedan vänder den nyckfulla lekande vinden och virvlar i deras riktning. Stanken som slår emot dem är obeskrivlig. Linda är inte beredd, det är som om hon har fått ett slag i magen. Hon tappar andan och hennes minimala maginnehåll börjar göra uppror.

"Herregud", är det enda hon får ur sig innan hon instinktivt backar bakåt och sätter upp handen mot ansiktet för att värja sig mot stanken.

"Ja men jag sa ju det", utbrister killen triumferande.

"Kom här, vi går bort en bit. Jag måste ringa." Linda börjar återfå fattningen nu när de åter är lite längre bort och inte kan känna den vidriga lukten längre.

"Men vad då, jag måste visa dig. Det är något där." Killen ger sig inte och sliter och drar i henne.

Linda funderar fram och tillbaka, kan det vara någon som är skadad i bilen. Hon som läkare kan ju inte bara lämna någon på det sättet. Om det är så. Hon fattar ett beslut.

"Nej, vi gör så här. Du står kvar här på trottoaren och jag går dit och kollar vad som har hänt."

"Men kan inte jag få följa med? Det är ju faktiskt orättvist eftersom det är jag som berättade för dig." Killen ser riktigt sure ut.

"Ja, och det är jättebra att du berättade för mig men nu blir det som jag säger, du stannar här."

"Ok då." Killen sätter sig ner på trottoarkanten och tar upp sin mobil. Härligt, hinner Linda tänka, då kommer han vara uppslukad av den, det är bra.

Linda rotar i väskan och hittar det extra linnet som hon har tagit med sig för att kunna byta om ifall hon skulle känna sig ofräsch efter jobbet. Med den taskiga luftkonditioneringen på vårdcentralen är det lätt att få lökringar. Nu tackar hon sin lyckliga stjärna att hon inte har hunnit byta om och knyter istället linnet runt huvudet. Hårt, hårt över näsan för att skydda mot lukten.

Därefter går hon sakta bort mot hörnet av parkeringen igen. Hon tittar tillbaka mot killen, han har fortfarande sin mobil framme men verkar ändå ha koll på henne. Han tittar upp och vinkar åt henne innan han tittar ner på skärmen igen.

Hon känner inte igen bilen. Den måste ha stått här ett tag om den har hunnit få flera böter. Men inte tillräckligt för att hinna bli bortfraktad. Den är inte i speciellt gott skick, Linda kan se att den är rejält rostanfrätt. Bilen har backat in på parkeringsplatsen. Hon ser inte omedelbart någon i framsätet men hon kan se en vit doftgran hänga i backspegeln. Som om det skulle hjälpa flyger tanken hastigt förbi.

Hon börjar närma sig ordentligt nu och hon kan den här gången komma lite närmare bilen innan den stickande stanken märks. Hon stålsätter sig, håller för näsan genom det hårt åtknutna linnet och fortsätter ta steg framåt, i riktning mot bilen.

Linda tittar sig omkring, hon kan se ett fåtal människor på parkeringen, alla befinner sig längre bort, närmare sjukhuset. Hon funderar på om hon ska gå och hämta någon, be någon annan följa med henne. Men nej, det känns ju ändå onödigt, tänker hon. Det är studenttider och ingen har tid att besöka vårdcentralen, mer troligt akuten efter någon fylleolycka, där brukar det vara högsäsong i studenttider.

Här i parkeringsplatsens nordvästra hörn, i svalkan av ett antal tallar som står i direkt anslutning, är det tyst och lugnt. Ingen som har parkerat här, för långt att gå för de som inte räknar steg. Hon försöker att andas genom munnen. Försiktigt.

Nu är hon så nära att hon kan höra flugornas surrande, aggressivt kretsar de runt bilen. Äckliga flugor. Linda tar de få kvarvarande stegen fram till bilen, stålsätter sig och tittar in genom framrutan. Tomt. Hon viftar irriterat bort flugorna. Stanken är fruktansvärd nu.

Hon går längs sidan på bilen och kikar in genom fönstret på passagerarsidan för att få bättre överblick. Det sitter ingen i vare sig passagerarsätet eller förarsätet. Det är förvånansvärt tomt i bilen. Inte ett enda skräppapper eller tomburk. Den ser nästan nystädad ut. Märkligt med tanke på bilens skick i övrigt.

Bilen är så pass liten att det inte kan gömmas något på golvet men hon kikar för säkerhets skull neråt också. Inget. Hon tar ett par steg och sätter handen som skuggskydd för ögonen och tittar in i baksätet. Tomt.

Nu inser Linda det hon kanske insett hela tiden, att det bara finns ett ställe kvar att leta på. Bagageutrymmet. Hon vänder sig snabbt om och tittar bort mot trottoaren, för att säkerställa att killen inte har följt efter henne. Hon behöver inte vara orolig, han gör som hon har sagt till honom.

Killen sitter kvar på trottoarkanten men han har nu helt glömt bort sin mobil och sitter och stirrar åt hennes håll. Sakta vänder hon tillbaka huvudet mot bilen och tar de få stegen runt bilen för att hamna vid bakluckan. Hon viftar frenetiskt för att försöka hantera flugorna. Det är en kamp som är omöjlig att vinna. Varför gör du det här Linda? Du vet ju att det inte är något bra. Verkligen inte bra. Vad är det du försöker bevisa? För vem?

Alla hennes sinnen är nu på högspänn där hon står vid bakluckan. Hon har en overklighetskänsla där hon står som i trans och tittar på det rostiga taggiga hålet långt ner på luckan, nära låset, där flugorna letar sig in i bagageutrymmet. In och ut, ut och in flyger de. Och surrar.

De påminner henne om myggor vid en tjärn en sensommarkväll. Ljudet och stanken håller på att göra henne galen. Det äter sig in i hennes medvetande. Men hon kan ändå inte förmå sig att flytta på sig, att ta sig därifrån.

Rosten har ätit upp ett hål stort som en handflata. Aggressivt håller rosten på att skapa ett allt större hål. Hålets form påminner om en oregelbunden stjärna. Hennes blick fastnar på en vanlig hästfluga som sitter på kanten av en av rostflagorna som sticker ut över hålet. Det är som att den sitter och övervakar det som sker där inne. Men vad finns det innanför? Mot hennes vilja men med en nyfikenhet som ändå tar överhanden böjer hon sig ner mot rosthålet och tittar.

Hon önskar efteråt att hon aldrig hade gjort det. Synen kommer för alltid finnas fastsvetsad på näthinnan. Hennes hjärna kräver ställtid för att absorbera det hennes ögon precis har sett.

Det ligger en människa i bilen. I bagageluckan. Eller är det en människa? Eller är det en del av en människa? Det enda hon kan se genom hålet är ett öga och delar av det som tidigare måste ha varit en näsa. Det är svart från näsan, blod som har runnit?

Det är inget levande ansikte hon ser där inne. Det kan det omöjligen vara. Men det hade hon nog innerst inne förstått redan från början, även om hon ville intala sig något annat. Hon böjer sig ner igen.

Det stirrande ögat som möter henne inifrån bagageutrymmet, är helt vidöppet, med en enormt stor pupill. Så uppsvullet att det håller på att tränga ur sin håla. Som att det inte längre får plats.

Under ögonlocket, längst in i ögonvrån mot näsan, ser hon något som försöker tränga sig ut. Något som kämpar utåt. En larv. En kravlande envis vit fet larv. Frenetiskt borrar den sig upp genom det uppsvullna ögat.

Flugorna har börjat kalasa på ögat, snart kommer det inte vara mycket kvar. Flugorna kryper och klättrar, på varandra, slåss om att komma fram. In i ögat vill de, in i innanmätet. De kämpar för att hitta en öppning in. Tar ett surrande varv och kommer tillbaka för att försöka igen. Hungriga. Hungriga på dött kött.

FYRTIOETT

Under tiden hjärnan bearbetar och sammanställer informationen från den syn som möter henne när hon tittar in i det sönderrostade hålet i bakluckan, står hon som fastfrusen. Helt oförmögen att röra sig. Sen vaknar hon till liv, förlamningen släpper och hon vänder sig snabbt om.

Springer snubblande tillbaka i riktning mot killen som fortfarande sitter på trottoaren. Hon gräver i väskan, måste hitta telefonen. Måste ringa. Killen ser vettskrämd ut.

Hon inser att han är rädd för henne där hon kommer springande. Just det, hon har linnet knutet runt ansiktet fortfarande, hon sliter ner linnet så det hamnar runt halsen som en halsduk. Tankarna flyger där hon snubblande tar sig fram. Snart framme, benen är inte helt samarbetsvilliga.

Hur fan kunde hon vara så dum att hon lät honom vara kvar här. Gode gud, låt honom inte ha tittat in genom det rostiga hålet. Tanken på det hemska uppsvullna ögat och vad som kan höra ihop med ögat, och därmed finnas i bilen, gör henne panikslagen. Hon famlar i väskan. Var fan är telefonen? Äntligen känner hon telefonens välbekanta form med fingrarna och drar upp den ur väskan och sjunker pustande ner på trottoarkanten bredvid killen.

Linda kippar efter luft, frisk luft, hon har hållit andan hela vägen tillbaka. Andas lugnt. Ett, två, tre, fyra. Hon inser också att hon behöver göra något för att lugna killen, och sig själv, och lägger armen om honom.

"Vad heter du?", frågar hon killen.

"Robin", piper killen med tunn gråtfärdig röst.

"Lyssna nu noga på mig Robin. Jag behöver ringa polisen och sen ska vi ringa dina föräldrar så att de kan komma hit. Vi sitter här tillsammans och väntar. Ok?" Linda försöker hålla sig så lugn hon bara kan när hon pratar med Robin. Stackars kille. Och stackars henne. Och ännu mer, stackars människa i bilen. Hon trycker ett-ett-två på telefonen och kommer snabbt fram till en operatör som lovar att skicka en polisbil direkt. Operatören ber henne vänta kvar för att visa polisen rätt. Linda lovar självklart att stanna kvar.

När hon har lagt på luren vänder hon sig återigen till killen, Robin.

"Nu är det nog bäst att vi ringer mamma och pappa så att de kan komma och hämta dig." Robin nickar sakta. Den tidigare kaxigheten är långt borta och han ser rädd ut.

"Jag vill inte vara kvar här längre, jag kan gå hem själv." Linda märker att Robin bara vill därifrån men hon inser att Robin faktiskt är ett vittne och att det är bra om han är kvar. Dessutom känns det tryggt om han skulle bli hämtad av en vuxen.

"Vi kan väl börja med att ringa hem, ok? Har du numret till dem?" Linda lirkar och det verkar funka. Robin väljer ett av de inlagda favoritnumren och pratar kort med sin pappa.

"Pappa jobbar hemma och vi bor precis nära här, han kommer på en gång."

"Vad bra."

De sitter där, bredvid varandra på den varma trottoaren. Linda lägger armen om Robins axlar och han låter armen ligga, sina tio år till trots. Det känns nästan fridfullt mitt i allt det hemska.

Efter några minuter kommer en man i fyrtioårsåldern flåsspringande in på parkeringen, det är Robins pappa. Robin springer honom till mötes och får en trygg pappafamn att landa i. Spänningen som tidigare hade triggat hans kaxiga kontaktsökande med Linda känns nu väldigt avlägsen.

Linda berättar kort för pappan vad som har hänt, utan att gå in närmare på detaljer. Pappan säger att han tar med sig Robin hem men han skriver in sina kontaktuppgifter på Lindas telefon så att polisen kan kontakta dem.

Robin och hans pappa försvinner hemåt och Linda sätter sig igen ner på trottoaren. Hon stirrar mot bilen som står där borta i hörnet. Surrealistiskt. Hon undrar när poliserna kommer. Hon kollar på sin telefon, det har gått tjugotvå minuter sedan hon ringde polisen. Märkligt, känns som evigheter sedan. Karin har messat och undrar om de ska mötas upp innan de träffar de andra. Linda messar tillbaka kort och skriver att hon blir sen, det har hänt en grej och att hon kommer så fort hon kan.

Hon hinner precis skicka iväg meddelandet när en polisbil svänger in på parkeringen. Hon reser sig upp och vinkar med handen för att ge sig tillkänna. Polisbilen kör bort mot henne och stannar bilen bredvid henne. Det sitter två kvinnliga poliser i bilen. Den som kör bilen, en mörkhårig kvinna, lite äldre än Linda, rullar ner rutan på förarsidan.

"Är det du som har ringt oss?"

"Ja, det är jag. Vad bra att ni kom så fort."

"Var står bilen du ringde om?"

"Det är den där gröna Volvon, borta i hörnet." Linda pekar bortåt den avlägsna delen av parkeringen, längst bort vid stenmuren, och poliserna följer Lindas hand med blicken..

"Ok, vi åker dit och tar oss en titt så får vi prata mer sen."

"Jag är läkare, jag kanske kan vara till hjälp? Jag arbetar här inne på vårdcentralen."

"Tack för erbjudandet men om det är som du beskriver så är nog inte personen i behov av läkarvård längre. Men, det är klart, om du tror att du klarar av det så skadar det ju inte. Vi vet ju fortfarande inte exakt vad vi kommer att träffa på i bilen. Men du får i så fall förbereda dig på att det kan vara ganska otrevligt. Och så får du hålla dig bakom oss, ok? Och så behöver vi se din läkarlegitimation, för formalitetens skull." Linda tänker snabbt över alternativen och tar sedan ett beslut.

"Jag kommer med bort." Hon visar fram den legitimation hon har fått som AT-läkare. "Jag är snart klar", säger hon när de tittar på legitimationen.

"Ok, ja ja, tack. det får räcka med det. Om du går bort så kör vi bort." Linda nickar och börjar gå i riktning mot den gröna bilen. Halvvägs dit drar hon återigen upp linnet och drar åt så gott hon kan. När hon kommer bort till den gröna bilen har polisbilen redan kommit fram och de två kvinnorna har hunnit kliva ur bilen.

Poliserna går ett varv runt bilen, precis som Linda själv gjorde, och stannar sedan vid bakluckan.

"Det var här jag såg det", säger Linda och pekar ner mot det rostiga hålet.

"Ok", säger den ena kvinnan och böjer sig fram och tittar genom hålet.

"Vi behöver ta upp bagageluckan, nu direkt. Och vi behöver ringa hit en ambulans." Orden sprutar ur henne med en rutin som sitter i ryggmärgen. Kollegan sätter sig snabbt i framsätet på polisbilen och ringer in till kommunikationscentralen medan polisen som gav instruktioner går bort till polisbilens baklucka.

Polisen tar fram plasthandskar och tar på sig och räcker över ett par till sin kollega också. Därefter går hon tillbaka till bilen och trycker på knappen till bakluckan.

Det är tur att det är en gammal bil med bara nyckellås, tänker Linda. Och att den har lämnats olåst. Polisen öppnar luckan bara en aning på glänt.

Linda kan inte se något, för liten glipa och mörkt innanför. Men det kommer upp en stor svärm av flugor när luckan ruckas ur sitt stängda läge. Surrandet förvärras, ljudet av de surrande flugorna är olidligt.

De tar alla tre automatiskt ett steg bort från bilen. Polisen som försöker öppna bagageluckan tittar sig noggrant omkring för att säkerställa att ingen nyfiken har kommit nära bilen. Linda ser ett par i sin egen ålder som är lite längre bort på parkeringen men som är på väg mot dem. De verkar ha kommit från sjukhusentrén. Mannen har bandage runt näsan och ser onekligen ganska lustig ut. Paret tittar åt deras håll. Polisbilar väcker intresse. Och kanske också linnen lindade runt ansiktet, tänker Linda.

"Kan ni vara så snälla och ta en annan väg", återigen polisen med det mörka håret som pratar. Hon har tagit några steg i riktning mot paret.

Egentligen är nog möjligheten minimal att kunna se något så som bilen står inbackad i hörnan där vid stenmuren. Men Linda förstår att det inte är något för allmänheten att beskåda. Tjejen hade nog gärna stannat, hon ser nyfiken ut och har plockat fram sin telefon, Linda kan se att hon öppnar munnen, som för att fråga något, men killen säger något till henne och de vänder sig om och går åt andra hållet. De tittar sig om ett par gånger men försvinner sedan runt hörnet på sjukhusbyggnaden.

"Ok, då kör vi, var beredda", säger den mörkhåriga polisen och drar upp bagageluckan rakt upp så den stannar i öppet läge.

"Men vad i helvete. Fy fan", utbrister hon samtidigt som hennes kollega böjer sig åt sidan och kräks rakt ner på asfalten.

Linda är verkligen beredd att hålla med, både gällande uttrycket och illamåendet. Fy fan vad vidrigt. Linda känner även hon ett akut illamående. Hon får kväljningar men lyckas hålla det i schack även om magen krampar.

Tur att hon inte har hunnit äta middag än. Andas med munnen. Andas med munnen.

I bilen ligger en människa. Eller, människa är fel ord, resterna av en människa kanske är bättre att säga. Det är en man, det är ungefär det hon kan se. Det finns ingen som helst tvekan om att mannen är död. Det finns inte heller någon tvekan om att det inte är en naturlig död.

Mannen ligger i en märklig ställning, helt naken. Linda tycker att sättet han ligger på påminner om ett litet nyfött barn. Med händer och fötter fastlåsta framför kroppen med det hårt åtdragna repet. Knäna är uppdragna mot bröstet.

Måste ha varit fruktansvärt att ligga i den ställningen, att inte kunna röra sig. Med blicken fäst på friheten utanför det rostiga hålet. Ryggen böjd som ett stort C, smärtan måste vara outhärdlig. Vem kan göra något sådant mot en annan människa? Varför?

Ansiktet är helt uppsvullet och nu kan Linda se att det inte bara är ögat som har påhälsningar av larver. De är överallt, så också flugorna. Överkroppen är delvis täckt av en mörk sörja. Huden är fläckig och vitgrå däremellan.

Runt mannens huvud har någon lindat silvertejp. Under tejpen, från munnen, går en rännil av någon mörk vätska som fortsätter ner mot magen.

Ovanpå silvertejpen, som verkar ha haft syfte som munkavle, har någon tejpat en lapp. En laminerad handskriven lapp. Poliserna tittar på den och rynkar pannan.

Orden på lappen betyder inget för dem. Har inget sammanhang. Men Linda får en chock när hon ser lappen och läser vad det står. Hon har hört någon läsa upp några snarlika ord, från en annan lapp, i ett helt annat sammanhang. Kan det vara en tillfällighet? Knappast.

Ditt liv, du den utvalda.

FYRTIOTVÅ

De har hittat dig nu. Det tog längre tid än jag trodde. Parkeringsbolaget gör inte ett bra jobb. Men det är bra. Blir bättre så. Jag observerar på avstånd. Ingen vet vem jag är. Men snart så. Nu är det bara ett uppdrag kvar för mig. Det viktigaste.

FYRTIOTRE

Parkeringen är nu full av nyfikna människor som stirrar bort mot polisens avspärrning. De två poliserna har nu fått förstärkning av ytterligare poliser som nu står och håller allmänheten tillbaka.

Linda chockas över den gränslöshet som har etablerat sig bland nutidens mer eller mindre ofrivilliga åskådare. Många håller upp sina telefoner högt över huvudet, försöker skapa reels av det som händer där borta i hörnet.

Men polisen har snabbt hunnit sätta upp ett tält och avspärrningarna är satta med god marginal, poliserna är rutinerade och verkar ha varit med om denna typ av beteende tidigare.

Linda har lämnat poliserna och parkeringen, som nu är en brottsplats, och gått tillbaka in på vårdcentralen. Hon sitter nu i sitt undersökningsrum och tittar ut över det fenomen som händer på parkeringen. Hon är förundrad över hur människor verkar tappa allt sunt förnuft. Hade de sett vad Linda såg i bagageluckan hade de nog inte varit lika besatta i att försöka få till bra bilder tror Linda. Fast hon är inte säker.

Mia sitter där i rummet med henne. Hon säger inte så mycket, pillar med sin telefon och tittar upp ibland, ser till att Linda är ok. Fina, lojala, snälla Mia. Linda blir generad när hon tänker på att hon tidigare inte sett Mia för den hon verkligen är, en fin vän.

Linda stötte ihop med Mia i entrédörren när hon själv var på väg tillbaka in på vårdcentralen. Mia var uppenbarligen på väg hem. När Linda snabbt berättade vad som hänt så gick Mia, som om det var det mest naturliga i världen, in igen på vårdcentralen tillsammans med Linda och polisen.

Hon väntade utanför i korridoren medan polisen, som Linda nu vet heter Ingrid, hade ett första förhör. Ingrid berättade att de väntade in särskilda brottsutredare som skulle ta över förhöret och bad henne därför vänta kvar på rummet tills de kom.

Mia verkar messa intensivt med någon, det plingar oavbrutet av inkommande meddelanden.

Linda tittar åter ut genom fönstret. De två första poliserna har nu också fått sällskap av en kriminaltekniker som arbetar inne i tältet. Linda kan se honom ibland när han kommer ut ur tältet.

"Vill du ha något?", frågar Mia plötsligt. Hon verkar vara färdig med messandet.

"Nej tack, det är bra", svarar Linda.

"Är det säkert? Kaffe, te eller vatten? Eller något att äta? En skorpa kanske? Det finns nog några i köket." Mia trugar, verkar vilja känna sig behövd.

Linda kan inte låta bli att le stort, trots den absurda situationen. Mia låter som en riktig bullmamma.

"Mia, du kommer bli en fantastisk mamma."

Reaktionen blir inte riktigt den Linda väntat sig. Istället för att skratta ser Mia rent av chockad ut och blir knäpptyst. Sen stammar hon fram.

"Vet du?"

"Vet vad då?"

"Om mig?"

"Nu hänger jag inte med alls, vad menar du Mia?" Nu är det Lindas tur att se ut som en fågelholk.

"Jag är gravid", piper Mia fram och börjar samtidigt gråta.

"Nej men va, Mia. Vad roligt! Nej, jag hade verkligen ingen aning. Att du inte har sagt något till oss andra. Fast det förstås, det är ju såklart du som bestämmer." Linda märker att hon återigen pladdrar på och skyndar sig istället fram till Mia och kramar om henne. Mias axlar höjs och sänks när hon hulkar därunder.

"Nä, det är inte alls roligt", snörvlar Mia.

"Men fina du, varför inte det?"

"För. Det. Går. Inte." Nu hulkar Mia så det är svårt att höra vad hon säger. Orden kommer fram i stackato.

"Jag måste erkänna att jag inte har koll på att du har en kille. Du har ju en ganska stark integritet och jag har inte velat fråga. Här, här är lite papper." Linda drar en rejäl remsa från Torkyhållaren på väggen.

"Buhhäääää." Nu gråter Mia ännu mer och fräser ljudligt ut snoret i pappret som Linda har gett henne. Mitt i det nya informationskaoset knackar det på dörren och in genom dörren tittar David. David med de vackra ögonen.

Nej, det här är lite för mycket hinner Linda tänka innan David ändrar ansiktsuttryck från leende till bekymrad.

"Oj förlåt, ska jag komma tillbaka?"

"Nä, jag ska gå." Mia reser sig hastigt upp från stolen och kastar sitt söndersnutna papper i papperskorgen. Drar sedan ytterligare en lång remsa papper från behållaren som hon håller för sitt söndergråtna ansikte medan hon går ut genom dörren.

"Snälla Mia, vänta på mig där ute. Jag kommer så fort jag kan", vädjar Linda till Mia.

David stänger dörren efter Mia och går in och ställer sig mot britsen.

"Hej", säger David och tittar rakt på henne.

"Ähmm, hej."

"Det är märkliga möten vi har måste jag ändå säga." David ler när han säger det.

"Jo, det är visst så", svarar Linda förläget. Hon vill inte titta upp, och in i, Davids blå ögon. Hon sneglar på hans hand, fortfarande ingen ring. Hon blir glad. Och hoppfull. Återigen märkliga känslor som landar mitt i detta totala sammelsurium av händelser.

"Jaha ok, ska vi försöka vara lite formella då så vi får förhöret avklarat. Förstår att upplevelsen måste ha varit chockartad för dig så jag kan förstå om minnet känns lite grusigt. Vi får hjälpas åt."

"Självklart, jag ska göra vad jag kan."

"Jag väntar på Anders, vet inte om du kommer ihåg min kollega som var med mig när vi var här förra gången? Han kommer om bara en liten stund men han bad mig starta upp förhöret med dig för att inte tappa tid."

"Det är helt ok. Fråga på du."

"Kan du hjälpa mig genom att ta det från början?

Men innan dess måste jag också fråga om du har sett något misstänkt? Eller kanske det har varit något eller någon som har betett sig annorlunda, innan händelsen idag? Ja, alltså som inte är relaterat till Axel Johansson utan till mannen som hittades i bilen idag?"

"Nej, jag åker ju buss och har oftast ganska bråttom när jag går, eller ja, snarare springer, fram och tillbaka till bussen. Jag genar över parkeringen men brukar vara mest fokuserad på att hinna i tid, inte så mycket fokus på bilarna på parkeringen. Och den här bilen, den står ju i hörnet. Lite dold i skuggan under de där tallarna, så det var inte så att jag sprang förbi den. Eller la märke till den." Linda pekar ut genom fönstret.

"Ok, och vad var det som hände tidigare idag."

"När jag skulle gå hem idag var det härligt väder så jag bestämde mig för att gå en bit på väg hemåt. Och då kom den här killen, Robin, springande över parkeringen..." Linda berättar hela historien för David, allt hon kommer ihåg, men kanske inte de äckliga detaljerna, de tänker hon att han får höra ändå.

"Jag vet att det kanske är svårt att säga, utifrån skicket kroppen är i, men känner du igen honom?", frågar David. Linda skakar på huvudet.

"Jag har aldrig sett honom, inte vad jag vet i alla fall."

"Vi håller på att identifiera mannen. Just nu håller vi på att ta reda på ägaren till bilen och utifrån det hoppas vi kunna säkerställa om det är bilens ägare som vi har hittat. Men även om det skulle vara ägaren som ligger i bilen så måste någon annan ha kört bilen hit. Jag vet att du sa att du inte har noterat den här bilen tidigare men har du i övrigt noterat något ovanligt? Något som stack ut?"

"Nej, jag måste vara ett uruselt vittne. Precis som förra gången så såg jag inget speciellt. Det var en del människor på parkeringen men de verkade vara på väg till och från sjukhuset, så nej, inget misstänkt. Varför frågar du det förresten?"

"Ibland rör sig förövaren i närområdet för att hålla uppsikt över brottsplatsen. Det här är ju helt klart ett tillvägagångssätt utöver det vanliga vilket gör gärningsmannen till en unik gärningsman också. Den typen av gärningsmän brukar ofta ha ett avvikande beteende."

"Det är verkligen inte lätt att säga för det rör sig väldigt många människor runt ett sjukhus varje dag. Kan mördaren vara en av dem? Ja, kanske. Eller kanske inte. Vet du, jag är ledsen men det är inget jag vill, eller kan, spekulera i."

"Självklart ska du inte spekulera, jag är bara ute efter fakta. Ok, men då vet jag."

Han satt omänskligt fastsurrad, med händer och fötter som i ett skruvstäd. Någon hade sett till att han inte kunde röra sig alls. Helt bisarrt! Vem gör något sånt? Jag har aldrig sett något liknande. Eller har jag? Det är ju fan tortyr att sitta fast så där." Linda inser att hon pratar samtidigt som hon tänker. Hon tittar på David. "Eller vad tror du?"

"Jag håller med om att det är ovärdigt sätt att avsluta sitt liv på."

"Ovärdigt. Avsluta sitt liv. Nu får du ge dig. Hur formell kan man bli! Killen blev ju mördad. På dig låter det så jäkla städat. Det var inte det minsta städat. Vidrigt var det!" Linda får en minnesbild av de vita feta krälande larverna som mumsade på dött kött.

"Jamen ok, vidrigt kan jag verkligen hålla med om att det är."

"Det måste vara någon som ville plåga honom. Var han död när han hamnade i bilen? Annars är det ju ännu mer fruktansvärt." Linda kan plötsligt känna mannens panik över att sitta fast i en så vidrigt klaustrofobisk ställning och dö långsamt i värmen, i bakluckan på en bil.

"Ja, att den som utsatte honom för detta ville att han skulle lida är det nog inget tvivel om. Just nu vet vi inte så mycket om omständigheterna men det får vi försöka ta reda på. Får vi tag på den som har gjort det så kanske vi kan få svar. Hoppas det."

"Det hoppas jag verkligen."

David fortsätter att ställa frågor och Linda svarar så gott det går.

"Ja, det var nog allt jag kan komma på att fråga dig om just nu. Men vi ringer dig om vi behöver komplettera med någon fråga." David antecknar i sin anteckningsbok och stänger sedan igen den och sneglar på sitt armbandsur. Det verkar inte som att Anders kommer hinna hit, tänker Linda.

"Ehh, förlåt för sist", får Linda ur sig. Hon tycker att det är sjukt obekvämt med tystnaden och att David bara står där och tittar på henne.

"Jaha, men nej, det är ingen fara." David viftar avväpnande med handen. Surrealistiskt igen, tänker Linda. Här står de och småpratar när det ligger en död människa i en bil utanför.

"Om du vill kanske vi kan springa tillsammans någon gång?" Linda känner sig plötsligt oändligt modig. Kanske på grund av att världen runt omkring henne är i kaos?

"Det vore verkligen trevligt", svarar David med ett brett leende och Linda märker att hans ögon glittrar när han ler. Linda ler tillbaka.

"Då bestämmer vi det." Linda får en härlig känsla i magen när hon uttalar orden. Det här kan faktiskt bli bra, på riktigt.

"Då är det kanske dags att jag går vidare och gör mitt jobb?" David rätar upp sig i hela sin längd och gör en skämtsam honnör. Linda blir ställd och det märks tydligen för David blir genast allvarlig igen.

"Ursäkta mig, verkligen dålig tajming. Vi hörs snart om löpningen och så hör jag eller Anders av oss om vi har fler frågor, Ta hand om dig så länge." Davids kommunikationsradio sprakar lägligt till. Han svarar. Tittar sedan på Linda och tecknar till henne att han behöver lämna rummet och går ut i korridoren.

FYRTIOFYRA

Linda sitter kvar en stund i kontorsstolen. Helt mentalt utmattad och full av förvirrande motsägelsefulla tankar. Mannen som ligger död i bakluckan på den gröna bilen. Maskar som krälar i ögonen. David med de fina ögonen. Och de har ju nästan en dejt. För visst var det det de sa? Eller?

Hon tar fram mobilen och ser att Karin har ringt fyra gånger. Hon tittar på klockan på mobilen, den är halv sju. Hon hade lovat att möta Karin och de andra redan vid fem, inte konstigt att de undrar vart hon har tagit vägen. Det är inte likt henne att inte dyka upp. Det känns som en evighet sedan hon gjorde sig i ordning för att lämna sjukhuset för dagen. Och så har det bara gått två och en halv timme.

Linda orkar ändå inte ringa tillbaka, trots att det är Karin. Hon knappar iväg ett snabbt sms där hon skriver att hon är ok men att det har hänt en sak på jobbet så hon kan inte komma ifrån. Hon tänker att hon ska ringa Karin senare, och berätta vad som egentligen har hänt, när hon orkar. Men herregud, nu kommer hon på att hon har bett Mia att vänta utanför. Mia som är så ledsen för att hon är gravid. Varför då? Med vem? Linda fattar ingenting.

Linda reser sig snabbt och går och öppnar dörren ut till korridoren, hon tittar sig omkring på jakt efter Mia men hon syns inte till. Längre ner i korridoren står David och pratar med Anders som nu har dykt upp. Hon går vidare mot receptionen och letar men Mia är inte där heller. Det är tomt i rummet närmast receptionen också och Linda inser att Mia måste ha gått hem. Hon kanske inte orkade vänta. Stackars Mia. Linda lägger till på minneslistan att hon ska ringa även Mia lite senare.

Hon vänder om och går tillbaka till sitt rum för att hämta jackan och ryggsäcken för att äntligen kunna ta sig hemåt. Hon har ingen energi att möta upp de andra på stan, hon planerar att ringa Karin på vägen hem och förklara.

Det är tomt i korridoren när hon kommer ut från sitt rum. Helt tyst. Känns nästan kusligt tyst tycker hon. David och Anders som var här alldeles nyss är nu försvunna. De har väl fått annat för sig. Hon börjar gå neråt korridoren mot utgången.

Ihhhhhaaahhh... Tystnaden bryts av ett omänskligt ljud. Ett hyenalikt, ylande avgrundsvrål kommer från ett av rummen längre ner i korridoren. Är det inte Lenas rum? Är det Lenas röst?

Linda springer de få stegen genom korridoren, ljudvolymen ökar när hon närmar sig. Det är Lenas rum. Lena måste ha jobbat över som vanligt. Men vad är det som har hänt? Hon sliter upp dörren och försöker ta in vad som utspelar sig där innanför.

Scenen hon ser framför sig när hon rycker upp dörren får hennes hjärna att återigen benämna det, ja, surrealistiskt. Det finns inget bättre ord. Världen är på riktigt galen. Runt, runt i rummet, cirklar Lena, vandrande som i trans. Med händerna hårt tryckta mot öronen. Som för att försöka hindra något att komma åt henne. Hon ömsom vrålar, ömsom kvider. Lena? Linda förstår ingenting. Vad är det som händer? Hon blir stående som fastfrusen och försöker få en överblick över rummet.

Vid rummets ena långsida står David och Anders upptryckta mot en sliten anslagstavla där någon, Lena kanske, har nålat fast information om olika gruppaktiviteter som sjukhuset erbjuder. Medicinsk yoga står det på en lapp. Linda funderar över vad skillnaden är mellan medicinsk yoga och vanlig yoga? Hon ruskar på huvudet som för att bli av med tanken. Märkligt hur hjärnan fungerar. Fastnar vid oväsentligheter. Allt för att slippa ta in det plågsamma. Det oförklarliga.

David och Anders ser allvarliga ut. Något osäkra på hur de ska hantera denna uppenbarligen traumatiserade kvinna.

Lena beter sig som ett plågat djur, en person i djup kris, det kan vem som helst både se och höra.

Anders pratar i telefon, helt omöjligt att höra vad han säger och tänker och det gäller förmodligen även Anders själv för han nickar och skakar på huvudet i takt med vad personen i andra änden säger, trots att det helt klart inte kan vara en tankeläsare i andra änden. Anders skakar förvirrat på huvudet och säger något i telefonen.

David går fram till Lena, försöker fånga henne i den eviga vandringen. Linda hör honom försöka avleda henne och få henne att sätta sig ner på en stol istället för att vandra runt. Lena vrålar bara högre och smäller hårdhänt till honom över armen medan hon fortsätter sitt plågade ylande. Han tappar för ett ögonblick kontrollen när Lena smäller till honom men återfår sedan fattningen.

David tittar mot Linda tvärs över rummet, håller fast hennes blick, och nickar. Linda inser att han ber henne om hjälp och att hon behöver kliva in som stöd till Lena.

Lenas ylande övergår nu till hulkande och de evinnerliga cirklarna blir snävare och snävare. Utan förvarning rasar Lena ihop i en hög och kvider stilla. Hon förblir liggande. David och Linda tittar återigen på varandra och David nickar. Linda går fram och faller på knä bredvid Lena, stryker henne försiktigt över håret. Vad i hela världen är det som har hänt?

Lena ligger där, i fosterställning på golvet, kroppen darrar av gråt. Linda försöker göra vad hon kan för att stötta sin uppenbart förtvivlade handledare. Det måste vara något fruktansvärt som har hänt. Lena brukar vara lugnet själv. Linda förstår verkligen ingenting. Vad är det som händer omkring henne här på vårdcentralen.

Linda fortsätter att sakta stryka med handen över Lenas sträva gråblonda hår. Vinkar till sig en bit papper som David river av och sträcker åt henne, och som hon räcker vidare till Lena för att hon ska kunna snyta sig. Andra gången på en timme reflekterar Linda.

Lena snyter sig ljudligt. Hon verkar sakta lugna sig. Men hon ligger fortfarande kvar på golvet. Hopkrupen i fosterställning, med kroppen fortfarande skakande. Linda böjer sig sakta fram mot Lenas öra och viskar försiktigt så att hon inte ska bli skrämd.

"Lena, det är jag, Linda, vad är det som har hänt?"

"Uhhhh huuuu huuu, uaaaaa", börjar Lena yla igen. Linda tittar frågande upp mot David och Anders, som nu äntligen har slutat prata i telefon. David vänder sig mot Anders som nickar bekräftande tillbaka och David harklar sig därför försiktigt och tar till orda.

"Det är så att vi har kommit med ett tråkigt besked till Lena. Vi har fått en träff på mannen i bilen och det har visat sig vara Lenas son Gustav."

Gustav? Linda förstår återigen ingenting. Varför ligger Lenas son död i en bil på sjukhusets parkering? Mördad? Plågad till döds. Gustav, den fantastiska matlagaren. Gustav som är Lenas allt.

Varför?

FYRTIOFEM

"Vart ska vi gå då?" Sara drar igen skåpsdörren och tittar på Linda. Hon har redan hunnit byta om till civila kläder.

Linda har inte kommit lika långt, hon är djupt koncentrerad på de förbannat irriterande, ologiskt små knapparna i blusen, och hör inte ens att Sara pratar med henne.

"Ho, ho, är det någon hemma?", hojtar Sara och viftar med armarna.

"Öhhhh, hmm, va? Vad sa du?" Linda tittar förvirrat upp.

"Jag bara undrade om du hade någon plan på vart vi ska gå?"

"Nej, jag är ju helt värdelös på ställen, förstår inte varför. Men Söder är ju alltid trevligt. Jag har en varm jacka så om du vill kan vi sitta ute", svarar Linda.

"Ok, vi kan väl ta bussen till Londonviadukten och promenera upp mot Medborgarplatsen? Då kan vi bestämma sen om vi svänger ner mot Nytorget eller fortsätter rakt fram mot Medis. Låter det bra?", undrar Sara.

"Det blir toppen!", svarar Linda och försöker hålla en lättsam ton.

Sanningen är att hon inte alls känner sig lättsam. Det känns fan för jävligt.

Händelsen med Lenas son Gustav har påverkat henne otroligt mycket. Hon vaknar svettig och ångestfylld om nätterna och vet med sig att det är förra veckans fruktansvärda upptäckt på parkeringen som ligger bakom. Vidrigt. Hon mår illa när hon tänker på det så hon försöker pressa bort minnesbilden. Hon har blivit erbjuden samtal med psykologen på vårdcentralen men hittills har hon inte orkat ta tag i det, även om hon inser att det nog kommer vara nödvändigt.

Hon förstår fortfarande inte kopplingen till Lena, mer än att det är hennes son förstås. Men varför i hela världen skulle någon få för sig att mörda just honom? Linda har aldrig hört Lena prata om något i Gustavs förflutna, eller för den delen i sitt nuvarande liv, som skulle göra honom utsatt för den här typen av brutalitet. Men det kanske inte är något man delar med sig av. Så väl känner hon ju inte Lena.

Det har varit en vecka av konstant ångestpåslag. Polisen har återkommit och hållit flera förhör med personalen på vårdcentralen men det är ingen som vet något, de varken förstår eller kan förklara. Linda har försökt ringa Lena, som är sjukskriven, men hon svarar inte. Hon orkar förstås inte.

Stämningen på vårdcentralen är minst sagt tryckt. Ingen orkar riktigt prata om det fruktansvärda som har hänt. Det är svårt att hitta orden, vad säger man egentligen? Lättare att vara tyst och jobba på, försöka förtränga det overkliga.

Kanske det är just på grund av allt detta hemska som har hänt som Linda föreslår Sara att de ska gå ut och ta ett glas vin efter jobbet. Uppleva något som påminner en aning om det normala.

De hoppar av bussen som planerat vid Londonviadukten och börjar gå backen uppför Folkungagatan. Linda märker att de inte pratar lika otvunget som i vanliga fall. Sara är ovanligt tyst. För att vara henne alltså. Som vanligt känner Linda ett ansvar för att hålla i gång konversationen, blir stressad av tystnaden.

"Så, hur går det med sommarplanerna då? Kommer ni åka ner till Skåne?", frågar hon Sara.

"Jo, men det blir det nog, som vanligt. Vi får ju passa på och hälsa på släkten också. Jag tycker mamma har verkat lite tankspridd och glömsk på sista tiden när vi har pratat i telefon och jag känner att jag vill stämma av hur hon har det." Sara låter en aning orolig på rösten.

"Tror du att det kan vara något minnesrelaterat eller bara lite trötthet?"

"Ja, det är ju det jag gärna vill ta reda på. Alltid lättare om man är på plats", svarar Sara.

"Förstår det."

"Men vi ska inte bo hos mamma, det blir för trångt i hennes lägenhet. Vi kommer bo hos min syster i Helsingborg en vecka och sen har vi hyrt ett hus i Mellbystrand i två veckor."

"Vad härligt det låter."

"Både Anna och Nils kommer ner första veckan, ja våra barn du vet. Anna berättade faktiskt i veckan om en ny kille som hon hade träffat och det lät som om det var allvar. Så vem vet, han kanske också kommer med. Tur att vi var förutseende nog att hyra ett stort hus med flera sovrum. Hoppas det är ordentligt ljudisolerat."

Linda vet att Sara älskar sina barn mer än allt annat och att hon gläds något enormt åt att få hänga en hel vecka med dem i sommar. Men för all del, visst kan det vara skönt med lite privatliv.

"Vad säger du, ska vi fortsätta upp mot Medborgarplatsen eller ska vi svänga ner mot Nytorget?", undrar Linda.

"Vi kanske kan ta något enklare, det har varit lite mycket utlägg på sistone", svarar Sara.

"Självklart, vi hittar något ställe, kanske lite enklare att hitta uppåt Medis? Vi ser när vi kommer dit vad vi hittar."

De slår sig ner på en av de inplastade uteserveringarna som ligger mitt på det stora torget vid Medborgarplatsen. Lite kyligare ikväll men det finns filtar som de sveper om benen och infravärmen lyser illrött ovanför varje bord. De beställer husets vita och en skål nötter av en stressad servitör. Servitören är snabbt tillbaka och sätter bestämt ner beställningen på bordet, så att de välfyllda glasen nästan skvimpar över. Linda noterar att de där vinglasen har använts många gånger. Vitrepiga av otalet diskar. Och med det där tjocka glaset som gör att vinet inte smakar lika gott. Ja, ja, det är som det är.

Linda tänker att hon vill undvika att prata om det jobbiga som har hänt så hon skyndar sig att sätta i gång samtalet i ett mer lätthanterligt ämne.

"Skål! Vad härligt det är att det snart är sommar och semester. Jag längtar efter den här ledigheten, ska bli så skönt."

"Ja men skål, härligt att komma ut lite. Vad var det du skulle hitta på? Skulle du göra något med Karin?"

"Jag har inte planerat hela sommaren än men vi ska åtminstone åka en vecka till Utö och cykla, bada och dricka rosévin på Hamnkrogen."

"Vad mysigt det låter, jag har knappt varit i skärgården måste jag erkänna. Vi har haft fullt fokus på att utforska Stockholm."

"Ja, det är ju ganska dyrt att åka på semester också. Priserna har gått upp jättemycket. Trodde jag skulle svimma när jag hörde vad det kostade att hyra en pyttestuga på Utö en vecka. En AT-lön räcker inte till mycket."

"Förstår det men en sjuksköterskelön räcker till ännu mindre."

"Förlåt, jag menade inte så." Linda skäms och förbannar sig själv för att hon aldrig tänker efter innan hon talar.

"Jag förstår det, ingen fara. Det är bara det att det är så himla svårt att få livet att gå ihop ibland. Pengarna räcker liksom inte till." Sara ser ledsen ut.

"Säg till om jag kan göra något", säger Linda försiktigt, utan att veta vad hon egentligen skulle kunna göra.

"Jag måste berätta en sak. Du får lova att inte berätta för någon, vet inte vad Janne skulle säga om det."

"Jaha, nej men självklart att jag inte ska. Vad är det?"

"Jo, jag har fått ett extrajobb som nattassistent till en kille som behöver assistans i hemmet. Det är skönt att få in de extra pengarna."

"Men oj, orkar du med det?" Linda kan inte för sitt liv förstå hur någon skulle mäkta med att jobba natt efter en heldag på vårdcentralen. Hon vet att hon inte skulle orka det i alla fall.

"Jodå, det funkar. Det är ganska nära hemma så restiden är inte så farlig. Klart man är lite trött ibland men det får gå."

"Öh, jo." Linda blir väldigt förvånad över Saras avslöjande och har svårt att hitta ord.

Hon funderar över varför Sara verkar vara i så stort behov av pengar. Det verkar inte ha varit ett problem tidigare, hon är ju också sambo. Hon blir nyfiken och vill fråga men struntar i det. Sara berättar nog när hon har lust. Om hon vill.

Linda bestämmer sig för att vända samtalet igen och de återgår till semesterplanerna, förhoppningar om att vädrets makter ska stå på deras sida i år och huruvida man äter jordgubbstårta eller jordgubbar med vispgrädde på midsommar.

"Tänk att du ska sluta hos oss snart. Det känns som precis nyss du började. Jag lovar, nästa AT:are är säkert en liten skum kille som sitter i ett hörn för sig själv."

"Ha, ha, jag är säker på att du nog får liv även i en liten blyg skumviol ska du se." Linda skrattar samtidigt som hon känner ett stygn av vemod. Det är ju faktiskt precis som Sara säger, hon kommer lämna kollegorna på vårdcentralen om bara några veckor.

"Men vi kommer ju hålla kontakten, går ut och dricker vin och så", säger Sara övertygande.

"Absolut, klart vi gör", svarar Linda med eftertryck. Fast hon vet med sig att det nog kanske inte blir så. Livet går vidare.

Efter att ha följt Sara till tunnelbanenedgången vid Björns trädgård fortsätter hon hemåt, tillbaka nedför Folkungagatan. Hon har inte bråttom ikväll. Stannar till och tittar i skyltfönster som hon passerar. Hon stannar till utanför ICA och tittar på reklamskyltarna i fönstret, Bregott normalsaltat för trettionio kronor. Monster energidryck för tjugo kronor. Hon känner det bekanta ångestsuget i magen göra sig påmint men andas djupt och bestämmer sig. Nej, inte idag.

Väldigt märkligt det där med Sara och extrajobbet. Hon har ju inte brytt sig om pengar på det sättet innan. Lindas blick flackar mellan de olika skyltarna i fönstret. Vad ska Sara med alla pengar till?

Linda stirrar på Bregottpaketet. Den grönvita kossan stirrar tillbaka på henne.

Hon vänder tillbaka blicken mot en annan reklamskylt. En digital skylt som gör reklam för Oddset och dagens matcher.

Hon inser att hon står och tittar på svaret.

Men vad fan. Så är det såklart.

Vad ska jag göra nu?

Någonting borde jag göra.

Eller?

Vad skulle det göra för skillnad?

Ingenting.

Sara har hittat en bättre lösning och det var det hon ville berätta för mig.

Linda släpper sitt fokus från skyltfönstret och tittar ner på trottoaren där en förrymd ketchupkladdig servett från grillen tvärs över gatan har landat bredvid henne. Hon petar tankspritt undan den med foten och fortsätter hemåt.

Livet. I nöd och lust.

FYRTIOSEX

Telefonen burrar till i fickan och ger ifrån sig en signal. Jag har fått ett sms. Det är från friluftsföretaget. Från kundklubben som jag sålde min själ till, för tio procents rabatt.

Jag köpte en ryggsäck som jag nu bär på ryggen. Speciellt för denna dag. Det är äntligen dags nu.

Dags att sätta punkt. För det jag har planerat så länge. Mina dagboksanteckningar fyllda av så många känslor.

Olika känslor. Hat. Ensamhet. Och sorg. Ändlös sorg. Sorgen över att vara jag.

Bara en kvar. Jag vet vem du är. Jag har väntat länge. Men nu är det din tur.

FYRTIOSJU

"Kan du kolla om du hittar sugrör? Åh vad skönt, nu är vi nästan klara." Karin manövrerar kundvagnen med ena handen och dirigerar Linda och inköpslistan med den andra handen. Hon är en enastående projektledare, bättre än Linda någonsin skulle bli.

"Var hittar man såna nuförtiden? Är det ok om jag tar plastsugrör ifall jag hittar, eller tycker du att jag är en fruktansvärd miljöbov då?" Linda hatar det nya påfundet papperssugrör. Den soggiga, slaskiga känslan mot läpparna när sugröret har hunnit blötas upp i smoothien är vedervärdig. Hon ryser av obehag när hon tänker på den där papperskänslan. Klart miljön är viktig men papperssugrör bokstavligen suger.

"Lycka till med att hitta sådana. Men absolut, ta vad du hittar." Karin viftar lite stressat disträ och sen är hon försjunken i sin inköpslista igen. Linda traskar villrådigt iväg för att hitta sugrör.

De har tagit på sig uppdraget att handla mat inför midsommar. Martina och Sara har tagit på sig att bunkra på Systembolaget så det var helt rättvist. Alla ska mötas upp på midsommaraftons förmiddag och hjälpas åt ute på sommarstället. Det ska bakas jordgubbstårta, löva majstång, pynta bordet och fixa sånghäften. Karin är allsmäktigt styrande och delar ut uppdrag till höger och vänster.

Som den effektiva projektledaren Karin är så har hon kalkylerat med att de behöver vara ute några dagar i förväg med att handla en del inköp, som tex laxen, för att hinna förbereda den i god tid innan fredag. Och som hon nöjt säger till Linda, det är bara idioter som handlar i sista sekunden. Och nu står de här i affären och trots Karins plan så är de långt ifrån ensamma. Idiot var det ja, tänker Linda och stirrar planlöst på partyhyllan framför sig, för ett ögonblick har hon helt glömt bort vad hon letar efter.

Telefonen plingar till i fickan. Linda plockar upp den och ser ett meddelande från mamma. Hon har skickat ett foto på en bild i en veckotidning, det är en tjej i en småblommig klänning som står med midsommarkrans i håret. Under bilden har mamma skrivit "Den här är så fin, den skulle passa fint på dig."

"Men vad tusan, lämna mig ifred", utbrister hon irriterat. "Gör mig bara mer stressad över att jag inte har hunnit köpa någon klänning. Fast det kommer säkert regna ändå, det gör det alltid på midsommar", muttrar hon trumpet för sig själv. Samtidigt blir hon skuldmedveten för mamma vill ju faktiskt bara vara snäll.

Suck! Vad var det nu hon skulle ha? Just det, sugrör var det. Helt plötsligt blir det viktigt att vara effektiv så att de kommer härifrån så fort som möjligt. Linda nappar till sig ett paket, inser att det är papperssugrör men det har plötsligt ingen som helst betydelse.

Med snabba steg halvspringer hon nedför gången och svänger runt hörnet i riktning mot Karin. Hon tvärnitar när hon inser att hon håller på att krocka med en man som kommer gående i gången, skjutandes en kundvagn framför sig. Det är Janne, arbetslagsledaren på vårdcentralen.

"Nej men hej", utbrister hon förvånat. Är du också ute och handlar? Vad ska du och familjen göra i midsommar? Sen märker hon att Janne ser märkbart obekväm ut. Konstigt, tänker hon.

"Nja, Charlotte och hundarna är ute på ön och jag ska jobba lite extra på närakuten. Ehh, kul att ses, verkligen, men nu måste jag springa, har lite bråttom."

I samma ögonblick som han säger det kommer en tjej sicksackande mellan kundvagnarna, blicken fokuserad på en förpackning med vakuumpackat kött som hon försöker scanna med en handscanner.

Linda står helt paralyserad. Det är inte möjligt. Det kan väl inte vara.

"Titta Janne, de har jättefin ryggbiff till extrapris, det kommer bli gott att..." Tjejen tittar upp och möter Lindas blick. Hon tystnar tvärt, som om någon har satt handen för munnen på henne. Det är Mia.

"Ehh, oj", får Linda ur sig.

"Jag visste att det här inte var någon bra idé", mumlar Janne och stirrar ner i vagnen.

De står där mitt i gången där på ICA. Linda, Mia och Janne. Ingen av dem säger något. Det är svårt att hitta några ord. Vad finns det att säga?

De blir räddade av Karin.

"Men äntligen, jag har letat runt i typ hela butiken efter dig, Var tog du vägen? Hittade du sugrören?" Karin kommer dragandes med en överfull kundvagn.

"Öh, ja här." Linda har helt glömt sugrören som hon fortfarande håller i handen.

"Nej men hej, förlåt att jag är oartig, Karin heter jag." Karin släpper kundvagnen och skakar hand med Janne och Mia.

"Det här är mina kollegor på vårdcentralen, Janne och Mia", säger Linda med eftertryck och känner att stressen rusar i henne. Hon vill bara därifrån.

"Men vad roligt, vi får ses på en after work någon gång. Ledsen att stressa dig Linda men vi har frysvaror så vi behöver komma iväg. Kul att träffa er." Karin vinkar och trycker stånkande den tunga vagnen framför sig mot kassorna.

"Vi ses", mumlar Linda och smiter snabbt efter Karin. Huvudet blixtrar av en annalkande huvudvärk och hennes hjärna orkar inte processa mer kring vad detta möte egentligen betyder. Inte idag.

FYRTIOÅTTA

Där står det. Huset. Det putsade sextiotalshuset skulle behöva en ommålning. Det har inte behandlats med kärlek. Har någon eller något gjort det här?

Det är en märklig känsla att befinna sig här. Igen. Så många år senare. Huset som aldrig var ett hem. Undrar hur det ser ut nu? Är det renoverat? Luktar det fortfarande rengöringsmedel i smatten under trappan? Vem är du och vad har du blivit? Egentligen vill jag inte gå in, men jag måste. Måste möta dig som är där inne.

Ryggsäcken hänger förväntansfull på min rygg. Den innehåller allt jag behöver. Det är natt. Inga människor syns till. Alla är i väntan på det somrigaste av allt somriga, midsommarafton.

Sommarsolståndets eviga ljus gör sig påmint. Rakryggad öppnar jag grinden och kliver in i trädgården. Jag har inget att skämmas för. Tittar på äppelträden som fortfarande står kvar. De vita blommorna som nu har blommat ut och svept iväg med vinden. De små äppelkarten som ska växa till sig i solen tills de får den vackra röda färgen och blir saftiga, varma och goda. De påminner mig med ens så starkt om den räddning de innebar för mig under den tiden. Min mage drar ihop sig och börjar krampa. En förnimmelse om den hunger jag så många gånger utsatts för. Då, i mitt tidigare liv. Livet innan.

Jag tar mig runt huset till baksidan. Den välbekanta stensatta gången som jag har gått så många gånger. De gistna och delvis murkna plankorna som tidigare utgjorde altanen är nu utbytta mot ett större, mer gediget, trädäck. Men trädäcket är skrämmande ödsligt. Det står en ensam stol bredvid altandörren. Ett monument över den ensamhet som bor i detta hus.

I fickan ligger nyckelknippan som jag har sparat, kanske just för detta. Eller som en symbol för det som har varit. Jag tar ut den och väljer den rundade nyckel som jag vet passar i låset på altandörren. Jag sticker försiktigt in nyckeln. Låset är lite trögt och jag får lirka lite, men sen får jag in nyckeln ordentligt och kan vrida om låset. Jag tar tag i handtaget och för det sakta uppåt, det knirrar lite när dörren sakta öppnas. Jag är inne.

Jag står alldeles stilla innanför altandörren och väntar för att höra om det kommer något ljud från ovanvåningen, men det fortsätter att vara tyst. Jag vet att du är hemma.

Hoppas att du sover ett litet tag till. Det skulle underlätta för mig. Jag vill helst inte använda bedövningsmedicinen som Gustav fick, det skulle förstöra planen som jag har.

Tar in bilden framför mig. Det runda köksbordet i mörkbrun teak står kvar, med stolarna ordentligt inskjutna på den numera ännu solkigare röllakansmattan med tulpaner. Motstår en impuls att gå fram och lyfta på matthörnet för att se hur solblekt den grå linoleummattan under har blivit efter alla dessa år. Men jag besinnar mig, det har ingen som helst betydelse. Den mörkgröna, grovt vävda gardinkappan, sitter kvar i köksfönstret, precis som jag kommer ihåg den. Det är som att tiden har stått stilla. Märkligt. Varför?

Jag tittar på köksklockan på väggen, tjugo över fem på morgonen. Gott om tid.

Jag tar av mig ryggsäcken och lägger den på köksbordet. Sätter mig på en av stolarna och börjar försiktigt, nästan ljudlöst, ta ut sakerna ur ryggsäcken. En efter en lägger jag dem på bordet. Sedan lyfter jag försiktigt ut en av stolarna och sätter mig på den. Märkligt, stolarnas sitsar känns mycket mindre än jag kommer ihåg.

Jag korsar armarna på bordet och lägger ner huvudet mot armarna. Det känns tryggt. Tillåter mig själv att blunda en stund. När jag blundar märker jag hur otroligt trött jag är. Det värker i ögonen och jag fortsätter att blunda, det känns skönt. Jag slappnar av.

Vaknar av att huvudet rycker till, måste ha slumrat till. Tittar på klockan på väggen, en kvart har gått. Sömndrucken reser jag mig upp och råkar sparka till bordsbenet i farten. I mitt huvud förvandlas det dova dunsande ljudet till ett ilsket eko som fortplantar sig värre än en cymbal i ett trumsolo.

Jag stannar vid köksbordet och lyssnar. Det är tyst. Men inte helt tyst. Jag hör rörelser från sovrummet som vetter mot gatan. Sedan hör jag hur en dörr öppnas. Jag håller andan och hör barfotasteg på golvet på övervåningen. De stannar till, förmodligen ovanför trappan. Tvekan?

Ett knarrande ljud avslöjar att någon är på väg nedför trappan. Nu.

Jag tar upp det platta brännbollsträt från bordet. Håller handtaget i högerhanden i ett hårt grepp och smeker den slipade träytan med vänsterhanden. Att något så lent kan göra sådan stor skada. Brännbollsträt är inte identiskt med det slagträ som förmodligen ligger kvar i garaget, det var för stor chansning att bara anta det. Men detta är så nära jag kan komma. Jag går tyst de få stegen till väggen bredvid dörröppningen. Och väntar.

Stegen hörs tydligare, närmar sig slutet av trappan, nu är det bara korridoren kvar. Korridoren där man måste passera städskrubben.

Under alla dessa år kan jag fortfarande förnimma dofterna från utrymmet under trappen och som mestadels kändes hemtrevliga. Grandoften från Grummesåpan och det starka putsmedlet för ljusstakarna.

Men en lukt står ut. Än idag kan jag inte känna lukten av Klorin utan att överväldigas av de outhärdliga minnena från simhallsbesök och alla eviga timmar i städskrubben.

De tassande stegen hörs som raspiga skrapljud mot den skrovliga trasmattan när de närmar sig i korridoren.

Och plötsligt står hon där. Alldeles bredvid mig. Tvärstannar mitt i steget och stirrar på köksbordet. Än har hon inte sett mig. Jag ser att hennes hjärna bearbetar vad hon ser och sen vrider hon tvärt på huvudet och tittar rakt på mig. Hon är inte förvånad, jag förstår att hon har listat ut vem jag är. Hon har nog väntat på mig. Min mor Lena, jag din dotter Liv.

Hon har en gul morgonrock i frotté på sig. Det brinner i mitt huvud. Det är ju Monas morgonrock. Hur vågar hon.

Jag slår och slår med slagträt. Tårarna rinner men jag hinner inte torka bort dem. Den slipade träytan färgas fläckvis röd. Planen som jag ursprungligen tänkt ut är för ett ögonblick helt borta och ursinnet i mig når en nivå jag inte trodde fanns i mig.

Först skriker Lena till och försöker värja sig med händerna men mitt ursinne gör mig också enormt stark och det tar inte lång tid innan hon har tystnat och bara ligger på golvet. Det rinner blod från ett sår i tinningen.

Jag pausar för att hämta andan. Flämtar. Försöker få ner pulsen. Är hon död? Redan? Fan också.

"Snälla", hörs det viskande från golvet. Hon försöker kravla sig mot altandörren. Ilskan kommer tillbaka. Jag tar tag i hennes ena arm och drar henne mot en stol.

"Upp med dig", ryter jag.

"Kan inte."

"Få upp din röv på stolen innan jag bestämmer mig för att fortsätta slå." Jag höjer brännbollsträt ovanför axeln och ger henne en hotfull blick.

Lena kravlar sig mödosamt upp tills hon slutligen sitter med huvudet hängandes mot hakan. Jag tar upp buntbanden som ligger på bordet och sätter bryskt fast händerna i stolsryggen och fötterna i respektive stolsben.

Den fysiska ansträngningen i det nyss inträffade, ihop med den mentala anspänningen, gör att jag dråsar ner på stolen bredvid. Pustar högt. Jag är svettig.

Lägger brännbollsträt på bordet, på säkert avstånd så att jag kan använda det igen om det behövs.

Lenas huvud är fortfarande nedsjunket mot bröstet. Hårets morgonrufsiga frisyr har blandats med blod och är geggig. Äckligt.

Hon andas fortfarande. Det kan jag se på bröstet som sakta häver sig upp och ner.

Inte lika självsäker som den gången då jag såg henne på den där kongressen för allmänmedicin. Där hon satt på scenen i en paneldebatt. En debatt om fysisk aktivitet på recept. Jag tyckte att det var tydligt vad hon tyckte om svaga människor. Men det kanske bara var jag som uppfattade. De andra applåderade. Men nu sitter hon här, en svag människa.

Jag väntar. Väntar ut henne. Lenas huvud lyfts till slut sakta från bröstet. Hennes blick är förvirrad. Varför händer inget?

Då tar jag åter till orda.

"Vi ska ha en frågesport här och vi får hoppas att du svarar rätt." Jag kan se hur stressen åter fortplantar sig i hennes kropp. Vad kommer hända nu?

"Snälla", viskar Lena.

"Nej, fel svar. Du talar när jag säger att du får tala." Jag ställer mig upp, greppar tag i slagträt och svingar det med all kraft mot hennes vänstra smalben.

Det hörs ett tydligt knak. Något gick visst av. Lena vrålar, det går inte för sig. Jag tar silvertejpen och tejpar igen munnen. Lena är genomsvettig. Det rinner en rännil svett, blandat med blod ner i klyftan mellan hennes säckiga bröst. Vi får nog korta ner frågesporten.

"Har du någon gång tänkt på mig? Du har en minut på dig. Svarar du inte så tar jag andra benet. Nicka eller skaka på huvudet för att svara." Jag vänder upp och ner på det lilla timglaset som står framför mig på bordet.

Den finkorniga sanden rinner obönhörligt snabbt genom glasets förträngning men Lena nickar direkt med huvudet. Upp och ner går det, som på en nickedocka.

"Lögn. Fel svar. Du har aldrig ägnat en tanke åt mig. Inte förrän Gustav dog. Då började du tänka. Men vet du vad, då var det för sent."

Jag höjer slagträt igen över axeln och går nu runt stolen och svingar det rakt över den fastsurrade underarmen på höger sida. Ett nytt högljutt knak kommer och Lena är nu högröd i ansiktet av smärta, kladdig i ansiktet av tårar och droppande blod som blandats som en kletig palett. Men bara ett dovt ljud tränger fram genom silvertejpen.

Hon som skulle varit min mamma. Som kunde ha varit min mamma. Om hon ville. Men hon ville inte. Hon ville inte ha just mig. Det är sanningen.

"Du ser, jag tog inte benet. Hmm, det verkar inte hinnas med så många frågor. Klen du är, har du inte åratals träning på detta? Det tror jag att du har? Precis som jag. Ok, nästa fråga, kan du simma?" Jag ser att Lena kämpar mot smärtan och försöker samtidigt förstå vad som är rätt svar.

"Så, kan du simma?", frågar jag igen. Lenas ögon är uppspärrade och det geggiga håret ligger som ett kletigt täcke runt huvudet. Hon är inte en vacker syn. "Tick tack, tick tack, och NU vill jag ha ett svar." Lena nickar förtvivlat med huvudet.

"Jaså, du kan simma?", frågar jag. Lena nickar igen med huvudet.

"Fel svar." Paniken i Lenas ögon kan inte bli större. Jag lutar mig fram över bordet och tar flaskan med Klorin. Jag skruvar sakta av korken medan jag spänner ögonen i henne.

"Du tror bara att du kan simma, inte så som jag kan simma. Jag fick lära mig att simma på riktigt." Samtidigt som jag uttalar orden sätter jag varsamt ner flaskan på köksbordet igen.

Jag reser mig upp från stolen och tittar rakt på henne för ett kort ögonblick. Sen bestämmer jag mig. Jag drar bort silvertejpen med ett snabbt ryck, greppar flaskan och trycker ner flaskhalsen med innehållet i Lenas mun. Jag drar henne i håret så att hon ska vara tvungen att svälja innehållet. Hon hostar och frustar men innehållet åker ner. När flaskan är tom tar jag silvertejpen och tejpar igen munnen igen. Klorin är frätande, det har jag läst på. Och det märks. Lenas kropp kämpar emot, vrider sig i plågor men det är såklart omöjligt. Jag sätter mig på stolen bredvid igen. Betraktar lidandet.

Morgonrocken har glidit isär och jag kan se hennes blottade bröst och mage. Blek hud. Rynkig hud.

Knuten i skärpet har glidit upp och skärpändarna hänger nu ner i golvet på varsin sida stolen. En plötslig känsla av vemod slår mig innan jag besinnar mig.

Jag lyfter upp den stora kökssaxen från bordet, ytterligare något jag tagit med mig i min ryggsäck, och reser mig upp. Ställer mig bakom Lena och klipper lite hårtestar här och var.

"Det var så här vi skulle leka när jag var barn. Hårfrisör. Vad fin du blir. Synd att vi inte har papiljotter. Det är nästan som att vi gör slingor. Nej men, du måste sitta still med huvudet, annars kan jag råka klippa fel. Oops, så det kan gå.

Men det var ändå ditt fel." Jag klipper av en bit av ovandelen på vänster öra och blodet forsar ner för halsen. Väldigt vad det kan blöda från ett öra.

Lena reagerar inte på örat, hennes strupe och magsäck har fullt upp med att hantera Klorinet. Det verkar ha kommit ner i lungorna också för hon verkar hosta. Kämpa med andningen.

"Nej, nu är jag trött på att leka." Jag går runt stolen och ställer mig framför henne. Tittar på henne. Hennes blick är panikslagen, men hon har inte gett upp. Än.

"Här sitter du. I köket där du en gång växte upp. I hemmet där också jag växte upp. Hemmet som inte var ett hem. Där du lämnade mig utan betänkligheter, trots vad du visste vad som skulle hända. För det vet jag att du vet. Du kommer att dö här. Det tror jag att du också vet. Om inte annat så vet du det nu. Alldeles strax ska du dö." Jag sträcker mig åter över bordet och tar timglaset. Håller det i handen och det kanske ser ut som om jag tvekar.

"Det är synd att vi inte längre har frågesport, nu kan du inte längre vara med och bestämma ditt öde. Det gör jag." Och så vänder jag på timglaset och ser den finkorniga sanden glida igenom glashalsen för sista gången. De rinner fort, i en strid och jämn ström.

När jag ser de sista sandkornen försvinna ner så tar jag ett djupt andetag, lyfter saxen ovanför huvudet och kör den rakt ner i bröstet på henne.

Saxen måste ha trängt djupt för den fastnar där och jag låter den sitta kvar i såret. Det väller ut blod från såret. Det är oklart om hon lever fortfarande. I så fall har hon inte långt kvar. Jag bryr mig faktiskt inte.

Jag går fram till diskhon och sätter på kallt vatten. Tvättar av mitt ansikte och händerna. Känns skönt och renande med det kalla vattnet mot min varma svettiga hud. Tar av den tjocka tröjan och har bara T-shirt under. Den är klibbig av svett men det är ändå svalare.

Jag vänder tillbaka till köksbordet och öppnar locket på ryggsäcken och plockar ur brevet jag skrivit. Jag har bestämt var jag ska lägga det. Det finns bara ett ställe. Jag går bort i korridoren och öppnar den enkla dörren till skrubben. Lägger brevet mitt på golvet. Synligt för den som skulle komma på tanken att öppna.

När jag kommer tillbaka till köket plockar jag upp ryggsäcken igen, den som innehåller alla mina ägodelar. Tittar på Lena på stolen. Hon sitter helt stilla och en mörkröd blodpöl har bildats under stolen. Röllakansmattan kommer nog aldrig gå att återställas.

Jag känner absolut ingenting. Det är så skönt. Det här är inte min mamma. Det här är… inget. Jag vänder ryggen åt och går ut samma väg som jag kom in. Tar ett djupt andetag och tittar upp mot den ljusblå himmeln. Äntligen fri.

FYRTIONIO

"Det var då fan vad mycket folk det är här. Vore ju typiskt om vi inte hittar någon parkering och får åka hem igen." Linda kan höra på Marcus att han har nått upp till en nivå av irritation som inte ens han brukar komma upp i.

Kombinationen av tryckande värme, packning, matsäck och barn är svettigt nog, att addera ett totalt kaos på Hellasgårdens parkering har nu fått Marcus att nå kokpunkten.

"Pappa, man får inte svära", hörs det mästrande direkt från baksätet. Linda inser att det är dags att gripa in för att dagen fortsatt ska förbli lugn.

"Nej Clara, det får man inte göra, vi vet. Men ibland blir det bara så att… Marcus, kolla! Är det inte en bil som backar ut där borta till vänster?"

"Jo, ta mig f.., ähmm, jag hinner nog före Audin där om jag skyndar mig. Håll i dig Clara, nu kör pappa."

Det är lördag förmiddag och Marcus har ringt och frågat Linda om hon har lust att följa med honom och Clara till badplatsen på Hellasgården. Emelie behövde sovmorgon och egentid konstaterade Marcus glatt. Så nu sitter de här och leker chicken race med övriga badsugna besökare för att få en parkeringsplats.

"Så där ja. Åh vad härligt det ska bli att bada. Tycker inte du det också Clara?" Marcus irritation försvinner på ett ögonblick när han har vunnit racet med Audin och svängt in i parkeringsrutan och stängt av motorn.

"Jooooo, kommer ett vilt ylande från baksätet."

"Men vad väntar vi på, nu kööööör vi!!!" Marcus är tillbaka i sitt vanliga jag.

"Ok, låter toppen. Jag ska bara gå och kolla vad de har för parkeringsapp här så vi inte åker på böter också."

"Just det, tack sys för att du tänker på allt. Emelie hade blivit tokig på mig om jag hade kommit hem med en lapp till." Marcus grimaserar.

"Ja, ja, se nu till att få lite fart på de där pinniga benen och packa ut packning och Clara ur bilen så kommer jag strax." Lina daskar till Marcus på låret.

"Yes maam." Marcus gör honnör och himlar med ögonen samtidigt som han parerar en armbåge i sidan.

En dag på stranden med Marcus och Clara, det räcker ganska långt konstaterar Linda när hon hoppar ur bilen och går bort mot parkeringsskylten.

FEMTIO

"Hejsan, vad bra att du är kvar." Anders kommer in i rummet och går fram till David där han sitter vid skrivbordet.

"Ja, jag är överhopad av måsten som inte har blivit gjort. Måste svara på några mail och jag behöver också skriva rapport på olyckan i Finntorp i morse. Helt sjukt vad mycket administration det är i det här jobbet." David hör själv att han låter onödigt gnällig. Det är inte Anders fel att det är mycket administration men David är trött. Trött och svettig och vill bara hem. Den här värmeböljan håller på att ta knäcken på honom och i kombination med den senaste tidens fruktansvärda händelser så längtar han helt desperat efter semester.

"Jag förstår, är det något av det som kan vänta till imorgon? Du vet, efter ett gäng år i branschen har jag insett min otillräcklighet och försöker att inte stressa upp mig. Det finns helt enkelt för många brott och för få timmar på dygnet. Tyvärr. Men brotten blir inte lösta om du går in i väggen för att du försöker fixa allt, kom ihåg det. Och snart är det semester, då hoppas jag att vi kan få en tids paus från sånt här elände. För visst är du också ledig snart?"

"Jo, skönt med ledighet. Tack för att du stöttar mig. Ska fundera en vända."

"Det är bra. Kanske du ska ta en joggingtur ikväll istället." Anders blinkar menande till David som märker att han rodnar.

"Jag skulle aldrig sagt något till dig." David tar mappen närmast och börjar planlöst bläddra i den. Han hade i ett svagt ögonblick berättat om sitt intresse för Linda.

"Förresten, ville du något speciellt eller ville du bara komma och distrahera mig?"

"Just det, jag kom för att visa det här brevet. Jag fick det precis från Francesca, teknikern. De hittade det i ett utrymme under trappan, verkar ha varit typ ett städförråd. Konstigt ställe att lägga ett brev. Vi kunde ju lätt ha missat det. Tur att det var just Francesca som jobbade på det här fallet, när hon har lead missas ingenting."

"Få se." David sträcker sig efter brevet som ligger i en beslagspåse.

"Du kan plocka ur det, de har redan kört fingeravtryck och DNA på det."

"Ok." David tar försiktigt ut brevet ur påsen, lägger det på skrivbordet och läser koncentrerat det handskrivna brevet.

Till den det berör

Nu har jag avslutat det jag har kommit hit för att göra. Den sista personen som vet om min existens är nu utplånad, min mor.

Så, vem är jag? Vad var jag? Vad har jag blivit?

Jag lever i ickeexistens. Har aldrig funnits. Inte i nutid, inte i dåtid. Jag levde en gång för länge sedan. Jag var oönskad. Oönskad och sedan bortslarvad. Därefter bortglömd.

Jag har ändå levt. Ett liv i ovärdighet. Ett liv i värdighet. Ett liv som slutligen gett mig mening. Mitt liv.

Tillbaka till skuggdalen för de bortglömda, de oönskade.

Farväl.

Er Liv

"Fy fan", utbrister David när han har läst klart.

"Undrar om hon har tagit livet av sig eller försvunnit någonstans?"

"Visst är det sorgligt. Och för jävligt." säger Anders med en hårdhet som inte brukar komma från honom.

"Hur kan man välja bort ett barn? Hur fungerar man som människa? Det är ju uppenbarligen något som har klickat ordentligt där inne. Vi har ju varken fått träff från biltullarna, eller flyget (finns det andra sätt att spana?) så mest troligt är hon kvar i Sverige. Men om hon är i livet fortfarande är svårt att svara på. Hon är ju lyst så hon kommer nog fastna i nätet förr eller senare om hon ligger och gömmer sig någonstans."

"Jo, det gör hon förhoppningsvis. Alltså, jag har snöat in på den här Lena. Det är så jäkla märkligt att Linda hela tiden har pratat väldigt gott om Lena som handledare och så visar hon sig vara mamma till en kvinnomisshandlare och en mördare, inte superbra gener hon har gett vidare. Men det är kanske inte generna trots allt? De måste ha haft väldigt speciella omständigheter under deras uppväxt. Undrar förresten vem Livs pappa är? Har vi fått reda på något om det?" David ställer undrande frågan till Anders.

"Nej, vi har inte hittat Livs pappa men vi fortsätter leta. Han finns i alla fall inte i registret. Precis som Liv, det är som att hon aldrig har funnits."

"Kusligt är vad det är."

"Men just det, fick ju också informationen idag som bekräftar vad vi trodde, DNA-testet vi gjorde på vattenglaset i Lenas hus visar solklart att Liv är Lenas dotter. Det enda registrerade barnet är ju Gustav men som sagt, det är tydligt att Lena hade ett barn till, som inte är registrerat."

"Det var ju bra att vi fick det verifierat."

" Ja, det skapade ju lite klarhet. Men enligt DNA-testet verkar de ha haft olika pappor. På Gustav står det på födelseattesten att fadern är okänd. Och det lär han ju fortsatt vara, det är ingen som har hört av sig. Testet på Axel visade också att han är Lenas pappa men det kunde vi ju läsa oss till."

"Irriterande att vi har så lite information om varför allt det här har hänt." Den enda lilla informationen vi har kunnat få är ju den vi fick från Elin, Gustavs sambo."

"Men hon kunde bara berätta att Gustav verkar ha haft en extremt tajt relation med sin mamma, kanske osund, vad vet jag? Elin har heller aldrig hört talas om någon kontakt som Gustav skulle ha haft med Axel, sin morfar."

"Fast han verkar ju ganska nedgången, de kan ju ha tappat kontakten, det händer ju." David försöker hitta en rimlig förklaring.

"Men Elin hjälpte oss i alla fall att identifiera Liv, det är ju enormt bra, även om vi hade en stor portion tur där. Tänk att Liv är identisk med Elins förhållandevis nya kollega Anna. Vilken chock hon fick stackarn när jag visade foto på Liv och frågade om hon kände igen henne. Men hon hade inte en aning om att det var Gustavs halvsyster."

"Undrar varför det var just Liv som blev bortvald?"

"Helt omöjligt att säga, kanske Gustav blev hennes substitut för en man, Liv hade ingen funktion, vad vet jag?" Anders skakar uppgivet på huvudet.

"Det är mycket vi aldrig kommer att få reda på", säger David.

"Nej, och det kanske inte gör något."

David lägger mycket försiktigt tillbaka brevet i den genomskinliga bevispåsen och förseglar det.

FEMTIOETT

Sommaren har tagit slut, det är ingen tvekan om det. Hösten börjar ta vid och det syns på träd och buskar trots att det bara är september.

Det har varit en torr sommar, inte många droppar har fallit under de efterlängtade semesterveckorna. Och det är fortfarande varmt. En sommar som inte vill ta slut. Som en bonus för den vår hon inte hann uppleva.

Elin sitter i den gamla trädgårdsstolen nere på bryggan. Lite svettigt är det där hon sitter nedsjunken i stolen, men det fläktar ändå mycket bättre här nere vid vattnet. Skolorna är i full gång med den nya terminen och det är inte lika många fritidsbåtar som passerar där hon sitter. Hon hör några yngre barn skratta i närheten, de plaskar i vattnet och skriker lyckligt.

Hon tittar ut över vattnet samtidigt som hon förstrött pillar på ett grässtrå. Hon kan se ett par svanar lite längre ut, så majestätiska med sina långa slanka halsar. De glider fram genom vattnet, parerar galant vågorna från den förbipasserande ekan med aktersnurra.

Hon noterar att eken har fått både gula och röda löv, fortfarande blandat med några envisa gröna. Som att även den ståtliga eken försöker göra revolt och bromsa upp den annalkande hösten och vintern.

Vattnet glittrar i solskenet och kluckar behagligt mot stenarna under bryggan. Hon märker att hon nickar till med huvudet, slumrar till. Hon är ofta trött nu.

Men det är ok, nu är det ok. Ingen som talar om vad som är rätt eller fel, vad hon får och inte får göra. Värmen och solen och den evinnerliga tröttheten tar över. Hon dåsar sakta bort, i takt med det njutningsfulla kluckandet.

Elin sitter kvar i stolen en liten stund till efter att hon vaknar, njuter av den sköna värmen och den jordiga doften av höst. Därefter reser hon sig mödosamt ur stolen och börjar gå den hårda upptrampade stigen tillbaka upp mot stugan.

Hon lägger händerna på magen. Magen som nu börjar bli rund och ganska tung. Magen som innehåller hennes barn. Hon har slutat tänka på Gustav som barnets far. Detta är hennes barn, bara hennes.

Hon tittar ner mot magen, smeker den och viskar ömt till den som befinner sig därinne.

"Liv ska du heta. Ditt eget liv."

TUSEN TACK!

När jag bestämde mig för att skriva den här boken var jag redan från början ganska klar över vad det var jag ville förmedla. Och det kändes just då som en ganska rak transportsträcka.

Men att bara ta alla mina osorterade tanketrådar och sätta på print visade sig inte alls vara lösningen. Tvärtom, det hade varit en riktigt dålig idé.

Jag kunde helt enkelt inte ha skrivit denna bok utan ert stöd. Er tilltro till mig, er expertis samt ert stöd när jag stötte på utmaningar i mitt resonemang.

Research är ju A och O har jag ju fått lära mig, men oftast hjälper det inte med enbart egen research, den behöver valideras av experter inom området.

Jag vill särskilt tacka följande personer för er ovärderliga hjälp.

Bo Lindvall, tidigare överläkare, Huddinge och Sundsvalls sjukhus.

Pia Norling, specialistläkare allmänmedicin på Ektorps vårdcentral.

Jonas Elfton, polis.

Anders Lindström, entomolog, Sveriges lantbruksuniversitet.

Pernilla Andersson, Kronofogden.

Jag vill självklart också tacka mina fina vänner och bundsförvanter på skrivarkursen. Så läskigt att blotta sina texter för första gången. Men så otroligt nyttig och värdefull kritik jag fick av er, knuffade mig att fortsätta ta de vinglande stegen framåt.

Mina barn som har sett mig hamra på datorn i timtal och har haft ett fantastiskt tålamod med sin mamma.

Och sist, men långt ifrån minst. Min enastående fantastiske make som har tagit markservicen så att jag kunde skriva på helger och kvällar. Som tålmodigt har hjälpt till med korrekturläsning och syftningsfel.

Som, när jag hade tappat tron till mig själv, såg till att jag kom upp på banan igen. Roine, jag älskar dig av hela mitt hjärta.

Stort tack!

Cecilia